DEAR STUPID EX BEST FRIEND

Pour Justin, qui aime d'un amour
qui est plus que de l'amour.

L'édition originale de ce titre a été publiée pour la première fois
sous le titre *I wish you would* aux États-Unis
aux éditions Henry Holt & Company en 2024.

24-32, rue des Amandiers, 75020 Paris – France

Mise en pages : Nord Compo
Correction : Claire Gaillard, Catherine Rigal
Couverture : Sarah Long

Loi n° 49-956 du 16 juillet 1949 sur les publications destinées
à la jeunesse, modifiée par la loi n° 2011-525 du 17 mai 2011.

Dépôt légal : mai 2024
Imprimé en France. Printed in France.

IMPRIM'VERT®

PEFC 10-31-3532

EVA DES LAURIERS

DEAR STUPID EX BEST FRIEND

Traduit de l'anglais (États-Unis)
par Brigitte Hébert

AUZOU

NATALIA

Bal de promo, 2 h 08 du matin

J'ai dix-neuf bonnes raisons de ne pas suivre Ethan dans sa chambre.

De une : l'entraînement de demain matin. De deux : les révisions en groupe dans la foulée. De trois : ma règle d'honneur d'« éviter ce genre de sentiments à tout prix ».

Mais lorsque le coin de sa bouche se relève en demi-sourire, et que, d'une voix devenue rauque à cause de l'heure avancée, il propose un duel d'ampli… l'énumération s'arrête à trois.

Vu comment tout le monde est avachi et dans le brouillard post-soirée, je me dis *franchement Natalia*, la chose intelligente à faire serait d'aller dormir aussi.

Au lieu de ça, je le suis dans l'escalier en souriant.

Une fois la porte de sa chambre refermée derrière moi, il n'existe plus que nous deux au monde.

Ce que je préfère.

Enfin, ce que je préférais.

Je regarde s'il y a eu des changements dans sa chambre pendant les mois où j'ai évité de venir. Pas vraiment. Comme d'habitude, elle est rangée mais accueillante. Ses murs bleu ciel me sont aussi familiers que les miens. Idem pour les livres empilés à côté du lit. Les ordis et les mugs sur son grand bureau. Je repère la photo que j'ai fait encadrer pour lui l'an dernier, nous deux en train de rire sur la plage, collés l'un à l'autre, les yeux fermés, nos cheveux dans le vent fou. Cette chambre est confortable, calme et cosy. Comme Ethan.

— Tiens, prends ça, dit-il en me lançant un de ses sweats.

Je réprime un sourire. J'ai même pas besoin de demander.

— Il a intérêt à être propre ! je marmonne.

Ethan roule des yeux et se laisse tomber sur son lit géant pour choisir de la musique. Il est grand et mince, ses muscles se sont renforcés dernièrement grâce au basket.

J'enfile le sweat : il a son odeur. Quelques épingles se détachent de mon chignon au passage. Je rajuste les mèches, puis roule les manches trop longues sur mes poignets.

Quand je me retourne, je rencontre le regard d'Ethan fixé sur moi. Il m'observait. Ses yeux plongent aussitôt sur son téléphone.

Je me suis changée tout à l'heure. Je n'ai pas pu m'empêcher de faire la grimace en suspendant ma robe noire bon marché près du costume parfaitement bien coupé d'Ethan. Je savais qu'elle aurait l'air minable comparée aux tenues chics de créateurs que le reste de l'école portait ce soir. J'y suis habituée. Mais je ne m'attendais pas à *me* sentir minable aussi. Ça c'est nouveau.

Des mondes différents.

Les mots résonnent dans mon esprit. Des mots que je n'ai jamais rapportés à Ethan. Je n'ai pas raconté grand-chose à mon meilleur ami ces derniers temps.

On s'installe dans nos positions habituelles, allongés côte à côte sur son lit, à une longueur de bras, appuyés sur un coude, face à face. Nos corps connaissent la chorégraphie de notre amitié, même si ça fait longtemps.

Je cherche quelque chose sur mon téléphone pour le duel d'ampli. C'est notre jeu, c'est à celui qui se connectera le premier à l'ampli Bluetooth. C'est débile, mais c'est aussi le grand truc d'Ethan-et-Natalia-les-meilleurs-amis-du-monde. Exactement ce qu'il faut pour soulager la tension qui s'est installée entre nous ces derniers temps.

— Laisse-moi deviner : Sad Girl Indie ? me demande-t-il.

Mon pouce fait une pause. C'est ce que j'allais choisir, mais je refuse de lui donner cette satisfaction.

— Quand tu le sauras, j'aurai déjà gagné.

Il incline le menton pour se mettre à la hauteur de mes yeux.

— Ça fait tellement longtemps que t'es pas venue que l'ampli se souviendra même pas de toi.

Il me taquine, mais je sens un petit… quelque chose dans sa façon de le dire. Il est blessé ? Peut-être. Perdu ? C'est sûr. Je roule sur le ventre et croise les chevilles comme une queue de sirène.

Ethan jette un coup d'œil à mes pieds.

— Dis donc, Natalia, vire tes chaussures de mon lit.

Je regarde mes pieds.

— J'ai des claquettes, ça compte pas.

— Tout ce qui fout du sable sur mes draps, ça compte, dit-il en me fusillant du regard.

— On voit bien que ton signe astro est Vierge ! je réponds en lui donnant des coups de pied.

— Dixit la maniaque, marmonne-t-il.

Il se redresse et ses grandes mains attrapent mes chevilles pour les bloquer. Puis il me retire les claquettes qui atterrissent sur le tapis avec un bruit sourd. Mon estomac tressaute quand ses doigts dérivent légèrement le long de mes jambes avant de se retirer.

— T'es vraiment infernale quand il n'y a pas de témoins.

— Ça fait partie de mon charme, je réponds en battant des cils.

— Je sais !

Il se rallonge et je ne peux m'empêcher d'étudier sa mâchoire et ses pommettes taillées à la serpe. Des angles et des courbes que je connais par cœur. Pour la énième fois, mes doigts me démangent de le dessiner, alors je serre les poings pour réfréner cette envie.

Ethan est toujours à l'aise, pas étonnant qu'il ait été élu Roi du bal ce soir. Alors qu'il n'est qu'en première, c'est flippant ! Avec ses cheveux noir d'encre ébouriffés, ses yeux perçants… On dirait un prince des ténèbres tout droit sorti d'une fantasy pour ados.

— Pourquoi tu me regardes comme ça ? me demande-t-il, en plissant les yeux.

— Comme quoi ? Mais non. Ferme-la.

— Ah… OK.

Un petit *pop* retentit dans l'enceinte, un téléphone vient de se connecter. On attend, figés, pris dans un duel de regards quand le rythme d'une basse retentit. Je gémis, Ethan jubile. Il avait sans doute raison, l'ampli ne se souvient pas de moi. Cela me rend plus triste que ça le devrait.

— Tu savais que…, commence Ethan. Laisse tomber, c'est débile.

— Ça m'étonnerait.

Avant que la populace s'intéresse à lui, Ethan ne se serait jamais traité de débile. Ça m'énerve, avant on pouvait tout se dire, notre conversation prenait des virages, se perdait dans des faits, des anecdotes, des citations. C'était comme s'il semait des indices sur ce qu'il n'osait pas vraiment dire.

Je l'encourage du regard, du coup il reprend :

— OK… Donc mon signe astro est Vierge… euh, comme la virginité.

— Sans blague.

Je me moque de lui, mais c'est déjà difficile de verrouiller mes sentiments quand ce n'est pas la nuit du bal de promo et que je ne suis pas seule avec lui. Alors là, avec son air dévastateur, au clair de lune, et qui parle de virginité comme si j'étais débile ? Il va me sortir quoi après ça ? Notre pacte ridicule de première année ?

Ethan tire sur un fil de son tee-shirt, joue à l'enrouler et à le dérouler autour de son doigt.

— Avant, ça voulait aussi dire « jeune fille », c'est dégueulasse. Ça s'appliquait seulement aux filles.

Attends une minute.

Je me rassois, les yeux écarquillés.

— Ethan Forrester, est-ce que c'est ta façon de m'annoncer que tu as couché avec quelqu'un ?!

Ses yeux s'agrandissent aussi.

— Quoi ? Non !

Mon soulagement est palpable, ce qui est très gênant. Je ne veux pas penser à Ethan dans les bras d'une autre, mais ce serait mentir de dire que je ne me suis jamais posé la question. Il a toujours été beau, mais depuis peu, *tout le monde* a remarqué qu'Ethan-le-benêt était devenu Ethan-le-BG. D'ailleurs, je ne suis pas immunisée, moi aussi j'ai remarqué.

— Alors, t'es toujours un Vierge vierge ! je plaisante.

— En fait, ça dépend de ta définition, répond-il, sans me regarder. Mais techniquement, oui.

Mon cou commence à s'échauffer.

— Ah. C'est, euh… précis. Depuis quand c'est devenu un sujet de conversation entre nous ?

— Tu viens de me poser la question !

C'est à cause de filles comme toi que les garçons font des bêtises. Ce serait ça alors ? Je dois vraiment changer de sujet.

— Et je te ferai aussi remarquer qu'il n'y a jamais eu de tabous entre nous, ajoute Ethan en plongeant son regard dans le mien.

La culpabilité aiguillonne mon sternum. Si, il y en a. Gloups. Je ne devrais pas être sur le lit d'Ethan, avec Ethan, au milieu de la nuit, en train de parler de nos expériences sexuelles. De l'absence d'expérience en ce qui me concerne. Mais… je n'arrive pas à bouger de là. Je mâchouille ma lèvre, chaque nerf de mon corps est tendu comme une corde.

— Natalia, tu sais que tu peux me parler si… t'as quelque chose à raconter, dit-il encore.

Le silence est bref mais lourd. Comme une vague qui se retire avant la suivante qui déferle bien plus fort.

— Qu'est-ce qui te dit que j'ai rien à raconter ? je le défie.

Il se redresse en un clin d'œil, repoussant les boucles sombres qui lui retombent sur le front. Sa peau pâle s'est empourprée, nous sommes suffisamment proches pour que je remarque son pouls battre dans son cou.

— Tu l'as fait ?! Avec Tanner ?

— Non. Il avait envie, mais… non.

Voilà pourquoi j'ai terminé en solo au bal de promo que j'avais organisé. Tanner Brown m'a lâchée à la dernière minute parce que je « n'en vaux pas la peine », fin de citation. Est-ce que je ne valais pas son temps, son billet d'entrée au bal ou la chambre d'hôtel dans laquelle je ne voulais pas aller après ? Aucune idée. Ça faisait seulement trois semaines qu'on était ensemble, je n'allais pas perdre ma virginité avec quelqu'un que je connais depuis moins longtemps que la bonbonne de gaz dans ma cuisine. Même si ce serait mentir de dire que la question ne me travaille pas…

Visiblement soulagé, Ethan s'affale à nouveau sur l'oreiller.

— Cool… J'arrive même pas à croire que tu sois sortie avec ce mec.

Moi non plus. Mais aucun autre mec ne m'avait invitée, et ça aurait été pathétique que la présidente arrive seule. *C'était* pathétique. À croire que contrairement à lui, je ne suis pas dans la catégorie de ceux qui peuvent se permettre de choisir…

— Dis-toi que ça ne se bouscule pas à tous les portillons, hein.

Ethan roule des yeux au lieu de me répondre. C'est que notre BG national a reçu *trois* invitations de filles pour le bal de promo. Il les a refusées parce qu'il pensait qu'elles s'intéressaient à lui davantage à cause de son père que pour lui-même. Peut-être, mais il est aussi fort possible que les trois nanas soient amoureuses de lui. Plus ou moins toutes les filles le sont, donc…

— Ça ne veut pas dire que tu dois sortir avec n'importe qui. Tanner est un connard. Tu mérites mieux.

— Qui, par exemple ?

— Moi ! répond Ethan en me donnant un coup d'épaule.

— Tu m'aurais accompagnée juste par pitié ! Non merci.

Vite, repousser les *sentiments* loin, loin, loin.

Il fronce les sourcils.

— Pourtant, t'étais d'accord en seconde.

Je remonte les manches du sweat, j'ai chaud. Décidément cette conversation m'échappe complètement.

— De quoi tu parles ?

— T'as oublié ? Notre pacte, dit-il, en croisant enfin mon regard.

Il a osé. Même mon esprit rougit, flashe de partout, en rouge, rose, vermillon.

— Je m'en souviens.

Comme si je pouvais l'oublier !

On s'est juré de perdre notre virginité ensemble si, arrivés en terminale, on n'avait toujours pas passé le cap. Je ne voulais pas perdre ma virginité avec un con et Ethan était terrifié par les filles et craignait de mourir puceau. Genre…

— Mais j'étais aussi la seule membre de ton fan-club Waluigi. Je ne faisais pas forcément les bons choix !

Je continue les blagues afin de réprimer la sensation de brûlure dans mon estomac.

Ethan détourne le regard, pensif.

— Si tu ne peux pas respecter ma phase Waluigi, tu ne me mérites pas à ma phase Roi de la promo.

Je ris et replace une mèche de cheveux derrière mon oreille. Son regard suit ma main.

— Je n'arrive toujours pas à le croire. Aucun mec de première n'a jamais gagné avant toi, dis-je. D'habitude, c'est toujours un terminale.

Ses yeux repartent au plafond, ses épais sourcils se froncent.

— C'était sûrement truqué.

— Non ! J'ai moi-même compté les votes. Tu vas devoir t'habituer à l'idée que c'est bien toi qui as raflé toutes les voix des emos !

Ethan rit, mais tout ça le met mal à l'aise, je le sais. Les seules lumières qu'il apprécie sont celles de son PC et celles qui lui permettent de lire. C'est un timide, il ne comprend pas pourquoi on le remarque, si ce n'est pour son connard de père qui est *un tout petit peu* célèbre. Ethan n'a aucune idée à quel point il est cool à lui tout seul.

Une brise entre par la fenêtre, apportant le parfum saumâtre de l'océan. Je ferme les yeux et j'inspire à pleins poumons. Des doigts commencent à tracer un chemin paresseux le long de mon avant-bras. Je ne sais pas si Ethan a conscience de faire ça quand il réfléchit, mais j'ai toujours aimé. Sa chaleur me laisse une traînée de chair de poule. Je me cale plus profondément sur le lit en soupirant.

On reste un moment dans ce silence contemplatif. Le couvre-lit moelleux est si confortable que la fatigue me tombe dessus. Les doigts d'Ethan continuent de parcourir mon bras, mes paupières s'alourdissent. Je suis presque endormie quand il dit :

— C'est toi ma personne préférée, Natalia.

Mes yeux se rouvrent, nos regards s'accrochent.

Je *déteste* avoir envie de l'embrasser à ce point.

— Et si on le faisait… notre pacte ?

Je n'arrive pas à croire que ces mots sont sortis de ma bouche.

La main d'Ethan se fige.

— Quoi ?

— Ben... Pourquoi pas ? On est presque en terminale, on est tous les deux célibataires, on est meilleurs amis. T'es pas... *horrible* à regarder, bon.

— Merci, vraiment.

— Et je ne me sentirai jamais aussi à l'aise avec un autre mec que toi.

Chaque fois que les mecs apprennent à me connaître, ils finissent par dire la même chose : je suis trop intense, je les stresse, je dois apprendre à me détendre. Ils s'imaginent qu'ils vont avoir la fille que je prétends être. Gentille. Confiante. Heureuse. Personne ne veut de la vraie Natalia, de l'épave que je suis à l'intérieur.

Bonjour, c'est moi ! Celle qui s'est fait jeter juste avant le bal de promo.

Mais c'est différent quand je suis avec Ethan. Mon meilleur ami qui est... un prisme. La lumière brille à travers lui, il crée la couleur pour moi. C'est tout lui, cette façon qu'il a de me laisser être exactement qui je suis. Sans armure, sans sourires forcés. *Je* suis la personne qu'il préfère. Et *lui* l'est aussi pour moi.

— Tu te moques de moi, dit-il avec une expression indéchiffrable.

Je me redresse. Et si ce n'était pas une si mauvaise idée que ça ?

— Non. Même si j'avoue que c'est... un peu chelou.

— *Un peu*, ouais. On est juste amis, dit-il, les joues légèrement empourprées.

Mon ventre se tord, je préfère l'ignorer.

— Je sais. Mais ce n'est pas non plus… euh… une demande en mariage. C'est pour essayer, quoi. Après tout, le pacte c'était pour apprendre ce que ça fait d'être… intime avec quelqu'un, non ?

Présenté de cette façon, notre amitié devrait y survivre. On aura *coché la case* et on restera amis comme avant. Pas de sentiments. Comme avant. *Nous* serons à nouveau comme avant.

— Après tout, c'est toi qui en as parlé le premier. Et puis, c'est la nuit du bal de promo.

— Nan mais attends, tu veux dire ce soir, en plus ? Genre… maintenant ?

L'intonation de sa voix monte dans les aigus. Je hausse les épaules alors que mon cœur s'emballe comme un fou.

— Alors, c'est oui ? Non ? Peut-être ? T'en penses quoi ?

— *Hum.* Les événements prennent une tournure… euh… très surprenante.

Plus Ethan est nerveux, plus il s'exprime de manière formelle. Je m'oblige à faire une pause. J'entends alors tout ce que je viens de dire en me plaçant de son point de vue et… j'ai envie de disparaître dans un trou de souris.

— T'as raison. Laisse tomber. C'est clairement la pire idée que j'aie jamais eue.

Ethan retient un sourire.

— Non, ça c'était le jour du homard. Cette pire idée-là est indétrônable !

— Au secours ! Non, j'avais presque oublié le homard, je soupire en me cachant le visage dans les mains.

— N'empêche que sans toi, je n'aurais jamais su à quel point je suis allergique aux fruits de mer.

Je lui jette un coup d'œil entre mes doigts écartés et on explose de rire au même moment. Fin de cette parenthèse bizarre où une Natalia-démon-obsédé-de-sexe était sur le point de se mettre à poil avec un mec qu'elle a dû piquer d'une dose d'anti-allergique l'été dernier après l'avoir défié au concours du plus grand mangeur de homard.

Dès que je me rallonge sur le lit, Ethan recommence son manège en jouant sur mon bras. Puis son doigt monte vers ma clavicule, un nouveau territoire. Nos yeux se rencontrent. Sa main se glisse autour de ma taille et m'attire à lui. Appuyé sur son coude, il scrute mon visage. La musique s'est arrêtée. On n'entend que nos respirations qui s'emballent, plus vite, encore plus vite.

— T'as vraiment… envie de le faire ? murmure-t-il.

En guise de réponse, je retire de mes mains tremblantes le sweat et ma chemise. Ses yeux s'agrandissent. Je porte encore mon soutien-gorge, mais je ne peux m'empêcher de rougir.

— Tu m'as déjà vue avec moins que ça à la plage, dis-je, faussement désinvolte.

— C'est différent, s'étrangle-t-il.

— Je sais.

Son regard enflamme ma peau d'une façon indescriptible.

— C'est pas grave si tu ne veux pas.

— Non, je... (Sa voix se brise, il doit s'éclaircir la gorge avant de reprendre.) Je le veux aussi.

D'un mouvement souple, il retire sa chemise et la laisse tomber sur le plancher. La situation m'échappe complètement. En même temps, comment garder la tête froide quand le mec avec qui tu te sens le plus en sécurité au monde est aussi craquant et que sa peau nue se frotte à la tienne ?

— T'as des préservatifs ? je demande.

Sa pomme d'Adam monte et descend, il hoche la tête.

Des filles comme toi...

L'avertissement s'éloigne alors qu'Ethan s'approche encore un peu plus près de moi. Il pose le front sur mon épaule, je sens son souffle chaud dans mon cou.

— Je n'arrive pas à croire ce qui est en train d'arriver, murmure-t-il.

— Je n'arrive pas à croire que tu sois encore en train de parler, je lui réponds du tac au tac.

Sa poitrine se secoue de rire, je souris dans ses cheveux. Je relève lentement la tête, j'entrelace doucement mes doigts aux siens. Je le sens trembler. Il recule et plonge ses yeux noisette dans les miens.

— Putain, Natalia, murmure-t-il.

Puis mon meilleur ami se penche sur moi et m'embrasse.

NATALIA

Deux mois et demi plus tard

Week-end d'intégration des terminales, 7 h 07

Le ciel est plein de secrets aujourd'hui. Je déteste les secrets.

Des nappes de brouillard venant de la mer allongent leurs doigts à travers les cèdres de ma rue. Super joyeux pour un matin de fin août. Si je croyais aux signes, je penserais que cette atmosphère flippante essaye de m'adresser un message à propos de cette journée. Donc, heureusement que *je ne crois pas aux signes*, vu que le week-end d'intégration des terminales doit être parfait. *Va* être parfait.

Même si je vais revoir Ethan.

La porte d'entrée s'ouvre derrière moi, les chaussons de maman glissent sur les marches du perron. L'affiche géante appuyée contre ma jambe manque de tomber à son passage. Je la retire de son chemin. Elle est au téléphone avec l'une de mes tantes. Ça parle en espagnol et à toute vitesse ! Quand elle a terminé, elle s'assoit à côté de moi, s'emmitouflant étroitement dans son pull rose. Elle tient une tasse fumante de café. Ses yeux bruns sont fatigués et ses cheveux noirs et raides comme des baguettes ne ressemblent en rien à mes cheveux ondulés que j'ai arrangés ce matin en queue-de-cheval.

— Il n'est pas encore là ? me demande-t-elle.

— Bah non, tu vois bien.

Je vérifie l'heure à ma montre. J'attends Ethan en ce matin glauquissime devant notre maison – euh non, devant *la maison de papa* maintenant – depuis sept minutes exactement. Apparemment, il semble que n'importe où, n'importe quand, je sois condamnée à attendre Ethan. Si j'avais les moyens de faire réparer ma voiture, je ne dépendrais pas autant de mon meilleur ami.

Enfin, si on est encore meilleurs amis.

Je n'arrive toujours pas à croire qu'on n'a pas parlé de tout l'été. D'accord, il y a les conversations de groupe avec Rainn et Sienna, mais on ne se répond jamais directement l'un à l'autre, donc ça compte pas. Cela me permet juste de savoir qu'il est toujours en vie.

Le soupir de maman me paraît soudain prémonitoire.

— J'aurais vraiment préféré que tu ne sois pas en charge de cet événement. Ce soir, en plus.

Je m'empêche de lever les yeux au ciel.

— Maman, ce n'est pas un complot dirigé contre toi. C'est juste notre week-end d'intégration.

C'est une tradition sacrée à Liberty Prep. La classe des terminales se rassemble le week-end qui précède la rentrée pour assister au week-end d'intégration : le but est aussi de fixer les objectifs de notre dernière année et de rédiger chacun nos « lettres du Lion ». Je frissonne à l'idée d'écrire la moindre ligne sur ce que j'ai vécu.

— Il n'y avait pas de nuit sur place quand ton père était à Liberty.

Elle a raison. Avant, ça ne durait que quelques heures, mais j'ai proposé de transformer le rassemblement en un mini séjour au camping pour le rendre « inoubliable ». Je suis présidente du bureau des lycéens et donc en charge de l'animation. Je dois faire en sorte que les autres soient enthousiastes à l'idée de débuter cette dernière année ensemble, même si je ne le suis pas moi-même.

Je ne réponds pas. Maman soupire à nouveau.

— Je sais que cet été n'a pas été facile, ma chérie, mais ton père et moi pensons que…

Je regarde le ciel encore sombre et ferme les écoutilles pour ne pas entendre ce qui va suivre. Dans ma tête se dessine une fresque. J'imagine la lumière au petit matin, la profusion des couleurs… Ce qui se passera aujourd'hui influencera toute ma dernière année de lycée. Nous aurons un week-end d'intégration rose, or, violine si nous avons de la chance. La promesse de nouveaux commencements. J'en aurais bien besoin maintenant.

— Tu m'écoutes ?

— Bien sûr, maman.

— On trouvera une solution à tout ça. J'en suis certaine.

Ça. Le mot choisi par mes parents pour qualifier l'écroulement de mon monde. *Ça* pour divorce. *Ça* pour le choix impossible que je dois faire d'ici la fin du week-end. Maman ou papa.

Si je reste avec mon père, je n'ai aucune chance de poursuivre des études d'art, parce que c'est un « style de vie néfaste et précaire ».

Si je suis ma mère, je perds Liberty Prep et toute ma vie d'ici. Le lycée, la plage, la présidence. Ethan.

Des phares transpercent enfin le brouillard et quelques secondes plus tard, une voiture pile devant chez nous.

Il est là.

Non… La voiture d'Ethan, celle que je connais, est une bagnole indescriptible avec *I need space NASA* et *Golden State Warriors* collés sur le pare-chocs.

Cette voiture-là – une élégante berline électrique que seuls les plus connards des riches conduisent à l'école – est tout le contraire d'Ethan.

— On dirait que Roger a réussi à le convaincre, dit maman.

Mon estomac coule à pic. Le père d'Ethan adore flamber comme s'il n'y avait que l'argent au monde. Ethan a toujours résisté. Ou du moins, avait.

La porte du conducteur s'ouvre alors à la verticale. Flippant. Ethan sort de voiture. Le monde s'arrête de tourner.

Ça fait deux mois et demi.

Sa masse de boucles a l'air un peu domptée par de la lotion. Dans la grisaille du jour, ses yeux noisette me paraissent plus brillants, ses sourcils sombres plus frappants. Il porte un jean couleur acajou – roulé aux chevilles, ce qui dégage ses Chuck noires – et un sweat à capuche ajusté qui souligne sa carrure longiligne.

Ethan est là, réel, beau, et *en retard.*

Il vient vers nous en courant, mon petit cœur fragile se serre quand mes yeux croisent les siens.

J'ai soudain envie de le serrer dans mes bras et de m'imprégner de ces longues semaines que j'ai manquées. Mais je ne peux pas. De toute façon, on n'a pas le temps.

Je balance la tente dans les bras d'Ethan, ce qui coupe court à toute discussion. Il grogne. J'ajoute le sac de couchage, histoire de ne plus voir son visage parfait.

— Ah d'ac... cord, dit-il, à moitié caché.

Sa voix est rauque, encore embrumée de sommeil.

Heureusement qu'il ne peut pas voir mon sourire.

J'embrasse rapidement maman, j'attrape l'affiche et je descends notre allée jusqu'à la voiture. Ah, petit problème : comment s'ouvre cet engin débile ? Il n'y a pas de poignée. J'observe la bande argentée où elle devrait se trouver. Il faut fournir une empreinte digitale ? L'ADN d'un cheveu ? Une fille intelligente comme moi est plus que capable d'ouvrir une portière, mais... il semblerait que non.

Ethan m'a rejointe entretemps. Ses yeux pétillent de malice. Une expression si familière que je me radoucis.

— Salut.

Si mon regard pouvait tuer, Ethan serait déjà un cadavre fumant. Je n'arrive pas à détacher mes yeux de lui... D'ailleurs, on dirait qu'il le sait.

— Salut, répond-il, le coin des lèvres retroussé.

— Tu en as mis du t...

Un bip-bip retentit : la porte côté passager s'ouvre.

Je m'interromps. Claire Wilson est assise à l'avant de la voiture. À *ma* place.

— Coucou, Natalia !

Ma peau se hérisse. Si j'étais un chat, mon pelage aurait doublé de volume et je serais en train de cracher. À la place, j'exhibe mon meilleur sourire de présidente et je m'oblige à être la plus naturelle possible. Je suis très forte pour faire semblant d'aller bien, j'ai de la pratique. Aujourd'hui ne sera pas différent des autres jours, semble-t-il.

— Claire ! Salut !

Sérieux, depuis quand est-ce qu'on doit se taper la présence de Claire Wilson, avec ses mèches bleu pétard et sa peau couverte de taches de rousseur ? Alors que c'est le coup d'envoi de notre dernière année que j'ai planifié tout l'été ? Sans parler du fait que je n'ai pas vu Ethan depuis un demi-siècle ?

— Ethan a proposé de m'emmener, explique Claire, comme s'il n'y avait rien de plus normal.

Ils vivent l'un en face de l'autre depuis qu'Ethan a déménagé à Cliffport Heights, l'an dernier. Un quartier huppé avec vue imprenable sur la mer. Claire n'a jamais intéressé Ethan... *n'avait*. La morsure qui me pince les côtes doit être due au froid.

— Génial ! Plus on est de fous, plus on rit. Voilà ce qui explique votre retard.

— Non, c'est à cause de moi. Mon alarme a buggé, lance une voix grincheuse.

Rainn, cheveux blonds en désordre, est affalé sur la banquette arrière, ses longues jambes étrangement repliées. Il est en pantalon de survêt et tee-shirt avec un loup hurlant à la lune imprimé sur le devant.

Je monte à côté de lui, bataillant pour faire entrer mon affiche géante. Le parfum d'Ethan, un effluve de pin enivrant et réconfortant, me frappe aussitôt. Je suis obligée de fermer les yeux. Les souvenirs du bal de promo inondent mon système nerveux. Ses mains sur ma taille, son souffle chaud dans mon cou…

La sensation de Rainn qui pose ses jambes sur mes genoux me ramène à la réalité. En temps normal, je les aurais repoussées, mais je reconnais qu'elles me réchauffent et que ce grand dadais me change les idées.

— Oh là là, t'as ressorti les photos de seconde ? me demande-t-il en pointant l'affiche.

— Oui. Pour montrer le chemin parcouru.

J'ai passé trois nuits à découper et décorer chaque photo d'il y a trois ans. J'ai même ajouté celles des élèves arrivés après la première année. Rainn s'amuse à les regarder. Mes bouclettes et mon appareil dentaire de seconde le font hurler de rire. Lui avait une tignasse de surfeur et le cou maigre. Sienna a un sourire jusqu'aux oreilles et d'énormes lunettes qu'elle a changées depuis. Et puis il y a la photo d'Ethan avec sa coupe buzz ultra courte parce qu'il ne savait pas quoi faire de ses magnifiques cheveux. C'était juste avant le début de l'émission de son père.

Même si beaucoup de choses ont changé depuis – la maison d'Ethan est devenue plus grande, ses affaires plus chères –, lui n'a jamais changé. J'ai envie de croire que le seul truc vraiment différent, c'est qu'il sait quoi faire de ses cheveux, maintenant… Mais vu que nous sommes dans une voiture-vaisseau spatial avec Claire Wilson à bord, de toute évidence, je me trompe.

Je pose les mains sur le chauffage pour désengourdir mes doigts frigorifiés. Je reluque à nouveau la chemise ridicule que porte Rainn et la chair de poule sur ses bras bronzés.

— Tu ne gèles pas ?

— Le froid est un état d'esprit, Natalia, me répond-il, paupières fermées.

— C'est aussi un état de température, mais bon.

Je sors le sweat que j'ai dans mon sac et le jette sur lui. Rainn entrouvre un œil. Il le roule en boule pour en faire un oreiller, puis le glisse sous sa tête avec un sourire reconnaissant.

— J'adore quand tu penses à moi !

Tsss, ce mec.

En jetant un coup d'œil à mon téléphone, je suis prise de panique : Sienna n'a répondu à aucun de mes textos.

— Si Sienna a oublié de se réveiller, juré, je la découpe en morceaux, je marmonne.

Ethan renifle.

— Grincheux ? marmonne Rainn.

— Affamé plutôt, répond Ethan.

Il nous observe avec attention dans son rétroviseur. C'est ça le résultat de dix semaines de silence ?

Le grondement de mon estomac me trahit. Le regard d'Ethan n'est plus inquisiteur, mais interrogateur. Je m'oblige à reporter mon attention sur les maisons et les immeubles de mon quartier qui défilent et qui finissent par disparaître à mesure que nous approchons de la plage.

— Sienna devait prendre le petit déj, donuts et cafés, j'explique.

— Elle n'est même pas sortie de son lit, dit Rainn, les yeux toujours fermés.

— Tais-toi. On a déjà treize minutes de retard. Si Prashant commence sans moi…

— Tu le découpes en morceaux ? suggère Ethan.

Je fixe l'arrière de sa tête. Une très mauvaise idée, car mes doigts se souviennent que c'est là que ses cheveux sont le plus doux et le plus bouclés.

— C'est le mec le plus intelligent de la classe, pourquoi il ne commencerait pas sans toi ? balance Claire.

Je pince les lèvres. Elle est conne ou quoi ? OK, Prashant est peut-être intelligent, vice-délégué de classe et en bonne voie de devenir major de promo à cause de mon mauvais résultat au devoir d'éco, mais c'est surtout un fourbe qui, chaque année depuis trois ans, a essayé de me piquer la place de déléguée de classe.

Donc je ne vais sûrement pas me laisser faire, maintenant que je suis présidente et que j'ai enfin du pouvoir. Surtout à cause des bourses universitaires. LA vraie carotte en ce qui me concerne.

— Qui l'a invitée celle-là ? murmure Rainn.

J'étouffe mon rire en toussant, même si je suis la seule à avoir entendu sa remarque.

Ethan et moi avons toujours été comme les doigts de la main, mais on est aussi un groupe soudé avec Rainn et Sienna depuis le collège. Ils apportent de la douceur à notre duo. Rainn et Ethan sont proches, Sienna et moi aussi. Mais cet été, Rainn et moi on a davantage traîné ensemble en l'absence d'Ethan.

Je souffle sur mes mains toujours gelées.

— Tu peux monter le chauffage ? Ah non, Ethan ! Pas Main Street, il y a trop de… rahh !

Ethan bifurque dans Main Street, et on est aussitôt ralentis par une interminable succession de feux rouges, alors que le trajet par Maple Avenue aurait été deux fois plus rapide. Je fixe son reflet dans le rétroviseur avec des yeux de tueuse.

— J'étais obligé, t'es tellement stressée, répond-il.

Je donne un coup de poing dans son siège.

— Tu l'as fait exprès ? C'est quoi ton problème !

— Plein de choses.

— C'est pas drôle, Ethan.

— Je rigole pas.

Mais il sourit. L'un de ses sourires à tomber par terre qui m'enflamment tout entière.

— On va perdre encore six minutes, peut-être huit. Pourquoi tu fais exprès de me torturer ?

— C'est mon sport préféré.

— Je te déteste.

— Nan, tu m'aimes.

L'ambiance se tend dans la voiture. Claire nous lance un regard étrange. Celui que finissent par lancer toutes les filles qui ont le béguin pour Ethan. Celui qui demande :

Ils flirtent ?

Ils s'aiment ?

De toute façon quelle menace peut bien représenter Natalia Diaz-Price ?

Réponses :

Parfois.

C'est compliqué.

Aucune. La preuve : le bal de promo.

— Surtout que j'ai apporté des trucs à grignoter, reprend Ethan.

Je le déteste toujours, mais au moins mon humeur est à la hausse. Au feu rouge suivant, il tend la main devant Claire, ouvre la boîte à gants et en sort une poignée de barres de granola. Le triste bruit de l'emballage froissé illustre bien ma déception.

— T'es sérieux là ? je grogne.

— Ma réserve personnelle en cas de fringale ! Allez, c'est délicieux et plein de nutriments. (Il lit l'étiquette en plissant les yeux.) Avec de la lécithine de soja. Miaaam !

Ethan m'observe de ses yeux pétillants. Je soutiens son regard, hors de question que je rigole.

— J'ai failli mourir d'hypothermie à t'attendre, et maintenant ça ?

— Hypothermie ! Il fait douze degrés dehors.

— Mouais. J'avais prévu des donuts.

Ethan secoue la tête.

— Aucune gratitude alors que je trimballe ton petit cul pas motorisé vers une activité scolaire qui n'est même pas obligatoire et que j'offre la bouffe.

Je lève les yeux au ciel, puis j'énumère en comptant sur mes doigts :

— Premièrement, en tant que présidente, je dois organiser, coordonner et assister à la journée d'intégration. Deuxièmement, en tant qu'amis, vous êtes obligés de m'aider, c'est presque dans la loi. Troisièmement, je n'ai plus de voiture parce que la mienne est chez le garagiste. Et pour conclure (je lance un coup d'œil dédaigneux aux barres de granola), cette cochonnerie n'est *pas* de la bouffe.

— Qu'est-ce qui s'est passé avec ta voiture ?

— Heu… Un accrochage la semaine dernière. Rien de grave.

— Sérieux ? Mais toi, ça va ?

Je hais la façon dont sa voix s'adoucit. J'attrape une mèche de cheveux et je joue avec.

— L'hypothermie, c'était pire.

Ethan roule des yeux, mais je vois bien qu'il retient un sourire.

— Qui aurait cru qu'une nana sur le point de mourir ferait autant d'histoires ?

— Qui aurait cru que tu m'offrirais des barres de céréales pour mon dernier repas sur terre ?

— Si c'est pour te sauver la vie, je ferai n'importe quoi, Natalia !

Heureusement pour moi, il ne voit pas la rougeur qui gagne mon cou.

— Vous êtes trop mignons tous les deux. Ethan m'a dit que vous étiez super potes, intervient Claire avec assurance.

— Juste potes ? lance Rainn, en me taquinant le mollet avec sa chaussure.

La voiture pile à un autre feu. Claire se retourne tout sourire. J'espère que le mien est toujours accroché à mes lèvres. Cette nana se comporte comme si elle ignorait qu'Ethan et moi sommes meilleurs amis depuis le collège. Liberty Prep n'est pas si grand, tout le monde sait tout. Mais Claire, qui se la joue en permanence, est persuadée qu'elle deviendra une star. Elle ne regarde jamais au-delà de sa bulle. Voilà pourquoi sa présence dans ce vaisseau spatial n'a aucun sens.

Mais quelque chose a encore moins de sens : Ethan a visiblement préféré se confier à elle plutôt qu'à moi.

Nos trois téléphones bipent en même temps, ce qui me sort de ma spirale.

— Sienna vient de se réveiller ! annonce Rainn.

Ethan explose de rire. Ça fait si longtemps que je n'avais pas entendu son rire, fort, à gorge déployée. Tout en lui est si… irrésistible. Différent. Pas comme Sienna, toujours égale à elle-même. Pour une personne capable de résoudre des équations complexes et de tête, c'est bien la trésorière la plus farfelue de tous les temps.

— Noooooooooon, je gémis.

Le bras d'Ethan apparaît, tordu par-dessus son appuie-tête, avec une barre de granola tentatrice. Je l'attrape. Nos mains se touchent. Ses doigts chauds contre mes doigts glacés, qu'il serre brièvement. Comme un doux murmure. Un petit signe. Le langage d'Ethan que je ne parviens jamais totalement à déchiffrer malgré les années passées à l'apprendre. Il pourrait vouloir me dire *salut*. Ou *relax, Natalia*.

Ou *moi aussi, j'arrête pas de penser à cette nuit*.

Encore un feu rouge, les jambes de Rainn tombent de mes genoux. Il s'étire, les vertèbres de son cou craquent, puis il glisse son long bras autour de moi et me tire à lui de cette façon dragueuse dont il a usé tout l'été.

— Ça va être une année géniale, je le sens.

Je me blottis dans sa chaleur et son optimisme, et lui retourne un sourire. J'espère que c'est vrai pour tout le monde, même si ça ne l'est pas pour moi. Et ce quelle que soit ma décision sur l'endroit où je vivrai. Même si personne n'est au courant du dilemme qui m'habite.

Dans le rétroviseur, le regard d'Ethan capture à nouveau le mien.

Ouais. Les secrets, c'est nul.

ETHAN

Week-end d'intégration des terminales, 7 h 19

Cool. Super cool. Archi cool. Je déteste le camping, le montage de tente et dormir par terre. J'ai juste accepté de participer au lever du soleil pour essayer d'arranger la situation avec Natalia, mais je suppose qu'elle et Rainn sont… quoi ? En train de flirter ? Déjà ensemble ?

Après ce qu'il m'a dit au bal de promo, c'est possible.

C'est vrai quoi, ils n'ont jamais été du genre *tactile*, pourtant je n'hallucine pas, son bras est *toujours* sur elle et elle lui sourit *toujours*. J'agrippe si fort le volant que j'ai les jointures toutes blanches.

C'est la cata.

Pourtant, quand elle m'a vu ce matin, je jurerais que ses yeux bleus se sont allumés du même feu qui brûle en moi. Maintenant, je me dis que j'ai dû rêver parce qu'elle me regarde à peine.

Une citation me chatouille l'esprit, « Rappelez-vous, ne pas obtenir ce que vous voulez est parfois un merveilleux coup de chance ». Le Dalaï Lama, peut-être. Mais ça ne m'aide pas.

Je déchire l'emballage d'une barre de céréales avec les dents et l'enfourne. Elle a un goût rance. Natalia avait raison, comme d'habitude. Cette cochonnerie est dégueu.

Je suis obligé de faire demi-tour, j'ai raté la bifurcation vers le camping de la plage. Natalia gémit à l'arrière, mais je l'entends à peine. Pourquoi personne ne m'a rien dit pour eux deux ? Pourquoi *Natalia* ne m'a rien dit ?

J'oubliais : parce qu'elle m'a évité tout l'été.

J'espérais pourtant que les vacances auraient calmé la tension qu'il y a entre nous, qu'elle serait prête à parler de ce qui s'est passé, mais non, je me berçais d'illusions. C'est Natalia. Championne de la rancune. Tout le monde pense qu'elle est aimable alors que c'est le contraire. Enfin, oui, elle est gentille, attentionnée, généreuse, mais aimable ? Non. C'est une carapace. En dessous, elle est mesquine, tranchante, agressive. Bordel, c'est une des personnes les plus tordues que je connaisse.

C'est aussi la meilleure.

Je ne devrais pas être surpris qu'elle m'ait ghosté. Natalia a commencé à s'éloigner bien avant le bal de promo. C'est sa manière de faire, s'absorber dans sa tête, son art, ses to-do lists pour éviter de parler. Mais le soir du bal, elle était bien présente. On aurait dit qu'elle avait avalé la lune tellement elle brillait de l'intérieur. J'ai réussi à l'avoir pour moi seul après des mois de distance et ensuite… Je ne sais pas, mon crétin de cerveau s'est rappelé ce pacte.

Une minute avant, on discutait gentiment sur mon lit, la minute d'après, son sweat volait sur le plancher et mes doigts exploraient sa peau. Lorsque nos lèvres se sont touchées, quelque chose a lâché en moi. C'est à peine si je pigeais ce qui arrivait, à part que j'aimais trop ça et je ne voulais surtout pas que ça s'arrête. C'était *Natalia*. Ça aurait dû être bizarre ou drôle ou mal. Mais non, rien n'avait jamais été aussi bien.

C'est ça le problème.

J'ai à peine eu le temps de goûter à elle et voilà qu'elle me disait très clairement ne pas ressentir la même chose. Parce qu'après notre baiser de fin du monde, après le petit cri tremblant et fragile que mes lèvres lui ont arraché en effleurant le délicieux carré de chair entre ses clavicules, elle m'a sorti :

— T'inquiète, on s'en fiche. On le fait pour le faire, c'est tout.

Et là je me suis figé. C'était clair. En vrai, Natalia ne voulait pas de moi. Sans le pacte, elle ne m'aurait jamais touché.

— Talia… (Son surnom m'irritait la gorge.) Je… je ne crois pas que je… C'est stupide. Je ne… avec *toi*… pas comme ça.

Et tout est parti en vrille.

Elle a reculé pour s'éloigner de moi, elle s'est précipitée pour récupérer son sweat.

— Absolument. T'as raison. Je suis désolée… allez, *bouge*.

— Attends, hééééé, Natalia, arrête !

— T'inquiète. C'est bon.

— T'es fâchée.

Plus qu'un peu même, elle arrachait ses épingles comme une tarée, ce qui libérait ses longs cheveux noirs par vagues dans son dos.

Je voulais à nouveau glisser mes doigts dans ses mèches, enfouir mon visage dans cette masse soyeuse. Mais c'était trop tard.

— Tout va bien. Je… je vais juste rentrer chez moi.

Elle est sortie en coup de vent de ma chambre, attrapant ses affaires ici et là, sans même me regarder. Pas une seule fois.

— Natalia, attends… Ne pars pas, ai-je crié depuis la véranda alors qu'elle montait déjà en voiture.

La dernière phrase qu'elle m'a lancée avant de disparaître tout l'été :

— Oublie tout ça, s'il te plaît.

Cette nuit-là, je l'ai regardée partir, emportant dans l'obscurité notre occasion ratée.

Je l'observe à nouveau dans mon rétro. Elle s'amuse avec la chemise de Rainn en répétant que le tissu est moche. Il éclate de rire, elle réfrène son propre sourire.

Tout ça, c'est ma faute. Est-ce que je l'ai perdue parce que j'ai eu trop peur de lui dire la vérité ce soir-là ?

— Merci encore de m'avoir emmenée, dit Claire.

Sa voix me sort de mes pensées. Je l'avais oubliée, celle-là.

— De rien.

— On devrait faire ça plus souvent, dit-elle avec un gentil sourire.

— Ouais.

Claire est mignonne, mais c'est nouveau qu'elle s'intéresse à moi. Tout a commencé à changer après la finale de basket en mai dernier, et s'est accentué avec mon élection sortie de nulle part au bal de promo. Je ne pige toujours pas vraiment pourquoi ils m'ont choisi d'ailleurs.

À mon retour de Seattle la semaine dernière, Claire s'est pointée chez moi avec un livre qu'elle m'avait emprunté pendant l'année scolaire. J'avais zappé. On a discuté, et tout d'un coup, elle m'a embrassé. OK, je n'ai pas détesté, mais je n'y ai pas vraiment repensé. En ce moment, entre Natalia et ce qui se passe à la maison, chaque centimètre carré de mon cerveau est saturé.

Bon Dieu, ce que Natalia me manque. J'aurais dû lui envoyer un texto. C'est la seule à qui j'aurais pu me confier sur cet été pourri.

Les messages découverts sur le portable de mon père.

Adam qui lutte pour s'en sortir.

J'espérais que rendre visite à mon frère m'aiderait à oublier – Natalia, papa, le bahut, l'équipe, *Natalia* – mais non, ça a juste accentué mon isolement. Chaque fois que je voulais parler à Adam de nos parents, de l'ambiance à la maison maintenant que lui et papa sont partis, *pourquoi* papa est parti, les mots restaient coincés. Je ne peux pas le stresser avec ce que je sais. Ce serait mauvais pour son rétablissement.

Quand Adam m'a posé des questions sur Natalia, j'ai fini par cracher le morceau. Tout ce qu'il a répondu, c'était :

— T'es trop con, frangin. Tu la veux depuis *toujours*.

— Non, c'est pas vrai, j'ai répondu du tac au tac.

Il a levé les yeux au ciel, m'a arraché le ballon des mains, a dribblé et marqué un super panier.

Driiiiiing !

Sursaut collectif dans la voiture. Le visage de mon père apparaît sur le tableau-de-bord-cockpit-de-vaisseau-spatial. Putain de voiture. Je ne m'y habitue toujours pas. Une des nombreuses choses que je ne pardonnerai jamais à mon père.

J'appuie sur *décliner*. Non merci. Quelques secondes plus tard, *Driiiiiiing !* Je décline encore.

Quand ça sonne pour la troisième fois, je me concentre sur ma respiration. Qu'est-ce qu'il ne pige pas dans *Lâche-moi la grappe* ?

— Tu ne réponds pas ? demande Claire.

Mes mâchoires me font mal tellement je les serre.

— Non.

— C'est peut-être important, hasarde Rainn.

— Non !

Et même si ça l'était, je m'en fous. Quand Natalia et Rainn échangent un coup d'œil, une douleur nouvelle me transperce. Ils se comprennent. Comme elle et moi. Avant.

Gêné, je me frotte la joue. Ça gratte, je ne suis pas rasé.

— Ton père est en plein tournage, non ? s'enflamme Claire. J'ai lu que la nouvelle saison se passera à New York.

— Euh...

— Y a intérêt que le temps se dégage d'ici demain matin ! s'exclame Natalia.

Je la cherche des yeux dans le rétro, mais elle s'obstine à ne pas croiser mon regard. Elle a fait exprès de créer une diversion. Je la remercie par télépathie. Natalia sait que je déteste parler de mon père ou de son travail.

J'étais ami avec Rainn, Sienna et Natalia bien avant son émission télévisée, *Vous et moi*, à une heure de grande écoute. Mes potes étaient là alors que papa commençait à être... partout. Il n'y a eu qu'une seule remarque, de Sienna, quand mon PC gaming a lâché. « Demande un Alienware à papa Warbucks. Il a les moyens maintenant. »

Ouais, les vrais potes s'en foutent de la célébrité.

Mais tout le monde n'est pas comme ça.

— T'y crois vraiment ? dit Claire, en regardant par la fenêtre.

— Oui, répond Natalia, catégorique.

Ha ha ! Elle croit qu'elle a le contrôle total de la météo. C'est adorable.

— Même si on ne voit pas le soleil, ce sera quand même un nouveau départ. Parce que si on réfléchit bien, chaque journée en est un, philosophe Rainn.

— Bien parlé, c'était profond ! s'exclame Natalia en lui donnant un coup de poing.

— Comme d'hab !

Le rire de mon ex-meilleure amie me pince la poitrine.

— Vous saviez que les astronautes en orbite dans la station spatiale voient seize levers de soleil par jour ? je hasarde.

Personne ne relève, je poursuis.

— La première œuvre d'art créée dans l'espace est un dessin de lever de soleil orbital. Allez voir sur Internet, il est vraiment cool.

— Tu connais tellement de choses, dit Claire en me caressant le bras.

Je crois d'abord qu'elle se moque de moi, mais non, aucune lueur sarcastique dans ses yeux. Juste un grand sourire. Elle est mignonne quand elle fronce le nez. Du coup, je lui souris en retour.

— On n'a pas seize chances, Ethan, juste une, rétorque Natalia sur un ton glacial.

Là, j'ai comme l'impression qu'on ne parle plus du tout de lever de soleil.

NATALIA

Week-end d'intégration des terminales 7 h 25

Ma première œuvre était sur l'espace, et Ethan s'en souvient, bien sûr. Parce qu'il est cool. *Argh*, mon meilleur ami me manque. Les mots sortent presque de ma bouche, mais le sourire de Claire à Ethan me réduit au silence. Le genre de sourire dont il se méfie habituellement, celui de toutes les filles qui voulaient l'inviter au bal. Mais mon cœur se serre en voyant Ethan lui en retourner un. Gentil, timide.

D'abord on l'emmène en voiture, et maintenant ça ? Il se passerait vraiment quelque chose entre eux ?

Mon portable sonne. C'est un texto de Prashant.

> Miss Parfaite est en retard ???
> Pas génial comme début d'année...

Je serre les dents. Nous arrivons ENFIN au camping de Ventoso Beach. À l'exception de Sienna, tous les terminales du comité sont déjà là, y compris Leti Mitchell, secrétaire du conseil des élèves et obsession de Sienna depuis un an.

Heureusement, on dirait qu'ils n'ont pas franchement avancé les préparatifs. Je peux encore me rattraper.

Nous déchargeons rapidement la voiture avant de rejoindre le groupe. Rainn m'entoure les épaules de son bras, ce qui ne me déplaît pas, le froid est glacial. Je reconnais que ce n'est pas dans nos habitudes qu'il flirte, c'est même récent. Mais j'avoue aussi que c'est agréable de se sentir désirée par quelqu'un.

— Qu'est-ce qui se passe entre Forrester et toi ? me demande Rainn.

Le vent souffle fort, il tente de rassembler ses cheveux hirsutes dans sa main.

— Comment ça ? Rien, dis-je d'une voix paniquée, même à mes propres oreilles.

— Ambiance, ambiance.

— C'est peut-être parce qu'on ne s'est pas vus de l'été.

— Ah. Je pensais que c'était à cause de… Claire et lui.

Claire et lui. J'inspire douloureusement. Je suppose que Rainn a des infos que j'ignore. Mon esprit s'échappe vers une toile virant au bleu profond, mélancolique. Je voudrais m'allonger pour que la peinture pénètre dans ma peau. Je voudrais disparaître dedans.

Pas maintenant. Pour l'instant, je dois passer en mode « Présidente Natalia ».

Je plaque un sourire sur mes lèvres et prends ma voix de cheffe d'équipe :

— Salut, tout le monde, on doit se dépêcher avant que les autres arrivent ! Vous (je désigne vaguement Ethan et Rainn), il faut installer les bancs autour du feu de joie. Mason, aide Ethan, s'il te plaît, c'est toi le champion.

Quand je croise le regard amusé d'Ethan, je peine à garder mon sérieux. Mason Hartman, le quarterback de l'équipe Liberty, est une boisson énergisante ambulante. Il a la peau blanche et lisse, une coupe mulet et des biscottos impressionnants. En général, on l'évite parce que c'est aussi une vraie pipelette : ce mec ne la boucle jamais.

Il pose une grande main sympathique sur l'épaule d'Ethan qui grimace aussitôt.

— Alors, Roi du bal, t'as fait des pompes cet été ? lui demande Mason en tâtant son épaule.

Il n'attend pas la réponse d'Ethan pour se lancer dans une longue histoire de poudre protéinée, sa marque préférée, etc. Je sens l'âme d'Ethan quitter son corps à mesure que l'autre déblatère. Le bavardage de Mason n'est plus qu'un fond sonore quand je m'éloigne.

Traditionnellement, la journée d'intégration est organisée sur le terrain de foot du lycée, mais je trouvais ça nul. On est en bord de mer, tout le monde passe son temps sur la plage et notre école est à dix minutes d'un magnifique camping « les pieds dans l'eau ». Ici, on s'endort bercés par les vagues.

Enfin là, tout de suite, j'avoue, je regrette un peu. Pour la troisième fois, j'essaie de dérouler une nappe que le vent s'acharne à m'arracher des mains. Je commence à comprendre pourquoi les promos précédentes ne venaient pas ici. Il y a bien trop de vent, le froid est mordant. J'ai peut-être commis une énorme erreur… tout ça pour éviter que ma mère ne fasse les cartons. La nappe me claque au visage. Heureusement, Leti accourt pour m'aider.

Son sweat court met en valeur son ventre bronzé, un jean ample lui recouvre les pieds. Ses cheveux noir de jais sont courts à l'arrière et sur les côtés, en désordre sur le dessus.

— Merci, Leti, c'est dingue ce vent !

— À ton avis, pourquoi cette plage s'appelle Ventoso, hein ?

Je dois avoir l'air d'une idiote, parce que Leti reprend aussitôt :

— J'avais oublié que t'as choisi français en LV2. Ventoso, c'est venteux en espagnol.

Je pique un fard.

— T'as raison, j'aurais dû faire espagnol. En fait, je rêve d'aller un jour au Louvre et de…

Je m'arrête là. Leti et moi sommes les deux d'origine latino de la classe, alors forcément, je dois lui sembler nulle de ne pas parler espagnol. Moi aussi, je trouve ça nul. Bien sûr, j'ai des bases, je connais quelques mots comme *guapo* parce que mon *abuela* l'utilise pour me taquiner sur la beauté d'Ethan. Mais ça ne va pas beaucoup plus loin.

J'ai du mal à me sentir Diaz, l'ADN des Price ayant décidé de prendre le dessus en me donnant la peau claire et les yeux bleus. Être métisse et passer pour blanche est déroutant. J'ai l'impression de n'être ni l'une ni l'autre.

Mais pour l'instant, le seul jugement dans l'expression de Leti semble porter sur mon choix de musée.

— J'ai vu le Louvre l'été dernier, c'était génial, sauf qu'il y avait un monde fou. Faut aller dans les endroits alternatifs, comme Douleur Peinte, je te jure que c'est *trop* inspirant. Ma peinture n'est plus la même depuis que j'ai visité ce studio.

Je souris. J'aimerais ressembler à Leti, être une artiste exaltée. Bouillonnante et audacieuse. Pas coincée dans ma tête, dans un rôle ou dans les attentes d'autrui. Libre.

— Notre accord tient toujours ? Sur les écoles d'art ?

L'an dernier, je lui ai montré mes travaux, et on a conclu une sorte de pacte (encore un !) pour postuler en fin d'année dans les mêmes écoles d'art. Je ne sais pas pourquoi j'ai accepté. C'est impossible. Je suis boursière, je dois me concentrer sur mes études et pas sur mon « petit passe-temps », comme aime le répéter mon père.

Je n'oublierai jamais le jour où il m'a trouvée en train de peindre. Il avait fouillé mes affaires pour consulter mon emploi du temps et vérifier pourquoi j'avais du temps libre.

Mon sourire retombe.

— Mes parents n'accepteront jamais.

— Tu seras prise. T'es douée, Natalia.

Sa remarque me laisse sans voix durant quelques secondes. Je refuse de considérer mes peintures comme bonnes ou mauvaises. Elles sont mes tripes, mes émotions refoulées, explosives. La couleur, les sentiments, tous les mots que je ne peux jamais exprimer. Des cris silencieux.

— Merci, Leti.

Nous plaçons les cahiers prévus pour les lettres du Lion. Mes paumes deviennent glissantes de stress. Ces lettres, c'est le moment le plus important de la journée d'intégration des terminales. Le fondement de l'événement. Chacun de nous va écrire quelque chose à propos de cette dernière année à Liberty, ce que nous voulons, et ce que nous ferions si nous étions courageux comme le lion, la mascotte de l'école. Tout le monde joue le jeu très sérieusement. L'an dernier, il paraît que certains pleuraient en l'écrivant, d'après les membres du comité qui étaient déjà là.

Qu'est-ce que je vais pouvoir écrire ? Je sais très bien que je ne peux pas avoir tout ce que je désire…

Le regard de Leti est attiré au-dessus de mon épaule. Je me retourne. Ah, Sienna est arrivée. Elle est en train de décharger son coffre.

— Tu crois qu'elle a besoin d'aide ? me demande Leti avec tant d'espoir que j'en rougis presque.

Sans attendre ma réponse, Leti fonce vers Sienna, que je vois s'illuminer aussitôt.

Ethan, qui passait près de nous, s'en rend compte aussi. Il me lance un regard complice parce que, oh mon Dieu, Sienna est rouge tomate ! On dirait aussi que lui et moi réalisons en même temps à quel point c'est étrange de ne pas se parler.

J'ai tellement envie de courir vers lui, mais c'est finalement lui qui vient vers moi.

— Euh… Natalia ?

Ça fait mal de le regarder. Tout ce que je vois, c'est la façon dont il s'est éloigné cette nuit-là. Combien il a changé, combien *nous* avons changé depuis.

Ethan est super gêné, il laboure ses cheveux avec sa main.

— Je voulais juste… te remercier pour tout à l'heure. Quand mon père a appelé.

Eurk. Son père. J'essaie de me contrôler parce qu'Ethan ignore le dégoût qui pulse en moi chaque fois qu'il est question de son père. Quelle que soit la tension qu'il peut y avoir entre nous, je me rangerai toujours du côté d'Ethan.

— De rien.

J'ai pourtant une tonne de questions à lui poser, à commencer par lui demander pourquoi il ne voulait pas répondre aux appels de son père. Je ne supporte plus Roger Forrester, mais père et fils se sont toujours bien entendus. Est-ce que c'était à cause de Claire dans la voiture… ou bien à cause de moi ? Un nouveau nœud se forme au creux de mon estomac.

— Alors toi et moi, on est… OK, hein ? demande-t-il.

En surface, la question est facile, mais en profondeur, c'est impossible d'y répondre. Je dirais bien la vérité, mais je n'en ai aucune idée. Je me réfugie donc derrière les apparences.

— Génial. Carrément.

J'accompagne ma réponse de mon sourire présidentiel, sans m'attarder plus d'une micro seconde sur ses yeux noisette ou ses cheveux ébouriffés par le vent. Mais je saisis son froncement de sourcils.

— Alors, toi et Claire, vous... ?

Je préfère m'interrompre. Les mots sortent sur un ton accusateur et plus dur que je ne le voudrais. *Respire à fond, Natalia.*

— Ah, euh... ouais, on dirait que... ça en prend le chemin.

Il se gratte la nuque, sa voix s'envole dans les aigus comme elle le fait chaque fois qu'il est mal à l'aise.

J'ai l'impression que mes poumons ont cessé de fonctionner. Bien sûr que j'ai remarqué le ton possessif de Claire, ses petits regards, les sourires qu'ils échangeaient. Ethan attend que je parle, mais j'en suis incapable. Peut-être que je *pourrais* dépasser tout ça. Faire tout disparaître, si je choisis de suivre maman.

Mes émotions m'entraînent dans un tourbillon gris et tumultueux.

Au moins, le retard de Sienna est utile. La voilà qui s'avance vers nous, les bras chargés de cartons roses, ce qui m'évite de devoir répondre avec le cœur en travers de la gorge.

— Je sais, je sais ! Je suis super en retard. Désolée ! C'est la faute d'Ethan, s'exclame-t-elle.

— Quoi ? Hé ! J'ai rien fait !

— Si ! J'ai passé la nuit sur *Dwarf Fortress*.

Ethan éclate de rire.

— Tu devrais arrêter de jouer à ça, Sienna !

— Jamais de la vie ! C'est hyper chaotique et moi aussi, dit-elle en posant sa pile de boîtes de donuts.

Sienna repousse ses longs cheveux auburn et rajuste la bretelle de sa salopette fanée, puis elle vient se placer près de moi.

— Alors, les retrouvailles ? murmure-t-elle, pour que je sois la seule à entendre.

— Mauvaises, dis-je avec un coup d'œil à Ethan.

— Mauvaises, genre bizarres ou c'est-déjà-tout-noir-dans-ta-tête ?

Je rougis.

— Les deux.

— Argh.

Rainn nous rejoint. Il m'attrape par la taille et me déplace pour planter ses griffes dans une boîte en carton. Sa main reste posée un long moment dans le bas de mon dos puis se retire.

— Il paraît que Jackson Ford s'est fait virer de Liberty. Vous êtes au courant ? nous dit-il.

— Ce mec a toujours été chelou, même quand il était élève, répond Sienna en roulant des yeux.

— Entièrement d'accord, je marmonne.

Jackson Ford était en terminale quand nous étions en seconde. Quand il a été recruté pour diriger la comédie musicale l'an dernier, ceux du club théâtre étaient surexcités. Je n'ai jamais pigé, Jackson est typiquement le genre de mec avec qui je refuserais d'être seule.

— Tout le monde en parle comme si c'était une surprise. Merde, j'aurais dû parier quand il a publié ces photos, s'enflamme Sienna.

— T'es vraiment addicte aux paris, lui fait remarquer Ethan.

— Nan, je suis addicte aux probabilités, nuance Sienna, en piochant un donut.

— Ce qui me rappelle que tu me dois dix dollars, dit Rainn.

Exaspérée, Sienna lève les mains au ciel et le fusille du regard.

— OK j'avoue, j'ai eu une panne de réveil, mais quand j'ai fait ce pari sur mon heure d'arrivée, mes calculs n'intégraient pas *Dwarf Fortress* !

Rainn m'attire contre sa poitrine. Cette proximité soudaine me fait frémir. Je sens les vibrations de sa voix entre mes omoplates quand il demande à Sienna :

— Et c'est la faute de qui ?

— Moi apparemment, déclare Ethan, le regard rivé sur les bras de Rainn.

Puis ses yeux se lèvent lentement vers les miens.

— Comme tout le reste, ces jours-ci, achève-t-il.

Mon cœur cogne comme un fou dans ma poitrine. Sienna nous observe plusieurs secondes avant de rompre le silence :

— Je plaisantais…

— Je dois aller aider Prashant, dis-je en échappant à l'emprise de Rainn.

Prashant est de l'autre côté du camping, en train de dresser le buffet. J'ouvre un sac de guimauves géantes, mais je suis tellement tendue qu'il explose entre mes mains. Le contenu entier se répand dans le sable. Génial.

— L'incroyable Hulk, ironise Prashant. Ces guimauves t'ont fait quelque chose ? Vas-y, Natalia, tu peux tout me dire.

Je lui lance un regard furieux et me précipite pour les ramasser.

— J'ai faim, dis-je en enfournant trois friandises.

Il est surtout hors de question que je mange des donuts à côté d'Ethan qui me traite de nulle.

Prashant reprend son bavardage assommant.

— Tout le monde est là, donc conformément à l'ordre du jour…

— Merci, je le connais, c'est moi qui l'ai écrit de A à Z.

— Hé, je ne suis pas ton punching-ball, gère ton drama avec Ethan. J'ai assez de trucs à gérer aujourd'hui, répond-il en croisant les bras sur sa poitrine.

— Quel drama avec Ethan ? Il n'y a pas de drama avec Ethan.

C'est juste que *les choses prennent ce chemin* entre lui et Claire Wilson. À croire qu'Ethan a zappé le bal de promo et le baiser qui m'obsède depuis deux mois. Tout va bien. Je vais bien.

— Je ne suis pas aveugle, répond sèchement Prashant.

— Alors tu vois très bien qu'il n'y a rien. Ethan et moi… Non, tu sais quoi, mêle-toi de tes affaires.

— De toute façon, je m'en fous, dit-il, vexé. Plus t'auras des emmerdes, plus vite je deviendrai président à ta place.

Je lui balance une boîte de biscuits à la figure qu'il évite de justesse au moment où Mme Mercer et M. Beckett font leur apparition.

— Hum. Il est temps de commencer, déclare Mme Mercer.

Elle est à la fois prof de psycho et conseillère du comité des lycéens. Une femme énergique, à la peau éclatante et à la coupe de cheveux pixie. J'aime son parfum à la sauge et le fait qu'elle ne nous traite pas comme des enfants.

— Tout à fait, renchérit M. Beckett.

Lui, c'est notre professeur d'histoire et prof principal, un hippie à la barbe noire et au sourire benêt. Il répète tout le temps qu'il y a bien trop de règles dans les écoles, donc il est toujours indulgent.

Les deux font la paire idéale de chaperons.

Mme Mercer scrute le camping comme si elle voulait en sentir les ondes positives.

— On va commencer par les lettres du Lion, dit-elle.

Panique à bord. Je suis trop chamboulée pour être capable de pondre une lettre cohérente. Je n'ai pas eu le temps de réfléchir à ce que j'ai le droit de vouloir.

J'arrache mon précieux bloc-notes des mains de Prashant (dans lequel j'ai minutieusement rédigé, reporté, classé avec un code couleur et imprimé pour chacun le déroulement de l'événement) et le montre à Mme Mercer.

— Les lettres, c'est ce soir, après le feu de camp.

On doit s'y préparer. *Je* dois m'y préparer.

Le sourire de Mme Mercer s'élargit encore.

— Mais il faut sentir, Natalia !

Prashant et moi échangeons un regard.

— Sentir quoi ?

Elle inspire à pleins poumons, les yeux révulsés en une sorte d'extase, puis laisse échapper un gémissement super gênant.

— *L'énergie.*

Je regarde autour de moi et ne remarque rien d'autre que des élèves fatigués qui semblent déjà s'ennuyer ferme. Pas génial. Mme Mercer me dévisage avec son optimisme débordant.

— Euh désolée… Je ne sens rien.

— Ça va décaler toute la journée, ajoute Prashant.

— Alors, décalons toute la journée ! s'exclame-t-elle. N'est-ce pas l'idée même de cette journée d'intégration et des lettres du Lion, de se montrer plus courageux et audacieux ?

— On a quand même besoin de suivre un horaire…

— Voyons, vous n'êtes pas des trains, dit-elle avec un dédain manifeste.

Prashant et moi échangeons un autre regard, cette fois-ci en essayant de ne pas pouffer de rire.

— Mais…

Mme Mercer me prend alors par les épaules.

— Sois courageuse, petite lionne. Ce rituel te supplie de commencer maintenant. C'est son heure.

Une bourrasque de vent souffle au même moment, mes bras se hérissent de chair de poule. Je ne crois pas aux signes mais… Mme Mercer sait peut-être de quoi elle parle. Je vérifie à nouveau l'ordre du jour, luttant contre l'anxiété qui palpite sous ma peau.

Après tout, si nous nous en débarrassons tout de suite, je n'aurai plus à m'en soucier pour le restant de la journée. Ce sera derrière nous.

— Allons-y.

ETHAN

Week-end d'intégration des terminales, 7 h 45

C'est avec la poitrine en feu que je regarde Natalia s'éloigner. Encore. Est-ce qu'un jour elle ralentira suffisamment pour qu'on puisse se parler ?

Claire interrompt le fil de mes pensées en passant son bras sous le mien.

— Ça va bientôt commencer. On s'assoit ensemble ?

Elle me fixe avec des yeux pleins d'espoir, je ne peux pas refuser.

— Bien sûr.

Claire m'entraîne vers le demi-cercle de bancs que Mason et moi avons installés. On croise un couple d'un certain âge, la femme me sourit poliment. Puis elle tire une tête bizarre, me dévisage et s'arrête.

Oh non.

Ses yeux sont écarquillés, cela dure à peine quelques secondes, mais lorsqu'une inconnue se fige pour me mater, trois secondes paraissent des heures. La suite, j'y suis habitué.

— Hé, mon garçon ! On t'a déjà dit que tu étais le portrait craché de Roger Forrester en plus jeune ?

Oui, on me l'a déjà dit. C'est comme ça depuis que papa a décroché son rôle dans *Vous et moi*, la série politique qui lui a valu un SAG Award et qui a lancé sa carrière à la vitesse d'une fusée. La presse l'a encensé, un nouveau Jon Hamm était né. Mon calvaire a commencé aussi, avec tous ces inconnus qui m'accostaient pour dire que je lui ressemblais. À papa, pas à Jon Hamm. Quelle chance j'ai.

J'ai toujours prétendu que j'ignorais qui était Roger Forrester. C'était même drôle : je n'avais pas l'impression de lui ressembler. Mais maintenant que je suis plus âgé, il n'y a plus aucun doute, je suis le clone de mon père quand il avait mon âge. Cheveux noirs, mâchoire carrée, sourire, couleur des yeux, je suis son portrait craché. Ça fait même rire ma mère, heureusement qu'elle était *là* sinon elle douterait presque d'être celle qui m'a mis au monde.

— N'est-ce pas, Dale ? insiste la femme auprès de son conjoint.

Je souris aussi poliment que possible et j'essaie de m'éloigner, mais la main de Claire se raffermit sur mon bras et me coince.

— Oui, confirme le Dale en question.

— Merci.

Je suis pressé de me tirer d'ici, mais Claire m'agrippe avec une force surprenante.

— Il lui ressemble parce que c'est son fils ! exulte-t-elle avec un air triomphal.

Je serre si fort les mâchoires que ça fait mal. Le couple échange un regard impressionné et ravi, alors que j'ai envie de les secouer. Qu'y a-t-il d'impressionnant à être né fils de mon père ? Je n'ai pas choisi sa carrière. Et je ne baigne pas dans ce milieu depuis toujours, donc j'ignore la manière de gérer ce genre de conneries. Maman est chirurgienne à l'hôpital, papa est appelé à droite à gauche pour ses tournages, ils ont décidé de rester en Californie quand *Vous et moi* a démarré.

— On est des grands fans de ton papa, n'est-ce pas, Dale ?

Il hausse les épaules.

— Qui ne le serait pas ! Roger est tellement talentueux, piaille Claire, toujours scotchée à moi. Et très gentil, vous savez. L'an dernier, j'étais responsable de *Mamma Mia*, le spectacle du lycée, et Roger est venu me féliciter après le spectacle. Il m'a dit que j'avais de l'avenir dans ce métier, et mon directeur était d'accord. Trop gentil, je vous dis.

Je ferme les yeux pour ne pas les lever au ciel. Mon père s'est pointé au spectacle de fin d'année uniquement parce que le prof d'art dramatique lui avait demandé d'encourager les dons pour le club-théâtre. Et qui ne vient jamais à mes matchs de basket ?

— Cela ne me surprend pas du tout, c'est un père attentif, assure la dame.

Son agent mérite surtout une augmentation.

— Transmets-lui mes salutations et dis bien à ton père que j'adore *Vous et moi*, s'enthousiasme-t-elle.

— La renommée est une preuve de crédulité chez autrui.

Trois têtes se tournent vers moi comme si je venais de pondre un œuf, là, au milieu de la plage.

— C'est de Ralph Waldo Emerson, j'ajoute.

J'ai un sourire pincé. Je retire mon bras de l'emprise de Claire. Pas question de rester plus longtemps.

Elle court pour me rattraper.

— Ethan… C'était super méchant !

— Ouais.

Je m'en fous. Ça ne fera aucune différence dans la putain de carrière de mon père si Dale et sa meuf pensent que son fils est un connard… Je n'ai rien contre les fans. Pas vraiment. C'est mon père qui me tue. Et ce vernis : « Roger Forrester, le père de famille. » Du foutage de gueule. Mais pour être vraiment honnête, ça fait mal surtout depuis cet été.

Rainn me fait signe de le rejoindre avec Sienna. Je ne lui ai pas vraiment parlé depuis ce matin, il était trop occupé à coller Natalia.

Pas question de m'asseoir à côté de lui. Je hausse les épaules en guise de réponse. La confusion se lit sur son visage quand je me laisse entraîner par Claire jusqu'à son groupe, où il y a Tanner Brown, qui a les yeux rouges et pue l'alcool à plein nez.

— Beurk, Tanner, ça t'arrive de te doucher ? lui demande Janelle Johnson.

— Je t'emmerde.

— T'es encore allé à une soirée chez Jackson Ford ? insiste-t-elle.

— Tu vas la boucler, oui ? beugle-t-il en se massant les tempes.

Une soirée chez Jackson Ford ? C'est pour ça qu'il a été viré, alors ? Ford n'est pas beaucoup plus âgé que nous, mais c'est un prof. Qui aurait envie de traîner avec un prof ? Surtout quelqu'un comme lui…

Son sourire a tout d'une grimace quand il me voit.

— Tiens, le Roi du bal de promo, ironise-t-il.

C'est à mon tour de grimacer. Cette histoire de Roi du bal, ça me donne des boutons rien que d'y penser. Forcément, soit les élèves de Liberty se sont associés pour se foutre de moi, soit ils ont voté pour moi à cause de mon père. Debout sur scène, j'avais l'impression qu'un seau rempli de sang allait me dégringoler sur la tête, comme dans *Carrie*, alors que j'étais avec ceux qui me jetaient des peaux de banane avant.

Les mêmes avec qui je suis assis maintenant.

Je m'en fiche, mais si Claire Wilson m'embrasse et que Mason Hartman plaisante avec moi comme si j'étais un sportif de son niveau, c'est que maintenant, il y a la pression pour être *ce mec*. Le Roi du bal de promo. Je n'ai jamais demandé à l'être. Je ne veux pas l'être. La célébrité a transformé mon père en une personne que je déteste. Ça l'a pourri de l'intérieur. Pas sûr que la popularité fasse mieux de moi.

Je refuse d'être le genre de mec qui doit être à la hauteur des opinions que les autres ont de lui. Je veux rester moi-même.

Bon Dieu, si Adam m'entendait pleurnicher à propos de tout ça…

Pauvre Ethan. Ça doit être tellement dur d'être toi. C'est pas de vrais problèmes, frangin. Grandis. Il m'ébourifferait à sa manière bourrue qui fait un mal de chien et je finirais par lui balancer un pain. Mais au fond, je sais qu'il a raison. Si j'oublie le bordel qui se passe avec les parents, je n'ai pas de vrais problèmes. Pas comme lui ou n'importe qui d'autre. Alors pourquoi est-ce que je me sens comme ça ?

Claire m'oblige à revenir sur terre en brandissant son portable sous mon nez. Elle se colle à moi et, *clic*, prend une photo.

— Regarde comme on est beaux ! me dit-elle en s'apprêtant à la publier.

— Hé, ton profil est privé, hein ?

Aucun de mes profils n'est public. Non pas que je pense être particulièrement dans le radar de quelqu'un, mais les médias utiliseront n'importe quel contenu s'ils n'ont rien d'autre à se mettre sous la dent. Pire encore, si un scoop éclate sur papa.

J'ai appris à la dure qu'il valait mieux rester discret.

— Bien sûr, répond Claire.

— Cool. Merci.

Nous échangeons un sourire, ses joues rosissent.

Je sens des yeux posés sur moi. Ceux de Natalia. Est-ce que je l'ai touchée en disant qu'il se passait un truc entre Claire et moi ? Pourquoi j'ai sorti ça alors que c'est même pas vrai ? Sûrement parce que je ne voulais pas qu'elle croie que je n'avais pas réussi à oublier ce qui s'est passé entre nous alors qu'elle si.

Mon Dieu, je suis pathétique. Stop.

Les professeurs se lancent dans leur mot d'accueil, puis passent en revue la liste des règles à respecter. Natalia et Prashant sont assis avec eux. J'essaie de ne pas la regarder, mais c'est dur. Le ciel maussade fait ressortir le bleu foncé de ses yeux, le vent continue de jouer avec ses longs cheveux, dégageant son visage. Je me prends comme un grand coup de poing à l'estomac quand je me rends compte que je pourrais la regarder éternellement sans jamais me lasser.

Je constate aussi que Natalia n'écoute pas plus que moi. Elle est plongée dans ses pensées. Je donnerais beaucoup pour savoir ce qui lui trotte dans la tête en ce moment même.

Je repense à ce qu'elle a publié cet été, en quête d'indices que j'aurais pu manquer… Mais elle n'a rien partagé de personnel. Pas comme avant en tous les cas. Rien sur son accrochage de la semaine dernière, rien sur ses vacances en juillet au camping avec ses parents. Et rien sur Rainn, qui aurait pu me préparer à voir ses foutues pattes traîner non-stop sur elle.

Est-ce que c'est sérieux leur truc ?

Je me repasse en détail la conversation que j'ai eue avec Rainn au bal de promo. Quand il m'a sorti qu'il aimait bien Natalia.

Et que je lui ai répondu d'y aller.

« Depuis quand Natalia te plaît, toi ? » j'ai demandé, surpris. En général, Rainn choisit des nanas aussi relax

que lui. Natalia est plein de choses, mais sûrement pas relax.

« Je sais pas… depuis ce soir. Regarde-la, mec. »

C'est ce que j'ai fait. Natalia était… parfaite dans sa longue robe noire, avec ses cheveux relevés qui dégageaient sa nuque. Son rouge à lèvres était tranchant. Je n'ai pas arrêté de regarder sa bouche de toute la nuit.

Mais il n'y avait pas que ça. Je l'ai vue arranger les fleurs sur la table des rafraîchissements au lieu de danser. Je l'ai vue tenir le sac de Sienna pendant qu'elle se faisait prendre en photo avec Leti.

C'est Natalia qui aurait dû monter sur scène pour recevoir une couronne, mais non, elle restait en retrait, assurait pour les autres, rétrécissait comme pour se fondre dans les murs qui nous entouraient. Comme si elle pouvait seulement y arriver.

« Est-ce que toi et elle, vous avez déjà… ? »

« Non », j'ai répondu, mais bien trop rapidement. Non pas parce que je ne pensais pas à elle comme ça, mais parce que je savais qu'elle ne pensait pas à moi comme ça.

Elle ne pense pas à moi comme ça.

Une meilleure amie, c'est sacré, je n'allais pas tout gâcher simplement parce que je commençais à remarquer que je cherchais Natalia dans chaque pièce, que je me dépêchais de finir mes devoirs pour lui parler chaque soir avant de me coucher, que je me réveillais en souriant le matin parce qu'elle m'envoyait des textos… Sacrée Natalia toujours stressée par sa to-do list quotidienne.

Alors, quand Rainn m'a regardé avec espoir, je me suis tiré une balle dans le pied en disant : « On est juste amis, quoi. »

« Alors y a pas de problème si je me lance ?

— Je ne sais même pas pourquoi tu me poses la question.

— Bah, je sais pas… tu joues un peu le frangin-protecteur. »

J'ai frémi. Bon Dieu, je n'ai même pas atteint ce stade.

« Toute façon, elle va te jeter, mec ! » j'ai rigolé. J'en étais sûr. Enfin, presque.

Rainn a éclaté de rire. Et honnêtement, à ce moment-là, je pensais que ça n'irait pas plus loin.

Putain, quel con j'ai été.

— Natalia ? demande Mme Mercer.

Natalia et moi clignons des yeux.

— Pardon… Oui ? répond-elle.

Mais Prashant se lève, ouvre grand les bras et la devance pour prendre la parole.

— Bienvenue au week-end d'intégration des terminales, l'inoubliable soirée pyjama de l'année !

Les applaudissements fusent, ce qui fait réagir Natalia. Elle donne une tape un peu trop forte dans le dos de Prashant, arborant toujours son plus beau sourire.

— Merci, Prashant.

Puis Natalia se tourne vers l'assemblée. Les changements sont subtils, mais je les remarque : ses épaules s'abaissent lentement, sa colonne vertébrale se redresse comme si elle venait d'entrer en scène et endossait son rôle. Présidente Natalia à notre service.

— Salut, tout le monde ! Merci d'être venus. Nous avons tous déjà entendu des histoires sur le week-end d'intégration des terminales et son lever de soleil.

Un événement très spécial à Liberty Prep, très important. La version Liberty du réveillon du nouvel an.

Soudain, ses yeux tombent sur moi. L'expression qui traverse son visage fait tomber une pierre dans mon ventre. Comme si elle essayait de me dire un truc… Ou *de ne pas* me dire un truc ? Elle s'est murée dans le silence depuis si longtemps que je n'ai aucune idée de ce qu'elle pense. Elle continue son discours à propos du travail acharné fourni par le comité pour organiser tout ça et passe en revue le programme de la journée. Mais le stress qui se cache sous ses traits me distrait. Il y a un truc chez elle aujourd'hui, quelque chose de plus grave que juste ce qui s'est passé entre nous après le bal. J'ai raté un épisode. Un truc important. Je déteste ça.

Une fois le discours terminé, Natalia et Prashant distribuent des petits cahiers pendant que Mme Mercer nous explique l'objet des lettres du Lion. Sa voix de prof de yoga m'endort toujours en cours, mais aujourd'hui, je suis hypnotisé.

— Ce rituel peut être très puissant, alors gardez bien l'esprit ouvert. Profitez de ce moment de réflexion dans ce cadre magnifique pour réfléchir à votre passage à Liberty. (Elle croise lentement les mains sur sa poitrine, comme si elle allait nous révéler un secret.) Réfléchissez, *réfléchissez vraiment*. Que souhaitez-vous réaliser durant cette dernière année ? Que feriez-vous si vous étiez libérés de la peur ? Ce qui pèse sur l'être réfrène l'élan. Couchez-le sur le papier pour vous libérer l'esprit. N'oubliez pas, ces lettres sont juste pour vous. Alors, soyez honnêtes avec vous-mêmes. Les souhaits peuvent devenir réalité quand on est suffisamment courageux. Par exemple, vous pouvez commencer votre lettre par « Si j'étais plus courageux, je... ». Et vous verrez bien ce qui vient ensuite. Une fois que vous aurez terminé, glissez vos lettres dans ce bocal.

Elle montre un grand pot comme ceux qu'on utilise pour les conserves faites maison.

— Demain à l'aube, nous jetterons les lettres au feu en espérant que nos vœux se réalisent.

Tout le monde est silencieux. Respectueux. Prêt. Mme Mercer sourit.

— Vous avez une heure.

Je prends mon cahier et me dirige vers un banc qui surplombe la mer. Le vent a chassé le brouillard, on peut voir au loin. Mis à part le fracas rythmé des vagues, l'endroit est tranquille.

Soyez honnêtes avec vous-mêmes.

Je pense savoir à quoi *je ne veux pas* que ma dernière année ressemble. Je ne veux pas être quelqu'un que je ne suis pas. Je ne veux pas quitter Liberty en sachant que j'étais une sorte de connard dont j'aurais honte dans le futur.

Je ne veux pas chercher d'échappatoires comme mon frère l'a fait. Je ne veux pas trouver en dehors de moi-même des solutions à ce qui est brisé en moi et dans notre famille.

Je ne veux pas continuer de laisser les mauvaises choses arriver aux personnes qui me sont chères.

Je ne veux pas perdre Natalia.

Comment on a pu en arriver là ?

Couchez-le sur le papier pour vous libérer l'esprit.

Peut-être que c'est le bon moment. L'occasion ou jamais de clarifier les choses, de relancer notre amitié si nous sommes assez courageux. Natalia me manque trop pour ne pas essayer. Je vais me forcer à être courageux. Pour lui écrire, rien qu'à elle.

Chère ex-meilleure amie,

J'aimerais que tu me parles à nouveau. Tout change trop vite. J'ai beaucoup de regrets ces derniers temps. À propos du lycée et de ma famille. Et je ne sais pas comment gérer tout ça… mais je sais que si j'avais été plus courageux, je t'aurais suppliée de rester cette nuit-là. Tu n'as pas idée à quel point je te voulais. Jamais, dans mes rêves les plus fous, je ne t'aurais imaginée seins nus dans mon lit.

Mais quand tu as dit que ça ne changerait rien, j'ai juste… j'ai su que je ne pourrais pas être avec toi si c'était vrai. Je ne pouvais pas t'avoir enfin dans mes bras pour te perdre à nouveau l'instant d'après. Parce que je sais maintenant ce que je soupçonnais seulement à l'époque.

Ça changerait tout pour moi.

Ça a tout changé.

Mais je n'ai rien dit, parce que j'avais peur que tu flippes. Je ne sais pas ce que tu ressens. Parfois, je suis persuadé que jamais tu ne pourras me regarder comme ça pour de vrai. Et d'autres fois, je ne sais pas, je suppose que je me demande si tu ressens la même chose. Parce que depuis cette nuit-là, je ne sais même plus ce que ça fait de t'avoir dans mes bras… d'être allongé près de toi, simplement, et de penser que tu pourrais aussi avoir envie de moi. Tout s'est enfui trop vite.

J'étais sûr que si je te disais tout ça, je te perdrais.

Mais je préfère savoir, tout plutôt que de me le demander éternellement.

Alors, si j'étais plus courageux, je te poserais la question. Et je te dirais tout ce que je ressens. Parce que tu vaux la peine que je me batte.

J'ai les mains qui tremblent un peu en pliant la feuille. Ce que je viens d'écrire est… trop franc. Mais je me rassure aussitôt, cette lettre est destinée à aller dans le bocal, personne ne la lira jamais. Et il faut commencer par admettre que quelque chose est cassé pour le réparer.

Je m'approche du pot, je prends une profonde inspiration et je lâche ma lettre.

NATALIA

Week-end d'intégration des terminales, 8 h 53

Ça renifle autour de moi, je vois aussi des larmes couler. Les autres prennent ces lettres au sérieux, entre ceux qui sont concentrés sur leurs cahiers et ceux qui regardent l'horizon, pensifs, mélancoliques, l'émotion débordante.

Si seulement j'y arrivais aussi. Argh. J'ai beau fixer ma feuille blanche, aucun mot ne vient. On a commencé depuis quarante minutes et j'ai l'impression d'être la seule personne en panne. Trop effrayée, pas assez courageuse pour affronter ce que mon esprit me suggère.

Pourquoi j'ai comparé le week-end d'intégration des terminales au réveillon du nouvel an ?

Des flashs de cette nuit-là traversent mes neurones. J'ai la migraine comme si c'était des lumières stroboscopiques.

La façon dont M. Forrester m'a parlé. La façon dont il m'a regardée. Je tremble et ferme les paupières pour tenter de bloquer mon esprit, comme je le fais depuis le début de l'année. J'inspire en pensant aux bras forts et réconfortants d'Ethan autour de moi. À la sécurité qu'ils m'ont toujours apportée. Est-ce qu'il me l'apporterait toujours si je lui racontais ce qui est arrivé ?

Si seulement je pouvais peindre ce mélange de peur et de désir qui bloque mes mots dans des recoins inatteignables. Si j'ai l'espoir de comprendre ce que je veux cette année, l'espoir de me frayer un chemin au milieu de tout ça, je dois aussi faire de mon mieux pour prendre la bonne décision…

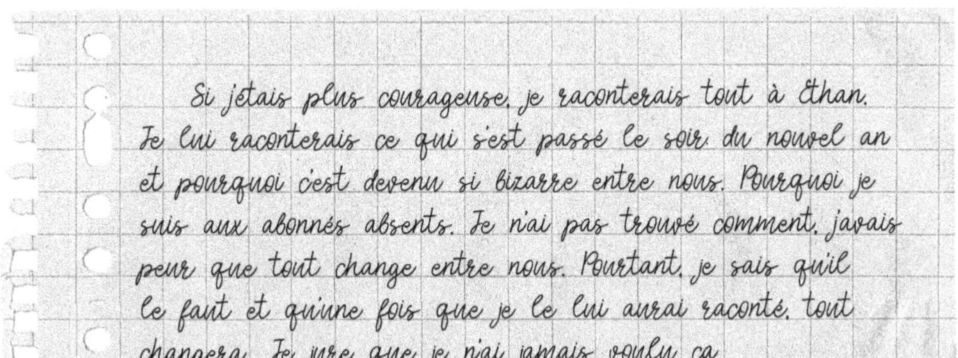
Si j'étais plus courageuse, je raconterais tout à Ethan. Je lui raconterais ce qui s'est passé le soir du nouvel an et pourquoi c'est devenu si bizarre entre nous. Pourquoi je suis aux abonnés absents. Je n'ai pas trouvé comment, j'avais peur que tout change entre nous. Pourtant, je sais qu'il le faut et qu'une fois que je le lui aurai raconté, tout changera… Je jure que je n'ai jamais voulu ça

Ma poitrine se serre. Je rature la phrase sur le nouvel an et je reprends :

Si jétais plus courageuse, je dirais à Ethan pourquoi je me suis enfuie cette nuit-là. Je lui expliquerais ce que je voulais vraiment. À quel point jétais paniquée davoir tout gâché. Je perds mes moyens quand je suis avec lui…

Non. Je rature le paragraphe.

Si jétais plus courageuse, jaccepterais que rien ne pourra jamais se passer entre nous, quels que soient mes sentiments. Son père a raison : nous vivons dans deux mondes différents. Je comprends le regard des autres maintenant : je ne suis pas assez bien pour Ethan. Je ne lai jamais été. Je ne suis pas assez riche. Pas assez jolie. Pas assez intelligente. Jattends de pouvoir guérir de ce sentiment et ça me terrifie…

Je déchire la page du cahier. Ce que je viens d'écrire ne doit *jamais* être lu par quiconque.

C'est trop… trop explicite, trop personnel.

Mais ce qui me paraît clair maintenant, c'est que je ne réussirai pas à changer ma vie ou mon année à Liberty. Le but des lettres du Lion est de mettre en mots ce qui nous demandera le plus de courage dans les mois à venir. Même si je ne fais pas ma terminale ici parce que je déménage avec maman, rien ne me demandera plus de courage que de faire face à Ethan.

Je défroisse la feuille pour la lire une dernière fois. Ce que j'ai raturé est lisible. Un voile se lève soudain en moi. J'ajoute une dernière phrase à la suite de mes gribouillis. Une seule phrase.

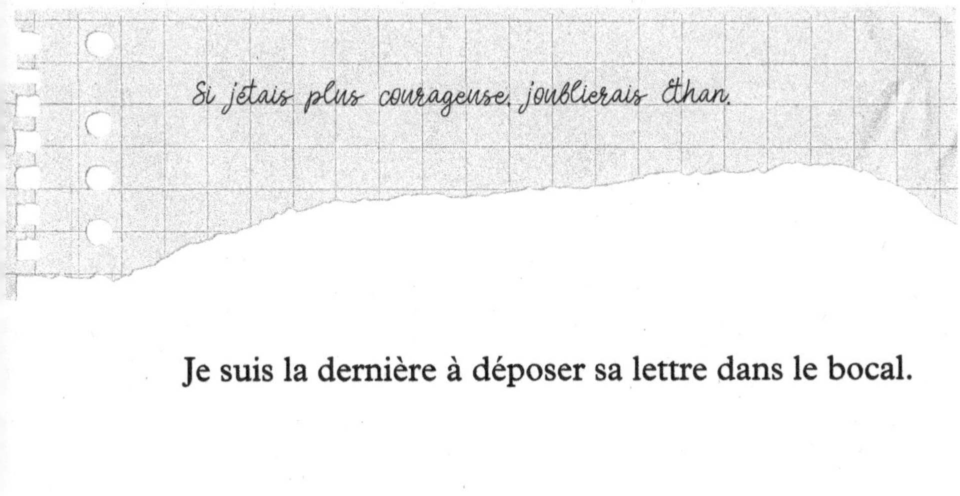

Je suis la dernière à déposer sa lettre dans le bocal.

NATALIA

Nouvel an, 21 h 06

J'ai six minutes de retard à la soirée d'Ethan. Ses parents organisent chaque année le nouvel an dans leur maison et on s'installe toujours au sous-sol, entre nous, avec notre petit groupe.

J'entre sans frapper comme à chaque fois que je viens chez lui. Depuis qu'il vit dans ce manoir géant à Cliffport Heights, j'ai l'impression d'être chez quelqu'un d'autre. J'entends les voix de ceux qui sont déjà là, surtout celle de Sienna. Elle parle avec animation.

Ma robe violette à strass danse autour de mes jambes. J'ai déjà envie de retirer mes chaussures à talons qui me tuent les pieds. Je n'aurais jamais dû les porter chez Abuela pendant que je l'aidais à préparer les tamales, mais je n'avais pas pensé que ce serait si long. Et puis tous les commentaires que j'avais lus disaient qu'elles étaient aussi confortables que des chaussons, qu'on pouvait les porter pendant des heures. *Des heures.* Menteurs. Une seule étoile, oui.

Je profite du banc de l'entrée pour m'asseoir et les retirer. Le soulagement est instantané. Je les abandonne à côté des Chuck qu'Ethan porte hiver comme été. Maintenant c'est son rire tonitruant qui monte. Je souris. Entre son séjour à Tahoe et mon emploi du temps archi chargé, on ne s'est pas vus des vacances. C'est fou comme il m'a manqué. Je touche mes cheveux en me demandant ce qu'il pensera de ma coupe et lève aussitôt les yeux au ciel. *N'importe quoi, Natalia.* Il ne la remarquera même pas.

Un tableau accroché dans l'escalier attire mon regard. C'est nouveau, ça. C'est une peinture abstraite, des traits obliques d'un noir profond, contrastant avec du bleu cobalt et une balafre centrale marron en forme de larme. Je m'approche, attirée comme un aimant. Le marbre froid est divin sous mes pieds brûlants.

Je me place de biais pour observer le coup de pinceau et admirer les textures. Soudain, mes yeux picotent, j'ai envie de pleurer.

— Fascinant, n'est-ce pas ? dit une voix grave derrière moi.

Je me retourne. Le père d'Ethan est là, les yeux rivés sur la peinture. Il porte un costume noir immaculé et tient un verre à la main. Ses cheveux parfaitement coiffés retombent sur son front. Il est plus âgé que mon père, mais on lui donnerait dix ans de moins. C'est ça d'être riche et célèbre. L'argent fait tout. Grâce aux produits, aux soins, il ressemble à un dieu, alors que les années de labeur et de stress creusent le visage de mon père…

— Bonsoir, monsieur Forrester.

Il pose une main sur sa poitrine comme si je venais de le blesser. Les glaçons tintent dans son verre, un peu de liquide ambré coule sur son poignet.

— Allons, Natalia, toi l'amie d'enfance d'Ethan, tu m'appelles toujours monsieur ?

Il bafouille un peu sur ce dernier mot.

— Euh, désolée.

Je ne le suis pas du tout : je n'arriverai jamais à l'appeler *Roger*. J'aurais l'impression d'appeler un prof par son prénom.

Son regard revient sur le tableau, le mien aussi.

— Je l'ai vu dans cette galerie de Soho. Il coûtait une petite fortune, mais je le voulais… Rien que pour moi, reprend-il.

— Il est vraiment cool.

Je ferme les yeux tellement je suis gênée. *Cool* ? C'est mille fois plus que ça : ce tableau est magnifique. Étrange. Il me remue les tripes au premier coup d'œil, me crie que le désespoir est sans fond mais qu'il vaut la peine d'essayer de s'en éloigner de toutes les fibres de mon corps.

— Il est… spécial, j'articule avec une boule dans la gorge.

M. Forrester fait un pas vers moi.

— Ravi de l'entendre, Natalia. Tu peins toujours ?

Mes sourcils se lèvent. Je ne crois pas lui en avoir jamais parlé.

— Ethan vante toujours ton talent, dit-il en approchant encore.

Je rougis malgré moi. Ça me remue d'apprendre qu'Ethan parle de moi et de mes tableaux.

— Il exagère.

— J'en doute, il a l'œil. Tel père tel fils, ajoute-t-il avec fierté.

Beaucoup de gens aiment souligner une ressemblance entre les deux, moi pas. OK, ils se ressemblent, mais Ethan n'est pas du tout la copie conforme de son père : ses yeux sont plus doux, son sourire plus franc. Il y a un côté faux, étudié chez M. Forrester qu'Ethan n'a pas, et heureusement. J'imagine qu'il n'est plus capable de s'en débarrasser à cause de sa célébrité.

M. Forrester ne me lâche pas des yeux : il attend ma réponse.

— Je n'ai plus beaucoup le temps de peindre.

Il avance encore, je suis maintenant obligée de me pencher en arrière. Je vois le blanc de ses yeux injectés de rouge. Aïe, mes épaules cognent le mur, j'ai reculé tant que ça ?

— Si tu ne donnes pas la priorité à ton art, personne d'autre ne le fera pour toi.

— Ah, euh… oui, pas faux.

Alors que j'essaie de le contourner, M. Forrester pose la main sur le mur et bloque mon mouvement. Il ne réalise peut-être pas. Les battements de mon cœur s'accélèrent. Je suis coincée, je ne peux pas sortir de là sans le repousser ouvertement.

— J'adorerais que tu me montres ton travail, Natalia. Je connais beaucoup de gens, je pourrais te mettre en contact.

— Ah oui, c'est vrai ?

Je suis incapable de dissimuler mon intérêt. Lui a son sourire ultrabright qu'il arbore sur les tapis rouges.

— Absolument. Je serais même très content de t'aider.

Je n'ai jamais partagé beaucoup de moments avec M. Forrester, il est très souvent en tournée pour son émission. Mais quand il est là, il raconte des anecdotes sur Ethan et Adam, il nous commande une tonne de nourriture, nous offre des billets d'entrée à des matchs de basket ou des concerts. C'est lui aussi qui a fait un énorme don à Liberty pour soutenir le fond d'entraide Lion, ce qui est vraiment cool parce que je ne pourrais pas fréquenter cette école sans bourse d'études.

Mais là, il me met mal à l'aise.

— Je t'ai à peine reconnue, tu sais. Je te trouve resplendissante.

Mon estomac se tord, mes épaules cherchent à défoncer le mur pour gagner de l'espace. Merde, il ne se rend pas compte à quel point il est proche ?

— Oh. Euh. Merci.

— Tu vois qui est Sofia, ma partenaire dans l'émission ? Elle se plaint toujours de ses courbes généreuses, pourtant les hommes adorent ça, tu sais.

Il dit ça comme s'il détenait la sagesse suprême et que je devais être honorée de l'entendre.

Je jette un coup d'œil vers le salon en envoyant des ondes télépathiques. Si seulement quelqu'un pouvait interrompre ce tête-à-tête gênant, au secours, je ne veux plus être seule avec lui, qu'il soit conscient de ce qu'il fait ou non.

Mon regard se pose sur les cadres qui tapissent les murs, des portraits de famille, photos de vacances. Non, c'est moi qui me monte la tête : je suis avec le *papa* d'Ethan. OK, il est célèbre, mais c'est aussi celui qui nous emmène manger des pizzas, qui chante comme une casserole en voiture et qui sort des blagues ringardes comme mon père. C'est le réveillon du nouvel an, il est juste un peu pompette. J'ai déjà remarqué que les mecs pouvaient devenir bizarres après quelques verres dans le nez. Je tente de repousser mon sentiment de malaise.

— J'ai eu une petite amie qui te ressemblait quand j'étais jeune.

Je fixe la peinture pour éviter de le regarder.

— Une artiste ? dis-je, en essayant de suivre ce brusque changement de sujet.

Il détaille mon corps d'une façon… pas normale du tout.

— Une sirène. Le genre de fille qui fait faire des bêtises aux garçons.

Chacun de mes muscles se tend, en alerte.

Dans mon esprit, je plonge les doigts dans des pots de couleurs sombres, marron, gris, noir, et j'étire la peinture depuis le centre de la toile vers les bords.

Mon barbouillage ressemble à une cage thoracique dans laquelle explose une tornade.

M. Forrester est tellement proche que je respire son haleine alcoolisée.

— Ethan ne va pas tarder à le remarquer aussi. À moins que ce ne soit déjà fait.

Il me reluque comme son tableau. *Rien que pour moi.* Je réprime un frisson et croise les bras pour cacher ma poitrine. J'essaie de me faire plus petite pour qu'il cesse de me regarder comme *ça*. Je cherche à me souvenir des mouvements d'autodéfense appris en EPS.

— Mais on sait tous les deux que tu n'es pas le genre de fille pour Ethan, n'est-ce pas, Natalia ? murmure-t-il dans le creux de mon oreille.

Je serre les poings pour qu'il ne voie pas le tremblement de mes mains.

— Pardon ?

Ses yeux vitreux sont maintenant plantés dans les miens, il a un sourire condescendant.

— Deux mondes différents, dit-il, en écartant les bras pour englober son entrée majestueuse dans laquelle la moitié de ma maison tiendrait à l'aise.

Je suis tellement choquée que j'en ai la mâchoire qui se décroche.

— Son frère est une cause perdue maintenant, mais j'ai de grands projets pour Ethan. Alors, ce serait préférable que tu gardes tes distances. Tu me reçois cinq sur cinq, n'est-ce pas, Natalia ?

Je suis incapable de répondre. J'ai envie de fondre en larmes, mais à la place, je hoche la tête. Parce que je comprends. Il vient juste de dire ce que j'ai toujours su : je ne suis pas assez bien pour Ethan. Je ne l'ai jamais été. Même son connard de père le sait.

Un éclat de rire attire son attention vers le salon, j'en profite :

— Je dois y aller.

— Bien sûr. C'est l'heure de la fête. Bonne année, Natalia.

M. Forrester s'écarte de moi, lève son verre, trébuche puis s'éloigne enfin vers le salon.

J'ai la chair de poule. Alors que je tourne les talons pour m'enfuir, la voix d'Ethan résonne dans l'entrée.

— Talia ! T'es enfin arrivée !

Il se précipite vers moi et me serre dans ses bras. Son étreinte est chaleureuse. Réconfortante. Même s'il a mis trop de parfum, je voudrais me pelotonner contre lui, me cacher là pour rester à l'abri du reste du monde. Mais je m'écarte rapidement, au cas où son père nous espionnerait.

Les boucles d'Ethan sont artistiquement désordonnées. Il porte une chemise bleu marine dont les manches sont retroussées jusqu'aux coudes et un jean foncé, très cher, roulé sur les chevilles. En le voyant si parfait, je tire sur ma robe achetée chez Target, gênée.

Deux mondes différents.

— Pourquoi t'as mis si longtemps ?

— Euh, je... ton père, je bafouille.

Je dis quoi ? Et si j'avais rêvé ? Est-ce que j'ai vraiment pigé ce qu'a dit son père ? Est-ce que je l'ai provoqué ?

C'est ça, j'ai forcément dû faire une connerie pour qu'il se permette de me parler comme ça, non ? Il m'a traitée de sirène. Comme si j'avais attiré exprès son attention avec… quoi ? Une robe de nouvel an ?

Franchement, si je trouve la vraie raison, je jure de ne plus jamais recommencer. Plus jamais *ça*.

Ethan a un sourire jusqu'aux oreilles, inconscient de ma détresse intérieure.

— Je parie qu'il la ramenait encore avec sa nouvelle peinture. Il a fait pareil quand Rainn est arrivé.

Même si Ethan se montre exaspéré, le ton de sa voix est affectueux. Je réalise au même moment la tragédie de la situation.

C'est son *papa*.

Comment raconter à Ethan ce qui vient de se passer, alors que je n'arrive même pas à me l'expliquer à moi. Même s'il me croyait, il en penserait quoi ? Que j'ai allumé son père ? Une vague de dégoût me submerge.

C'est impossible, je ne pourrai jamais lui en parler. De toute façon, son père ne m'a rien fait.

Je m'oblige à sourire.

— Ouais, son tableau est super cool. Triste… mais plein d'espoir.

— C'est aussi ce que j'ai pensé la première fois. Allez, viens ! Au fait, Talia, trop mignonne, ta coupe de cheveux !

Il y a dix minutes, un commentaire comme celui-ci m'aurait mise en ébullition. Mais plus maintenant. Je ne veux plus qu'on me regarde comme ça. Pas même Ethan… Surtout pas Ethan.

ETHAN

Week-end d'intégration des terminales, 9 heures

Une heure passe en silence, Natalia est la dernière à poser son stylo. Quand elle remet sa lettre, je la sens crispée de la tête aux pieds. Le pot est maintenant rempli jusqu'en haut de feuilles pliées.

Mes yeux cherchent ceux de Natalia, j'ai tellement envie de savoir ce qu'elle a écrit.

Mme Mercer prend à nouveau une de ses postures de yoga : elle a un truc à nous dire.

— Bravo, chers Lions ! Et merci d'avoir ouvert vos cœurs. Une dernière annonce avant de commencer les réjouissances : pour vivre intensément les prochaines heures, concentrez-vous sur vous-mêmes et sur vos pairs. Concentrez votre attention, ne la laissez pas s'échapper… Ah ! et en allant récupérer votre tee-shirt pour la journée, pensez à déposer votre portable.

Un concert de grognements s'élève. Mme Mercer m'adresse un clin d'œil.

— Attendez ! s'exclame-t-elle en brandissant un appareil photo. Et grâce à M. Forrester, le père d'Ethan, vous allez recevoir un Polaroid pour capturer tous les bons souvenirs de ce moment passé ensemble !

La bile me monte à la gorge au milieu des murmures excités. Mon père a de nouveau claqué son fric pour essayer de m'acheter. Ben voyons, papa, t'as raison, je vais te pardonner d'avoir trompé maman avec ta collègue de plateau grâce à un appareil photo. Logique.

Claire se colle à moi, ses lèvres chaudes effleurent mon oreille.

— Ton père est génial.

Pas du tout.

Autour de nous, malgré les appareils photo, ça râle. Certains élèves menacent même de s'en aller.

— Sérieux, vingt-quatre heures sans téléphone, allez ! De toute façon, on finira tous par dormir, alors c'est pas un si gros effort, lance Rainn.

Son intervention de surfeur à l'aise sur n'importe quelle vague finit par inverser la tendance, les râleurs se calment.

Natalia remercie Rainn par un clin d'œil.

Moi, je suis juste le pauvre con qui vient de déverser son cœur sur un bout de papier, en ignorant que Natalia avait un copain. Le bocal à lettres trône au milieu de la table, j'ai des frissons de panique rien qu'en le regardant.

— C'est parti, on coupe le cordon ! annonce M. Beckett.

Une file se forme devant lui. À côté de moi, Claire et Janelle n'arrêtent pas de se plaindre.

— Si j'avais su, je serais jamais venue, dit Janelle. Tu crois qu'ils ont le droit ? C'est pas légal de nous obliger à laisser nos portables. Et si j'ai besoin de ma calculette ?

— Exactement, approuve Claire.

Et ça continue, et ça déblatère, j'en arrive à me demander si ça ferait plus mal de me jeter de cette falaise. Ou de subir leur conversation.

J'entends un petit cri. C'est Natalia. En sortant la tête de la file, je vois Rainn debout devant elle, bras tendus, pour faire obstacle au vent pendant qu'elle ramasse les tee-shirts tombés avec le carton.

— Mon héros ! rigole-t-elle.

Mes poings se serrent. Je reste à cran jusqu'à ce que Rainn s'en aille enfin en courant vers la plage pour les matchs de volley.

Ça se dégage devant nous, c'est notre tour. Le regard de Natalia est dur comme du silex. Je suis sûr d'avoir la même expression sur le visage.

— T'en penses quoi, Ethan ? me demande Claire, qui se tient bras croisés, ses sourcils formant un « v » contrarié.

— Hein ? De quoi ?

— Des téléphones.

— Ouais, Ethan. T'en penses quoi ? renchérit Natalia.

En vérité, je suis du genre curieux, scotché à mon portable pour consulter un tas de trucs, ça me détend.

Et puis, lire Wikipédia est le meilleur moyen d'éviter les conversations gênantes, alors ça m'arrange pas.

Mais là, j'avoue qu'ils peuvent balancer mon portable au feu ou à la flotte, je m'en fous. Ma messagerie déborde d'appels et de SMS de mon père, de « Rappelle-moi quand tu liras ce message » et de « Ethan, c'est IMPORTANT ». J'ai tout sauf envie de lui parler.

Le creux grandit dans mon estomac. Je sais très bien que je ne pourrai pas fuir éternellement, je serai obligé de parler à mon père un jour ou l'autre.

Mais pas maintenant.

Vingt-quatre heures sans sa présence est une putain de bonne nouvelle. Vive la liberté. Claire m'observe, attendant que je prenne son parti. Encore une conversation gênante.

Je ne quitte pas Natalia des yeux en disant :

— De nombreuses études montrent qu'une utilisation excessive du téléphone portable s'accompagne de niveaux plus élevés de dépression, d'anxiété et d'insomnie.

— Ethan, le grand spécialiste des études scientifiques ! ironise Janelle.

Je suis surpris qu'elle s'en souvienne : c'était ma spécialité en cinquième, je citais toujours des trucs. Surtout durant l'unique journée où elle et moi sommes sortis ensemble. Une connerie, ça aussi. La clique des populaires avait *payé* Janelle pour qu'elle fasse semblant d'être ma copine et me répète qu'elle était amoureuse de moi. Ça a duré une journée. Souvenirs, souvenirs.

— Oui, il est *tellement* intelligent. C'est un Wikipédia ambulant, s'empresse d'ajouter Claire.

— Merci, Ethan-pédia ! s'exclame Janelle.

Les deux sont pliées de rire, moi j'ai les joues cramoisies. Je suis vraiment ami avec ces meufs ? C'est dans un moment pareil que sortir mon téléphone pour chercher « Syndrome de Stockholm » me serait bien utile pour déterminer si je suis passé ou non du côté obscur.

— N'oublie pas le lien entre l'utilisation excessive des portables et la baisse des résultats scolaires, intervient Natalia.

Ses yeux sont fixés sur Janelle qui ne semble même pas se rendre compte de l'insulte.

Je cache mon sourire au moment où Natalia en ébauche un. Les deux autres déposent enfin leur précieux téléphone et piochent un appareil photo. Elles repartent sans un remerciement pour Natalia, en échangeant des commentaires sur les motifs « trop mignons » des tee-shirts de promo (que Natalia a passé des heures à dessiner, je le sais parfaitement).

J'envoie un rapide message à Adam avant d'abandonner mon portable.

> J'ai pas de téléphone aujourd'hui.
> Appelle maman si t'as besoin de qq chose.
> Salut frangin.

Je me mordille l'intérieur de la joue. J'espère que ça ira pour lui sans notre appel quotidien. Je ne sais pas si ça l'aide, mais moi ça me rassure. L'entendre parler d'une voix assurée prouve qu'il n'a rien consommé et qu'il est plus fort que papa ne pourra jamais l'être. Quand je relève la tête, je réalise que Natalia m'observe avec curiosité.

Elle me tend un tee-shirt, mais quand je le saisis, elle le retient un instant.

— Déstresse, Ethan. Ce qui te préoccupe n'est sûrement pas aussi grave que tu le crois.

Mon cœur a un petit soubresaut.

— Qu'est-ce que t'en sais ?

Douceur et mesquinerie se font la guerre dans ses yeux. Son visage se referme, la mesquinerie vient de l'emporter :

— Parce que je suis aussi *tellement* intelligente, dit-elle en imitant Claire.

Elle bat des cils, écarte ses cheveux, puis baisse les yeux sur son bloc-notes.

— Au fait, tu préfères être appelé Roi du bal de promo ou Ethan-pédia ? Je dois mettre à jour mes fichiers.

Elle me cherche, et ça marche. Et c'est pas fini :

— Trop sympas, tes nouveaux amis, ajoute-t-elle avec ce sourire radieux qui me tétanise, ce qui m'irrite encore plus.

— Trop sympa, ton nouveau copain.

Je lui arrache le tee-shirt des mains et m'éloigne, le visage en feu.

Je déteste être aussi transparent pour Natalia. Elle voit tout en moi. Et en ce moment, elle se sert de son super-pouvoir pour ne pointer que mes défauts et mes erreurs.

Pourquoi elle me fait un caca nerveux au sujet de Claire alors *qu'elle est avec Rainn* ? Quand est-ce qu'on parlera enfin pour régler notre problème, au lieu de jouer à cette guéguerre qui ne sert à rien ?

Au stade où on en est, il nous faut une intervention divine.

NATALIA

Week-end d'intégration des terminales, 9 h 15

Mon copain ?! Mais de quoi il parle ? C'est une blague ou il croit vraiment que je suis avec Rainn ? Ça ne leur ressemble pas d'être fâchés au point de ne plus se parler. Ethan avait vraiment l'air en colère… et jaloux.

Ce qui ne devrait pas me faire sourire ! Pas du tout même.

Pourtant.

Ma belle humeur retombe en pensant à Claire. À sa façon de le fondre dans son groupe. À la voix d'Ethan qui devient plus grave lorsqu'il lui parle.

Tout le monde s'est regroupé sur la plage après avoir déposé son téléphone, et c'est à moi maintenant.

Franchement, ça ne me dérange pas du tout, au contraire. Mon portable vibre depuis ce matin avec les SMS de mes parents. Un avant-goût de ce qui m'attend dès la rentrée :

Papa :

Création artistique ? C'est une erreur.
J'appellerai le secrétariat pour que tu repasses en stats. C'était un de mes cours préférés quand j'étais en terminale !

Maman :

Tu préfères la housse de couette et taie à fleurs rouges ou celle à étoiles noires ? Je veux que tu te sentes chez toi !

On dirait qu'ils n'en ont rien à foutre de déchirer ma vie en deux et de me laisser les lambeaux.

Je ne réponds ni à l'un ni à l'autre. Je suis sur le point d'éteindre mon portable quand je remarque une notification.

Vous avez été tagué par @ClaireBearWilson !

Bizarre.

Je me dépêche de chercher la photo en question. Mon pouls s'accélère en découvrant le selfie de Claire avec Ethan, qu'elle a sous-titré « Fin d'été radieuse ». Son visage est niché au creux de son cou, là où Ethan sent la crème à raser et *son odeur*. Il a son sourire de Roi du bal de promo, l'Ethan si éloigné de moi.

Elle m'a taguée pour être sûre que je la voie. Pour être sûre que je pige le message.

Ethan fait très attention à ce qu'il poste. Si elle a posté cette photo, c'est qu'il l'a laissée faire. C'est encore plus sérieux entre eux que je ne le pensais.

Le nez et les yeux commencent à me piquer, je prends une grande inspiration pour chasser l'émotion qui me submerge. Je dois oublier Ethan. Les choses « prennent un chemin » avec une autre fille.

En pensée, je déroule une toile géante. Aussi grande qu'une maison. Elle se couvre de larges bulles rouge écarlate et de zébrures orange vif tourbillonnant ensemble. La peinture est si épaisse qu'on pourrait l'escalader. Un mur de feu.

J'éteins mon téléphone et le dépose dans le bac. J'aimerais pouvoir remballer mes sentiments de la même façon.

Maintenant, je dois me dépêcher de rejoindre les autres, les jeux vont commencer. Un reflet de lumière attire mon attention : Mme Mercer a laissé le bocal contenant les lettres du Lion sur la table, en évidence, comme une offrande.

Je m'approche en jetant des coups d'œil autour de moi. Aucun témoin.

Juste moi et le bocal à secrets.

N'importe qui pourrait y plonger la main, déplier les lettres et lire pour tout savoir.

Mme Mercer compte sérieusement le laisser là toute la journée ? N'importe qui pourrait le voler pendant une pause. *Tsss*, cette prof…

Je ne peux pas laisser ma lettre offerte sur un plateau avec une fille comme Claire dans les parages.

J'attrape le bocal… pour en faire quoi, exactement ? Je ne sais pas encore, n'empêche que ma lettre est là, trop personnelle, passionnée, sincère. Je n'aurais jamais dû livrer des trucs aussi privés. Le prénom d'Ethan est écrit noir sur blanc, j'ai dit combien je le désirais, raconté ce qui s'est passé avec son père… sans parler de nos exploits ratés après le réveillon. Même barré, tout est là.

J'aurais mieux fait d'en faire une boulette, de cette feuille, et de l'avaler.

Comme je l'ai déposée en dernier, elle est sur le dessus, elle crève les yeux. Le selfie avec Claire me revient à l'esprit. Je dois laisser tomber Ethan, OK, mais selon mes conditions. En privé. Pas en public dans un rituel. Pas au milieu d'une masse de souhaits et de secrets d'autrui, en présence de gens qui n'ont aucune idée de ce que j'endure. Qui ne comprendront jamais à quel point ça fait mal de porter quelque chose d'aussi douloureux.

Il suffit que je soulève le couvercle et retire ma lettre. Personne ne le saura. C'est trop risqué de la laisser. Ils sont tous à la plage : c'est maintenant ou jamais.

La culpabilité affole mon rythme cardiaque.

Je glisse le pouce sous le couvercle. Ça résiste. Je glisse les doigts, mais n'arrive pas à saisir ma lettre. C'est peut-être un signe.

Natalia, tu ne crois pas aux signes ! Je retourne le bocal et commence à le secouer comme une bouteille de ketchup.

Une fois. Deux fois. À la troisième secousse, j'y suis presque, je la sens au bout de mes doigts. Vite, je l'aide à glisser le long de la paroi… une dernière secousse, hop c'est gagné.

Grossière erreur.

Sous mes yeux horrifiés les lettres dégringolent en cascade, et le vent s'empresse de les éparpiller.

— Non !

Une rafale tourbillonnante disperse alors les lettres comme des feuilles d'automne.

Les secrets, les pensées, les souhaits, les peurs, les regrets de chacun volent dans le camping, se coincent dans les joncs et les eucalyptus, certaines lettres – oh mon Dieu – filent vers la falaise qui surplombe la mer.

Je deviens livide.

Qu'est-ce que j'ai fait ?

NATALIA

Week-end d'intégration des terminales, 9 h 23

Je cours comme une folle après les lettres. Je saute, plonge, m'étire, lutte contre le vent pour les rattraper une à une. Je les fourre dans ma chemise pour les empêcher de s'envoler à nouveau. Je contourne une tente pour me réfugier à l'abri d'un mur, le bruit des lettres froissées sur ma poitrine me tétanise.

— Hé ! Qu'est-ce qu..., dit le mur.

Au secours. Ethan sort des toilettes hommes, en tenue de sport. Mon cœur galope, bondit dans ma gorge.

Prise la main dans le sac.

Il me fixe, les yeux écarquillés. J'ai des lettres plein les mains, dans la chemise, partout.

— Mais non. T'as pas fait ça ?

— C'est un accident !

— Natalia, tu...

— Aide-moi ou dégage !

Une feuille se pose tout près de nous, je détale pour l'attraper avant que le vent l'emporte. La lettre a la bonne idée de revenir vers nous, Ethan la bloque en posant un pied dessus. Il la ramasse.

On échange un regard.

— OK, tu veux que je fasse quoi ?

Sans m'attarder sur l'élan de joie intérieur qui me saisit, je lui demande de chercher avec moi. Aucune lettre ne doit être oubliée dans le camping. Nous courons maintenant tous les deux à droite et à gauche.

J'en déniche quelques-unes sous les grilles de barbecue, deux derrière les toilettes des filles. J'inspecte la zone à un rythme effréné, en allant des tables jusqu'au bord de la falaise. Je reviens la chemise et les bras chargés de lettres, tout en continuant de scruter au cas où j'en aurais manqué.

Quand notre ratissage me paraît complet, Ethan se charge du bocal et nous nous dirigeons vers ma tente. Une fois à l'intérieur et la fermeture Éclair de la porte redescendue, je secoue ma chemise. Des dizaines de feuilles froissées et sableuses tombent sur mon sac de couchage.

— Il y a soixante-sept terminales cette année, mais seulement cinquante-huit se sont inscrits au week-end d'intégration, j'articule entre deux respirations haletantes. D'après la liste, deux personnes ne se sont pas présentées ce matin.

— Les jumeaux Jensen, s'exclame Ethan, en même temps que moi.

— Pfff, ces glandeurs, reprend-il. Donc, on devrait en avoir cinquante-six.

J'acquiesce en ravalant la panique qui monte.

Chacun de nous compte avec frénésie, puis nous échangeons un regard consterné : quarante-neuf. On recompte, plus lentement. Quarante-neuf.

Il manque sept lettres. Sept grenades prêtes à être dégoupillées, perdues dans la nature, que je dois retrouver avant qu'un ou une autre le fasse.

Le visage d'Ethan est livide.

— Putain, Talia, ça craint.

Je pense à ceux qui pleuraient en écrivant leurs lettres. Mes poumons se bloquent.

— Je sais.

— Je... euh..., reprend Ethan en déglutissant péniblement. Beaucoup ont écrit des choses très personnelles. Si ça tombe entre de mauvaises mains... tu sais comment ils sont.

Je sais, il n'a pas besoin d'en dire plus. « Eux », ceux qui ont déversé des ordures sur Ethan et l'ont jeté dans les casiers, et qui traînent maintenant avec lui. Dont une qui vient de me taguer pour revendiquer ses droits.

Je les connais parfaitement. Voilà pourquoi je voulais récupérer ma lettre.

Mais comment faire maintenant ? Le vent a dispersé les lettres, elles peuvent être n'importe où. *À ton avis, pourquoi cette plage s'appelle Ventoso, hein ?* J'ai presque envie de rire alors que mes larmes montent.

J'appuie très fort sur mes paupières. Ce n'est pas le moment de craquer. J'ai besoin de réfléchir pour résoudre ce problème... comme je croyais le résoudre en m'attaquant au bocal. Si seulement j'étais restée tranquille... ça tourne en boucle dans ma tête, je suis incapable d'aligner trois idées.

Les professeurs répètent qu'on doit « se concentrer sur les solutions » quand on est bloqué sur un problème. OK. Donc, j'ai juste besoin de réfléchir aux solutions possibles au lieu de rester obnubilée par la cause du problème.

(Moi. Moi. Toujours *moi.*)

— Demain matin, quand Mme Mercer déversera le bocal dans le feu, aucun élève ne pensera à compter les lettres. Il faut juste que personne ne sache qu'il en manque. De toute façon, ça ne servirait à rien de prévenir ceux dont la lettre est tombée à la mer.

Ça sonne faux, même pour moi, pourtant Ethan hoche la tête et commence à replacer les lettres dans le bocal.

— Vu qu'on est dehors toute la journée, je pourrai continuer de chercher avec toi. Comme une chasse aux œufs de Pâques. Heureusement que les feuilles sont jaunes, ajoute-t-il.

La douleur s'accentue dans ma gorge.

— Avec moi ?

Sa main s'immobilise. Nos yeux se croisent, la tente devient plus petite.

— J'ai toujours su que tu me ferais creuser une tombe un jour ou l'autre, répond-il avec un haussement d'épaules.

Mon rire parvient presque à desserrer le nœud qui m'étrangle.

— Tu me manques, Ethan, je murmure.

Mille émotions traversent son visage.

— Je suis là, finit-il par répondre.

Ethan est bien là. Ma peau se souvient.

Puis l'inquiétude se lit sur ses traits. Ses yeux s'affolent en scrutant les lettres encore en dehors du bocal.

— Tu les as lues ?

— Non ! Jamais j'aurais osé. Le bocal m'a échappé des mains et après, ce putain de vent a tout éparpillé. Je… je voulais juste récupérer la mienne.

Une sueur froide perle sur mon front. Je réalise seulement maintenant que j'ai aussi perdu ma lettre. Je n'ai plus aucun moyen de vérifier si elle est là sans violer davantage la vie privée des autres.

Ma lettre fait peut-être partie des sept. *Merde.*

Ethan fronce les sourcils, une barre se forme sur son front.

— Pourquoi tu voulais la reprendre ?

Je n'ai pas le temps de lui répondre, j'entends des pas. Je lui fais signe de se taire.

Merde puissance deux.

On est entourés de lettres. Autant être couverts de sang sur une scène de crime. Si quelqu'un entre, il pensera qu'on les a volées exprès *pour les lire.*

— Natalia ?

C'est Prashant. Il est juste devant ma tente.

— Je suis ton vice-président, pas ta nounou.

Mon cœur va sortir de ma poitrine et se barrer en courant.

— Alors qu'est-ce que tu viens foutre ici ? je demande, d'une voix aussi ferme que possible.

— On m'a désigné pour que je vérifie si tu étais toujours en vie. Le match de volley ne peut pas commencer sans toi.

— J'avais besoin d'aller aux toilettes, et maintenant je suis en train de me changer.

Les mensonges sortent tout seuls de ma bouche.

— Pas besoin de me raconter ta vie. Dépêche-toi, tout le monde t'attend.

Même dans la panique, je réussis à lancer un regard de pure haine à la silhouette de Prashant. Ethan remue, son dos appuie sur la toile de tente. Je fais un geste dans sa direction pour qu'il arrête tout de suite. Il me répond par signe qu'il n'y peut rien.

— Au fait, Natalia, t'aurais pas vu Ethan par hasard ? demande Prashant, d'une voix… bizarre.

— Non.

Le silence de cet enfoiré est de plus en plus pesant.

— Dégage, Prashant, je vous rejoins dans deux minutes.

— OK. Mais si vous êtes à poil là-dedans, ça prendra plus de deux minutes, ironise-t-il avant de partir.

Enfin. Je fourre en vitesse les dernières lettres dans le bocal. Si seulement je pouvais cacher mon visage cramoisi ! Ethan remet le couvercle. Il évite soigneusement de croiser mon regard. Je lui demande d'aller remettre le bocal à sa place pendant que je me change. De toute façon, ce serait vraiment trop louche si on arrivait ensemble.

En retirant ma chemise collante, je récite une prière silencieuse pour demander que les sept lettres disparaissent dans l'océan, là où personne ne les retrouvera. J'espère n'avoir gâché aucune vie. Y compris la mienne.

Être plus courageuse gâcherait tout. J'ai très peur que mes rêves ne se réalisent jamais, je suis sûre de ne pas avoir assez de talent. Quand on me fait un compliment, j'ai l'impression de ne pas le mériter. Et si quelqu'un apprend ce qui s'est passé entre Jackson et moi, il pensera la même chose. Jackson disait que c'était faux. Il a juré qu'il m'aurait donné le rôle même si on n'était pas sortis ensemble... Mais après, il a arrêté de me dire des trucs sympas. Maintenant, je ne sais plus ce que je dois croire. J'aimerais qu'il soit encore là cette année. Qu'il m'envoie des textos comme avant. Je n'arrive pas à croire qu'ils l'ont viré.

Si j'étais plus courageuse... je croirais davantage en moi. Tout ce que je peux faire maintenant, c'est essayer de ne pas gâcher ma vie plus que je l'ai déjà fait.

ETHAN

Week-end d'intégration des terminales, 9 h 58

Je cours vers la plage tout en scrutant les joncs et les amas d'algues séchées. Je confonds un emballage de hamburger avec une lettre, ce qui me vaut une quasi-altercation avec une mouette. Fausse alerte. C'est terrifiant, en fait, une mouette.

Dans quel merdier je me suis fourré ? Qu'est-ce que Natalia avait dans le crâne en attrapant ce bocal ? Je me demande vraiment ce qu'elle a écrit dans sa lettre pour avoir voulu la récupérer moins de cinq minutes plus tard.

Si quelqu'un d'autre que moi était tombé sur elle…

Je connais Natalia, je la crois. Si elle dit qu'elle n'a rien lu, c'est la vérité. Mais les apparences sont contre elle, ça craint vraiment.

Des matchs de volley ont déjà commencé, mon équipe, celle de Natalia et nos adversaires attendent toujours. Personne n'a l'air au courant de ce qui vient de se passer. Ouf. Espérons que ça reste comme ça.

C'est déjà assez difficile en ce moment, mais si un truc comme ça se sait, notre année de terminale est foutue. La classe entière va nous détester. J'ai suffisamment été à leur merci pour savoir qu'ils feront de nos vies un enfer, surtout s'ils ont livré dans les lettres des secrets aussi personnels que les miens.

Putain, et si ma lettre faisait partie des sept qui se promènent sur la dune ?

J'aspire à pleins poumons pour me calmer et me convaincre que la mienne attend gentiment au fond du bocal… mais ça ne marche pas, je recommence à gamberger.

En jetant un coup d'œil à Prashant, j'ai la conviction à 99 % qu'il a compris que j'étais dans la tente avec Natalia. Est-ce qu'il a vu à travers la toile ? Je ne suis pas proche de ce mec, mais je sais que ça ne lui poserait aucun problème de mettre Natalia dans la merde.

Prashant remarque que je le regarde et se dirige vers moi. Son visage inexpressif me fixe. *Argh.*

Ça se voit tant que ça la culpabilité ?

Je suis complice, après tout. Sa lettre aussi pourrait bien être dans la nature. Dans la tente, mes mains tremblaient à cause de la précipitation, mais aussi parce que je m'obligeais à éviter tout contact physique avec Natalia.

C'est plus fort que moi, même dans les situations compliquées, douloureuses ou exaspérantes avec elle, je ne peux pas m'empêcher de la protéger. Donc je dois la jouer aussi cool que possible jusqu'à ce qu'on ait résolu ce problème.

Prashant se tient juste devant moi, les yeux inquisiteurs.

— Écoute, c'est pas ce que tu t'ima…

— Viens m'aider à installer le filet, me coupe-t-il.

Je m'empresse de saisir la perche et le suis sans un mot.

Plusieurs matchs de volley ont commencé, mais il y a plus d'équipes que de filets déjà installés. J'attrape une paire de poteaux pour vérifier si des lettres ne se seraient pas nichées là-dedans. Non, c'est bon.

— Euh, Prashant, je ne suis pas très doué pour ce genre de truc.

— Pas besoin d'être bon pour planter deux poteaux. Dépêche-toi, on est super en retard.

Au bout de cinq minutes, je transpire déjà comme un bœuf et Prashant marmonne dans sa barbe.

— Non, Ethan. Plus haut.

— Comme ça ?

— Ouaaah, je ne dis pas ça souvent, mais j'ai eu tort de te demander de m'aider, s'agace-t-il en lâchant le filet qui retombe aussitôt.

Sienna explose de rire.

— Tu peux pas m'aider au lieu de te marrer ? je grogne.

— Je suis occupée.

— Ah ouais ? À regarder Leti ?

— *Ethan*, répond-elle, le visage écarlate.

Ses doigts s'activent pour tresser trois mèches de ses cheveux, le regard bien évidemment fixé sur Leti Mitchell.

Natalia arrive enfin, la voici qui dévale les marches menant à la plage. Sa queue-de-cheval rebondit joyeusement, mais son visage est soucieux.

— Elle a l'air tellement stressée, commente Sienna.

— C'est pas la seule, je murmure.

Je scrute à nouveau les alentours en quête de lettres jaunes. Rien. Sienna me lance un regard suspicieux. Ses doigts s'agitent toujours sur sa tresse.

— C'est dur pour elle, Ethan. Tu la connais, quand elle galère, elle devient encore plus control freak. Comme si rendre les choses parfaites pour les autres l'aidait à se sentir mieux.

Sienna a peut-être l'air en orbite H24, toujours plongée dans ses calculs impossibles, mais quand elle balance une remarque aussi pertinente, c'est clair qu'elle a bel et bien les pieds sur terre.

— T'as raison.

Le besoin de protéger Natalia, de réparer sa bêtise – *notre* bêtise – m'obsède à nouveau. Je m'oblige à poser la question dont je connaîtrais déjà la réponse si tout allait bien entre nous.

— Pourquoi c'est dur pour elle en ce moment ?

Sienna ne répond pas, Natalia est trop proche de nous. Elle porte un short et un tee-shirt, la bride rose de son bikini dépasse de son encolure. Ses joues sont en feu à cause de la course.

Nous échangeons un regard entendu, encore un secret entre nous. Natalia secoue subtilement la tête pour me faire comprendre qu'elle n'a vu aucune lettre.

Qui sait, ces foutues lettres ont peut-être toutes sombré dans l'océan ? Quelle chance ce serait...

Comme Sienna nous observe avec curiosité, je m'accroupis vite pour m'occuper du filet de volley. Il est aussi emmêlé que les pensées qui tournent dans ma tête.

— À nous deux, dis-je au tas enchevêtré. Je vais gagner.

— On dirait pas, réplique Natalia.

Lorsque nos yeux se rencontrent, mon cœur s'arrête. Bon Dieu, je n'avais jamais réalisé à quel point il est difficile de la regarder et de lui parler en même temps. Elle est si proche maintenant, si mignonne, et moi je suis complètement chamboulé. Pas seulement à cause des lettres, à cause de tout. *Tout.*

Natalia se détourne la première.

— On dirait que Prashant a perdu confiance dans l'humanité tout entière. Qu'est-ce qu'il a ? ironise-t-elle.

Il est agenouillé dans le sable et relit les instructions pour la énième fois en marmonnant dans sa barbe.

— J'ai essayé de l'aider.

— Quelle idée. Toi et les manuels d'instruction...

— Je l'avais prévenu, mais il a dit que c'était facile.

— Évidemment ! C'est juste toi qui es un cas désespéré !

— Hé, je...

— Tiens-moi ce piquet, dit-elle en reprenant le montage.

J'obéis. Deux minutes plus tard, tout est en place.

— Et voilà le travail !

— Trop forte !

Je tends la main pour qu'elle frappe dedans, elle accepte après une ou deux secondes d'hésitation.

Y a du progrès.

Le ciel est maintenant d'un bleu éclatant, le vent a chassé les dernières brumes matinales. Comme il s'est transformé en brise, je retire mon sweat. La température encore un peu fraîche me hérisse les poils des bras, mais ça fait du bien.

Je surprends le coup d'œil de Natalia.

— Tu mates !

— Pas du tout, s'offusque-t-elle, en détournant les yeux.

Si. Elle zieutait ma poitrine et mes bras malgré mon tee-shirt. Gêné, je me laboure le cuir chevelu d'une main nerveuse, j'ai le visage en feu.

Le truc c'est que cet été, comme je n'arrivais plus à lire deux pages de roman parce que j'avais la tête à l'envers, j'ai décidé de suivre les conseils de Coach. Je me suis entraîné avec Adam. Nos séances de sport sont devenues un moment privilégié : je n'avais plus l'impression de respirer sous l'eau… Mais je n'avais pas réalisé que mon corps avait changé.

— Tu rougis, dit encore Natalia.

— *Pas du tout !* je réponds en l'imitant.

Elle sourit. Un sourire petit, mais bien réel. C'est fou comme ça m'avait manqué. Malheureusement, il s'envole trop vite : Claire vient de nous rejoindre, elle passe son bras sous le mien.

— Ethan ! Je t'ai cherché partout ! Pourquoi t'as mis tout ce temps ?

— Oh... euh... je trouvais pas ma crème solaire.

L'expression de Natalia me rappelle à quel point je mens très mal. Typique du mec qui cache un énorme secret.

Claire nous scrute l'un après l'autre avec attention, puis change de sujet.

— Bravo, Natalia, grâce à toi on va pouvoir jouer !

Le sourire officiel revient sur ses lèvres, la présidente est de retour :

— Je campe chaque été avec mes parents. Ça fait longtemps que je n'ai plus besoin des notices de montage.

Tiens ? Une ombre vient de passer dans ses yeux.

— Beurk, je déteste le camping, c'est vraiment primitif ! répond Claire en riant.

Ce n'est pas drôle, mais je rigole aussi, de soulagement. Sans le savoir, Claire nous a rendu service en changeant de sujet : plus besoin d'expliquer notre retard.

Le sourire de Natalia se fait plus pincé.

— Cool. Amusez-vous bien ! dit-elle avant de s'éloigner vers Rainn.

— Elle est vraiment sympa, murmure Claire en la suivant des yeux.

Non, ce n'est pas de la sympathie. C'est la version flippante de Natalia. Sa façon de déclarer qu'elle va m'ignorer pour le reste de la journée.

OK, mais les lettres ?

État de notre relation : un pas en avant, deux pas en arrière.

— Ça y est, on peut enfin commencer, lance Prashant. Ethan, tu es dans mon équipe, Natalia, avec Rainn.

— Super ! s'exclame ce dernier.

Évidemment.

— Madame la présidente sait se faire désirer, la taquine Rainn.

— Laisse tomber.

Natalia lui donne un coup dans les côtes, il éclate de rire et lui attrape la main.

— Fais gaffe, je crains les chatouilles, lui crie-t-il.

— Ah ouais !

Il la dévisage un bref instant avec suspicion. Nous le savons tous les deux : si Natalia a connaissance d'un point faible, c'est plus fort qu'elle, elle ne peut pas s'empêcher d'en abuser.

Ça ne rate pas, elle l'attaque avec un regain d'énergie pour lui chatouiller les côtes. Il hurle et se plie en deux puis, d'un mouvement rapide, la soulève de terre et la balance comme un sac de pommes de terre sur son épaule. C'est au tour de Natalia de s'époumoner.

— Je t'avais prévenue !

Rainn rit aux éclats alors que Natalia tambourine à deux poings sur son dos. Elle passe des hurlements furieux aux rires.

Et moi, j'enrage. Je pense à la guerre de Troie. Un siège qui a duré dix ans, tout ça à cause d'une jolie fille.

Je viens de comprendre cette histoire.

Non seulement Rainn la fait rire aux éclats, alors que j'obtiens à peine un sourire, mais quand il la libère… Natalia le serre dans ses bras. Ça ne fait aucun doute, elle a l'air heureuse.

J'ai mal.

Je n'ai jamais autant souffert. Ce n'est pas la première fois que Natalia a un copain, mais je n'avais jamais eu envie de les écarter physiquement l'un de d'autre. Une fois de plus, tout ça, c'était avant le nouvel an, avant le bal de promo, et le souvenir de ses doigts sur mon ventre qui m'a tenu réveillé toute la nuit. C'était avant la lettre que je viens d'écrire… une lettre qui se promène peut-être aux quatre vents.

Je suis sûrement à côté de mes pompes, parce que je laisse faire. Si j'avais été honnête avec Rainn, avec elle, avec *moi-même* cette nuit-là, rien de tout ça ne serait arrivé.

M. Beckett siffle le coup d'envoi des matchs de volley.

Si ma lettre se balade, j'espère juste la trouver avant elle.

NATALIA

Week-end d'intégration des terminales, 10 h 15

S'il y a un truc que j'ai toujours apprécié chez Rainn, c'est qu'il est relax. Cool. Même quand je suis dévorée par l'anxiété, il arrive à me faire rire. On dirait qu'il sent que j'en ai besoin, même s'il ignore la raison de mon stress.

Par exemple, le fait de voir Claire scotchée à Ethan.

Ou encore, parce que j'ai violé la confiance et la vie privée de toute ma classe.

Alors, quand il me repose enfin sur la terre ferme, je le serre contre moi. Un merci silencieux pour m'avoir déstressée pendant quelques secondes. Quand je m'écarte de lui, ses joues sont écarlates. Il y a quelque chose dans son attitude qui me fait dire que ce câlin était un peu trop pour « de simples amis ».

Finalement, il hoche simplement la tête. Peut-être pas, en fait.

— À votre service, madame la présidente.

Je roule des yeux en riant. C'est le seul à m'appeler comme ça. Je m'inquiète trop, Rainn est aussi léger que la brise côtière.

Quand je lève les yeux, le regard d'Ethan se détourne rapidement. Je ne faisais pourtant rien de mal. Ni plus ni moins que ce qu'il fait avec Claire. La culpabilité s'insinue quand même en moi comme un serpent.

— Qu'est-ce que je disais : le drama, marmonne Prashant.

Je le fusille du regard. Les équipes se mettent en place. Ethan, Prashant, Tanner, Janelle et Claire d'un côté. Mason, Leti, Sienna, Rainn et moi, de l'autre. Avant de commencer, je jette un dernier coup d'œil à la ronde au cas où une lettre vagabonderait dans les parages. Rien.

Je récite une prière silencieuse pour les retrouver. Pour que ce problème soit résolu sans causer de tort et sans que personne ne découvre mon énorme bourde.

Comment j'ai pu être aussi débile, sérieux ? J'ai foutu en l'air ma première journée officielle en tant que présidente.

Est-ce que j'ai balancé des vies privées sur la place publique ? Ma vie privée ? Celle de mes amis ? Rien que d'y penser, mes poumons se bloquent.

J'ai vraiment été carrément débile, oui. J'étais tellement obnubilée par ma lettre que j'en ai oublié les autres. C'était impulsif, égoïste, l'opposé de ce que doit être une élue des élèves. En plus, c'est tout sauf moi : c'est pas mon genre d'enfreindre les règles ou d'obliger Ethan à me couvrir.

Je n'en reviens pas qu'il continue de me protéger malgré tout. Il n'a pas hésité une seconde. Je ne le mérite pas, mais j'apprécie é-nor-mé-ment. Si j'avais dû me débrouiller seule, je ne sais pas comment j'aurais fait. J'ai trop de trucs à gérer, trop de secrets, la coupe déborde.

Les secrets sont pareils à des murs, ils protègent en tenant les autres à l'extérieur. Ou bien ils protègent les autres, mais te gardent enfermée. Ils te maintiennent dans une prison sans autre issue que la destruction totale.

Comment oublier Ethan s'il fait des trucs pareils pour m'aider ? Je repense à son regard sous la tente, ses yeux rivés aux miens. Lui et moi, enfin seuls pour la première fois depuis des mois. J'avais l'impression d'être à nouveau sur son lit…

Natalia, concentre-toi. Je reviens à la partie de volley.

C'est mon tour de servir. Je suis plutôt satisfaite de mon tir, la balle franchit le filet dès la première tentative. Mais beaucoup moins fière quand Ethan la réceptionne, la renvoie avec force et donne le premier point à son équipe. Il hausse les épaules en me regardant, genre *désolé, c'est le jeu*.

Il veut jouer à ça ? C'est parti.

Ethan marque point sur point. La sueur perle à son front, il a les joues rouges, le regard concentré. Le même instinct, les mêmes réflexes qu'au basket. Son côté assuré et confiant.

Claire se colle à lui chaque fois qu'il marque. Janelle, avec sa haute stature, le seconde efficacement.

Quand je suis à nouveau au service, leur équipe a une avance considérable sur nous. Mason m'encourage quand même.

— Vas-y, Natalia ! Défonce-leur la... (les sourcils de M. Beckett se froncent) tête, achève-t-il.

Je ne sais pas ce qui me galvanise – Ethan pouffant de rire derrière sa main ou l'expression pathétique de Tanner parce que j'ai la balle –, mais la battante qui est en moi prend le dessus.

Je vise l'angle opposé. Ethan plonge, manque sa réception et mord le sable. Il en est même couvert. Quand il me regarde, je lui retourne son *désolée, c'est le jeu*, et il sourit.

Mon équipe revient au score.

La température a bien monté, je dégouline. Un peu trop même. Je ne me sens pas très bien, mais impossible d'arrêter maintenant. On les a *presque* rattrapés.

Leti est au service, ça va déchirer. Le ballon passe juste au-dessus de Tanner, hors de sa portée. Il bondit, le rate, on marque. Plus qu'un point et c'est gagné pour nous.

J'ai la tête qui tourne, j'aurais dû avaler un vrai petit déjeuner, pas juste trois guimauves. Surtout que j'étais déjà trop stressée hier soir pour manger. Je décolle les mèches de mon cou en sueur et plisse les yeux pour me concentrer.

Mason exécute un service de malade, sa balle vient frapper les pieds de Prashant... qui hausse les épaules. On dirait que monsieur s'en fout carrément d'avoir fait perdre son équipe. D'ailleurs, il se barre pour aller regarder les autres matchs. De notre côté,

Rainn me prend dans ses bras pour une étreinte de victoire. Quand il me relâche, des lumières dansent devant mes yeux, je vacille sur mes jambes.

Je sors du terrain, mais mon pied bute sur une branche. Alors que je vais chuter tête la première, une poigne forte et familière m'agrippe la taille.

Ethan.

Il était pourtant de l'autre côté du filet, comment il a fait ? Je l'entends demander si quelqu'un a du jus de fruits ou une boisson sucrée.

— Putain, Natalia, t'es blanche comme un linge.

— Ça va ?

Un instant plus tard, nous sommes assis sur un rocher face à la mer. Rainn, en sueur, me tend une bouteille.

— Désolé, j'ai rien trouvé de frais.

Du jus d'orange tiède. Dégueu, mais je me sens mieux après en avoir bu la moitié.

— Merci, Rainn.

Ses yeux se posent sur le bras d'Ethan qui m'étreint toujours.

— Natalia, ça va ? me demande M. Beckett.

— Oui, merci. Juste un peu fatiguée, je réponds en me forçant à sourire.

M. Beckett lève le pouce avant de se faire happer par l'équipe adverse qui râle, surtout Janelle. Elle exige la revanche.

— Rainn a touché le filet, je l'ai vu ! s'énerve-t-elle. Ils auraient pas dû avoir le dernier point.

Elle gesticule en direction de Rainn, qui s'en fout.

— T'as besoin d'autre chose, Natalia ? me demande-t-il.

— Vas-y, je gère, lui répond Ethan.

Un échange silencieux se déroule entre eux deux, puis Rainn hoche lentement la tête.

— La prochaine fois, n'attends pas de tomber dans les pommes, Natalia : dis-moi juste que je suis trop sexy ! plaisante-t-il.

J'éclate de rire, Ethan se crispe et Rainn s'éloigne, très content de sa blague. Il n'y a plus que nous deux, pressés l'un contre l'autre. Je voudrais rester là pour toujours, contre lui, le meilleur endroit du monde. Me rapprocher encore plus, nicher mon nez dans le creux de son cou, goûter le sel de l'océan sur sa peau.

Mais au lieu de ça, je m'éloigne de lui, son bras retombe. L'apaisement et la sécurité que j'éprouvais disparaissent en un instant.

— T'as encore sauté le petit déj ? me demande Ethan.

— Comment ça, *encore* ? C'est le soleil qui m'a éblouie.

— N'importe quoi. Quand t'es stressée, t'arrêtes de manger. C'est mauvais pour ta santé.

Ça m'énerve qu'il s'en souvienne. Et qu'il ait raison.

— Je fais pas exprès. Et je vais très bien, merci.

— Ah ouais ? T'as failli tomber dans les pommes, je te signale.

Je me lève rapidement – trop rapidement – et tangue un peu sur mes pieds.

— J'ai pas failli… tu sais quoi, tu me saoules !

— Parce que j'essaie de t'aider ?

Il m'énerve de plus en plus.

— Oui ! Faut toujours que tu sois là, *à m'aider.*

Je ne sais pas quelle mouche me pique, ni pourquoi je suis folle de rage qu'il soit aussi merveilleux. Ce n'est pas la première fois qu'Ethan s'inquiète parce que je saute des repas. J'avoue que ça m'arrive : j'oublie de manger, parfois toute une journée. À force de me concentrer sur les autres, je me néglige. Il veut juste être là pour moi.

Mais cet été, j'ai expérimenté l'agonie de son absence. Je la connais même très bien. Ce n'est pas parce qu'il est là aujourd'hui qu'il sera là demain.

Surtout si ma lettre se promène.

La panique remonte. Je bois une longue gorgée de jus d'orange.

— Talia, sérieux, qu'est-ce qui se passe ?

J'enfonce les ongles dans mes paumes.

— Comment ça ?

— T'es agressive, tu ne manges pas, tu voles les…

— Je ne les ai pas volées !

— Tu me regardes même pas en face, merde !

Mes yeux, jusque-là fixés sur l'océan, viennent se planter droit dans les siens. Ça recommence, le pincement, le désir impossible qui m'engloutit comme un raz de marée chaque fois que nos regards s'accrochent.

— Je sais que c'est devenu… bizarre entre nous, dit-il d'une voix plus douce, mais j'ai l'impression qu'il y a autre chose.

Bizarre entre nous.

C'est la première fois que l'un de nous le reconnaît ouvertement. Le malaise. Le baiser. Le rejet.

Je suis obligée de me rasseoir. Les angles durs de la roche s'enfoncent dans mes cuisses. Je termine mon jus de fruits au lieu de lui répondre. Je ne sais pas quoi dire.

Ethan comprend que je n'ajouterai rien de plus.

— Tu veux rentrer chez toi ? me demande-t-il en soupirant.

— T'en as déjà marre de moi ? L'été n'a pas duré assez longtemps ?

J'aurais voulu que ça sorte sur le ton de la blague, mais je rate mon coup. Ethan me regarde longuement, le visage troublé.

— Tu imagines toujours le pire de moi, dit-il enfin.

— Non.

Si ?

Il a l'air… blessé. Merde, je ne voulais pas.

— Désolée, c'est pas ce que je voulais dire… C'est juste que… je ne peux pas rentrer chez moi. Pas maintenant.

— Pourquoi ?

— En fait… Je peux, mais j'ai pas envie. Ma mère déménage, je dis en baissant les yeux.

— Elle déménage… pour de vrai ?

Je ravale la douleur qui m'étrangle la gorge.

— Oui. Elle l'a fait petit à petit et aujourd'hui, c'est le dernier jour. Après, ce sera fini entre eux.

— Merde. Désolé, Talia.

Je serre les poings.

— Ils n'arrêtaient pas de se disputer, tu sais bien. Alors c'est mieux comme ça.

Les mots sortent tout seuls, pourtant rien n'est simple dans un tricot familial qui se dénoue. Chaque combat, chaque conflit, chaque échange embrouillé est une maille supplémentaire qui se dénoue.

Ethan pose sa main chaude sur mon bras et le serre. Le silence s'installe entre nous alors que je voudrais lui raconter le reste. Que c'est encore pire que ça, parce que ma mère déménage à Sacramento, où vivent mes tantes. À trois heures de route. J'aimerais qu'il me conseille. Le réconfort de mon meilleur ami sur le fait que *tout ira bien quoi qu'il arrive* me manque tellement.

Mais comment m'appuyer sur lui en tant qu'ami tout en cessant de penser à lui comme je le fais ? M'ouvrir à Ethan reviendrait à lui donner la permission de me briser à nouveau.

— Euh, Talia… T'as organisé tout ce truc au camping pour ne pas être à la maison aujourd'hui, c'est ça ? s'exclame soudain Ethan.

Bien sûr qu'il a compris. L'admiration que je sens dans sa voix m'arrache un sourire.

— Dit comme ça, j'ai l'air d'une folle !

Ethan éclate de rire. De ce rire tonitruant capable de saturer une pièce et ma poitrine de lumière.

— Bon Dieu, ce que tu m'as manqué, Talia.

Quand il dit ça, de cette voix, avec sa main posée sur mon bras, les nœuds qui s'étaient relâchés se tendent à nouveau. Je ne peux pas m'empêcher d'espérer, d'espérer que je compte pour lui autant qu'il compte pour moi.

— Je suis là, Ethan.

Je fais écho à ce qu'il m'a dit dans la tente, mais cela n'a pas le même effet sur lui. Ethan garde une expression pleine de doute. Il ne me croit pas et ça pique. Je ne peux pas lui en vouloir : il me connaît suffisamment pour sentir que je ne lui raconte pas toute l'histoire.

Des éclats de rire nous font tourner la tête. Rainn est au centre d'un groupe, en train de faire le poirier, les mains enfoncées dans le sable. Sa chemise pendante exhibe son ventre bronzé et musclé. Je suppose que le problème d'arbitrage est résolu. Mason le frappe, Rainn retombe, riant de plus belle.

Si Mason en avait fait autant avec moi, je lui aurais donné un coup de pied dans les couilles. Sauf que c'est Rainn. Le mec trop sympa.

Le visage d'Ethan est tout proche, son front, sa bouche.

— Depuis combien de temps tu…

Sa voix se brise. Il s'éclaircit la gorge, lève les yeux, puis reprend enfin :

— … toi et Rainn, vous êtes ensemble ?

Ça y est, il a réussi à cracher le morceau. Je fronce les sourcils. Et plus qu'un peu.

— On n'est *pas* ensemble.

— Non ?

— Non.

— Mais… il m'a dit que… enfin, vous n'arrêtez pas depuis le début de la journée.

Je serre ma queue-de-cheval si fort que j'ai mal aux tempes.

— On n'arrête pas de quoi ?!

— De vous toucher ! Genre non-stop !

Sa voix est dure. Agressive. *Ethan est jaloux.* Ma propre colère rejoint la sienne. La mèche est allumée.

— Et alors ?

— Comme si je ne voyais pas qu'il te plaît.

Je ne le détrompe pas immédiatement. Tout ce que j'entends, c'est le ton de sa voix, l'anxiété sur son visage. C'est tellement *injuste.*

— Ça te dérange ? dis-je pour le défier.

Il s'écarte de moi, lève les yeux au ciel avant d'articuler péniblement :

— Pas du tout.

Je sais qu'il ment. Un frisson me parcourt.

— Alors t'as le droit d'être avec Claire, mais moi, c'est interdit ? Je ne dois ni aimer ni toucher quelqu'un d'autre, c'est ça ?!

— J'ai pas dit ça.

— Alors t'as dit quoi, Ethan ?

On se fixe, plus proches encore. On arrive en territoire dangereux… le territoire de la nuit du bal de promo, le baiser, le chaos qui a suivi. Je ne sais pas pourquoi on est si en colère. Peut-être parce que pour moi, c'est plus facile d'être en colère contre lui que d'affronter la douleur de son rejet.

Il frotte ses mains sur son short.

— Et toi, ça te dérange, moi et Claire ? demande-t-il.

Plutôt que de le regarder, je cherche Claire des yeux. Elle est avec le groupe, en train de danser et chanter. Sa voix est étonnamment juste. Elle nous surveille du coin de l'œil. C'est vrai qu'elle est gracieuse, amusante… moi et mon caractère de chien, on ne sera jamais à la hauteur.

Est-ce que ça me dérange ? Ouais, j'ai envie de foutre le feu à sa putain de tignasse bleue.

Prashant agite les bras dans ma direction, l'air hyper stressé. Voilà qui m'évite de répondre à Ethan.

— Je dois y aller.

— Attends !

Ethan me retient par le bras. Sa main est toujours aussi chaude, ses doigts se referment sur mon poignet.

— On pourrait…

Il s'interrompt, les yeux écarquillés, fixés sur quelque chose au-delà de mon épaule. Il décampe en courant et revient aussitôt l'air triomphant, avec une feuille jaune dans sa main. Mon cœur cesse de battre. Une lettre.

— Pas possible !

C'est plus fort que moi, je me jette contre lui. S'il est surpris, il le cache bien. Ses bras se referment autour de mes épaules, me pressent sur sa poitrine. Ma colère s'envole, pourtant, je me dégage rapidement.

— Une de plus ! dit-il en souriant. Je la mettrai dans le bocal en remontant.

— Comment tu vas faire ?

Merde, on avait pas réfléchi à ça jusque-là.

— À ma façon !

Il conclut par son sourire mutin à renverser n'importe qui dans un rayon de trois kilomètres. Je ne sais toujours pas comment empêcher mon estomac, ce traître, de palpiter d'émotion.

Mais je sais, comme si on avait pressé un interrupteur, que nous venons de retourner en territoire dangereux.

ETHAN

Week-end d'intégration des terminales, 11 h 45

Putain, je fais quoi, là ?

Je

drague

Natalia.

C'est automatique, c'est mon mode par défaut quand je suis avec elle. Me sentir proche d'elle après ces longues semaines d'absence, la toucher, ne serait-ce que quelques secondes, c'est comme si j'ouvrais la fenêtre et respirais l'air frais. Ça dégage mes poumons.

Il n'est peut-être pas trop tard, je peux encore tout lui dire, comme dans ma lettre… si c'est ce qu'elle veut.

Mais peut-être qu'elle ne le veut pas. Même si elle n'est pas avec Rainn, il se passe quelque chose. Je ne suis toujours pas sûr de ce qu'elle pense de lui.

Ou de moi.

Je repense à la nuit du bal de promo. À notre baiser. C'était tellement intense. Ça voulait forcément dire quelque chose, non ? Mais voilà, je n'arrive toujours pas à décider si elle m'a embrassé à cause de notre pacte ou non. C'est parce qu'elle le regrette qu'elle m'a ghosté tout l'été ? Parce que j'ai paniqué ? Ou parce qu'elle a des vues sur un autre ?

Il faut qu'on parle, qu'on ait cette vraie conversation qui me donnera des réponses au lieu de m'enfoncer encore plus dans le brouillard. J'ai le sentiment oppressant que si on ne s'ouvre pas l'un à l'autre avant la fin de cette parenthèse au camping, ce sera trop tard. C'est aujourd'hui ou jamais.

Il y a un léger progrès : je sais maintenant ce qui se passe chez elle. Ça pourrait expliquer son pétage de plombs permanent. Pas étonnant qu'elle soit à fleur de peau si sa mère se barre. Natalia craignait ça depuis des années. On s'était déjà dit (en mode humour noir) que si nos parents divorçaient en même temps, ils pourraient échanger leurs couples. Maintenant que ça arrive vraiment à Natalia, c'est beaucoup moins drôle. Maintenant que mon père trompe ma mère qui n'en a aucune idée.

J'aurais pu en parler à Natalia, mais je ne voulais pas détourner la conversation sur mes problèmes.

Je chasse ces pensées déprimantes. Comme mes affaires de volley sont trempées de sueur, je décide d'aller me changer. Pour l'instant, c'est impossible de remettre la lettre dans le bocal, il y a trop de monde. Je préfère la cacher sur moi, du coup je la transfère de la poche du short à celle de mon jean. Un détail attire mon attention : elle est écrite à l'encre bleue. Ce n'est donc pas la mienne, j'avais un stylo noir.

Mon pouls s'accélère.

Natalia avait un stylo bleu.

Je ferme les yeux. *T'es trop con, Ethan, d'autres terminales ont aussi écrit à l'encre bleue.*

La curiosité est un vilain défaut, je ne peux pas lire cette lettre… si ?

Je tapote ma poche alors que je dois oublier qu'elle est là.

C'est quasiment impossible.

Je m'oblige à m'asseoir avec le groupe, mais mes jambes tressautent avec nervosité. Je scrute le sable pour la énième fois.

Pas de lettre. L'angoisse me tord les boyaux.

Claire, que je n'ai pas entendue approcher, se laisse tomber sur mes genoux. Ah. C'est… gênant.

Je suis un vrai connard, complètement perdu dans ma tête, avec mes préoccupations qui tournent en boucle. Claire mérite mieux. Mais si je la repousse, surtout devant les autres, ce sera mal interprété… Enfin, je crois. Alors, je ne bouge pas. C'est pas non plus la pire des choses au monde d'avoir une jolie fille sur ses genoux, hein.

Sa crème solaire à la noix de coco me pique les narines et je ne sais pas vraiment où poser mes mains. Je décide de les laisser sur les accoudoirs de ma chaise de camping. Son visage s'approche tout près du mien, elle va…

— Ethan ! Allô la Terre !

— Oui ?

J'essaie de rattraper le fil de leur conversation.

— Plus que dix secondes, ils ont deux points d'avance, c'est maintenant ou jamais ! s'exclame Mason.

Merde.

— Bougez-vous le cul, on a besoin d'un miracle ! C'est la *finale du siècle* ! hurle-t-il encore, comme s'il était de retour sur la ligne de touche.

Il est carrément en train de rejouer en live notre match de basket de la saison dernière, quand on a affronté nos ennemis jurés, Havenport Prep, à la « finale du siècle » annuelle.

Je sais quoi faire de mes mains maintenant : m'enfouir le visage dedans.

— Et puis ce mec (ses poings s'abattent sur mes épaules et me secouent comme un prunier), ce mec-là a feinté…

— Pour se démarquer de… comment il s'appelle déjà, celui qui vous entube à chaque fois ? renchérit Rainn.

Comme je refuse de répondre parce que je suis trop occupé à vouloir m'enfoncer dans le sable, il me donne un petit coup dans le mollet.

— Delgado, je marmonne.

— C'est ça ! Delgado, une perche de plus de deux mètres.

N'importe quoi, il fait un mètre quatre-vingt-dix, soit trois centimètres de plus que moi.

— Je vois très bien qui c'est ! s'exclame Claire. Il est trop sexy ! Mais pas autant que toi, ajoute-t-elle dans le creux de mon oreille.

Mensonge éhonté, mais je rougis quand même.

— Et après..., reprend Mason.

Tous les regards se tournent à nouveau vers lui. Il mime un tir à trois points, bras en l'air, les yeux fixés sur un panier de basket imaginaire. Le public retient son souffle, même si nous savons tous ce qui s'est passé. Mason fait durer le suspense, puis s'exclame :

— Panier ! Coup de sifflet ! Les Lions l'emportent d'un point ! Putains de champions ! Yeeaaahh !

Le petit groupe applaudit et pousse des hurlements de joie. Je suis rouge tomate.

J'avoue que c'était une finale de ouf. Un moment incroyable. Pourtant, à la seconde où le ballon a quitté ma main, j'ai pensé que c'était une mauvaise idée. Que je m'étais planté, parce que j'avais jamais tiré comme ça. J'aurais dû m'approcher du panier pour un lay-up et égaliser en prolongation. Je ne sais pas ce qui m'est passé par la tête.

— Je n'aurais pas dû tirer, je marmonne.

C'était hyper risqué. Tellement risqué que je m'attendais à une engueulade de Coach. Il me reproche toujours mes tirs dans la panique. Mais pas cette fois-ci.

Je relève la tête, mis à part Natalia, qui me regarde avec un visage de marbre, personne n'a l'air de m'avoir entendu. N'empêche, si j'avais manqué ce tir, je moisirais encore parmi les moins populaires de Liberty. C'est dire à quel point la popularité est précaire.

Mais je l'ai réussi. Alors au lieu de rester un joueur lambda, le frère d'une star du base-ball, le fils décevant et ennuyeux d'une célébrité a été élu Roi du bal. Et maintenant, je suppose que j'ai franchi une étape invisible supplémentaire puisque Claire est assise sur mes genoux et que Mason me traite comme un dieu vivant. C'est… bizarre.

J'oblige Claire à se lever en prétextant que j'ai besoin d'aller chercher de l'eau. En vérité, j'ai besoin d'une minute solo pour respirer.

Sienna surgit à mes côtés pendant que je sors une bouteille de la glacière.

— La probabilité de réussir ce tir était de trente-trois pour cent. Chercher à gagner deux points pour égaliser était la meilleure option. Tu n'aurais jamais dû tenter ce tir.

— T'as tout pigé !

— Mais le pourcentage aurait encore changé s'il y avait eu des prolongations, non ? intervient Prashant, sorti de nulle part.

Sienna fronce les sourcils et plisse les yeux, typique quand elle est en mode réflexion mathématique.

— Oui, bien sûr. On repasse à cinquante-cinquante. Donc parier sur un tir à trois points *était* la meilleure option.

— Sienna, tu me fais juste mal au crâne, je soupire.

Les deux se lancent dans une conversation incompréhensible pour moi. Ils font partie de Variables, l'équipe de mathlètes qui rencontrera Havenport à la prochaine saison. Je les abandonne et rejoins le commun des mortels. Ils sont bruyants, débiles, mais je me sens déjà plus à ma place.

Natalia empile les cartons de pizza en prévision du déjeuner. Nos regards s'accrochent. Elle me dévisage de sa façon désarmante, puis devient pensive.

— T'es en train de faire ce truc, c'est ça ? dit-elle brusquement.

— Quel truc ?

— Appuyer sur ce qui fait mal pour éviter d'être fier de toi.

Je presse les mains sur mon cœur comme si elle venait de le transpercer d'une flèche. Elle a raison à cent pour cent.

— Merde. En voilà des façons de m'accueillir.

— Il n'y a que toi pour transformer un truc sympa en une crise existentielle, me répond-elle en secouant la tête.

Putain, cette fille…

— Je dois avoir un don.

— Si ça peut t'aider à te sentir mieux, tu ne marqueras plus jamais un panier aussi cool. Un tir gagnant à trois points au moment du coup de sifflet final ? T'as touché du doigt le sommet, tu ne peux que redescendre. Voilà, tu peux faire ton Calimero maintenant, je t'y autorise.

Je suis incapable de contenir mon sourire plus longtemps.

— Merci, Talia ! Je ne demandais pas mieux !

Elle éclate de rire, ma poitrine se gonfle de fierté et d'un sentiment bien trop énorme pour être scruté de près. Mes yeux, attirés par une force magnétique, s'arrêtent sur ses lèvres. Des lèvres que je connais, douces et affamées.

Mon Dieu.

Elle reprend son sérieux.

— Au fait, Ethan, Luca Delgado *est* bien plus sexy que toi.

J'éclate de rire malgré moi.

— Je n'en ai jamais douté !

Natalia rit encore, c'est la première fois depuis longtemps que nous sommes nous.

La première fois depuis longtemps que je suis moi.

Mais la voix suraiguë de Janelle brise ce moment.

— Vous avez écrit quoi dans vos lettres ? lance-t-elle à la cantonade.

Notre instant de complicité s'éteint aussitôt. Je me tourne vers le groupe, beaucoup échangent des regards de biais. Mason se gratte la nuque.

— On est pas censés en parler, hein, dit-il, gêné.

— Pourquoi pas ? C'est pas de la littérature, et si c'est le cas, tu devrais nous le raconter pour relever le niveau de cette journée.

On entend une mouche voler. Mon cœur tambourine.

— Allez ! On s'emmerde grave ! poursuit Janelle.

Prashant, qui est en train de dresser la deuxième table, est le seul à glousser.

— Toi, Prashant, raconte ! s'exclame Janelle.

Il se contente de hausser les sourcils en guise de réponse.

— T'as écrit quoi ? Je parie que c'est un truc zarbi sur le stage d'échecs !

— Je ne joue pas aux échecs. Pourquoi tu ne commencerais pas toi-même ? suggère-t-il, menton levé.

Wow, il a osé défier Janelle. Les têtes se tournent vers elle. Le temps est comme suspendu. Finalement, elle roule des yeux et se rassoit.

— Pfff, t'es pas drôle.

Prashant hausse les épaules, l'air de s'en foutre complètement. Mais quand il croit que plus personne ne le regarde, un soupir lui échappe. Aucun doute, je ne suis pas le seul à avoir écrit des trucs persos.

Toute légèreté a disparu du visage de Natalia. Ses yeux sont écarquillés, on dirait qu'elle a du mal à respirer.

— Plus que six, tu te souviens, je murmure pour la rassurer.

Je ne peux m'empêcher de glisser les doigts dans ma poche pour palper la feuille qui s'y trouve. Ce serait tellement facile de la lire… Non, je ressors ma main en vitesse et me force à penser à autre chose.

Natalia hoche la tête, mais elle est toujours aussi pâle.

— Tu devrais avaler un truc, Talia.

Elle grommelle, mais comme tout le monde se jette sur la nourriture, elle consent à se servir une part de pizza. Sienna l'entraîne dans une conversation.

Je remplis mon assiette et reprends mes cogitations sur la façon de trouver les lettres manquantes.

Prashant s'installe à côté de moi, je l'entends qui marmonne dans sa barbe à propos de Janelle.

— Je suis d'accord avec toi, elle est chiante.

— Elle n'a aucune idée de la pression que c'est, me répond-il.

Stressé, il croque un énorme morceau dans une pomme. Les joues gonflées, il reprend :

— Le week-end d'intégration donne le ton à l'année entière. Si les élèves décident que les événements organisés par le comité sont une perte de temps, tout ce qu'on a prévu est condamné d'avance. La fête des anciens élèves, les places de parking, la semaine à thèmes, le concours d'affiches, le bal… L'argent récolté est pour les bourses du Lion. Si on ne collecte pas assez de fonds, quelqu'un comme Natalia ne pourra pas fréquenter Liberty Prep l'an prochain. Tu imagines ?

Sa dernière remarque me fait sursauter. J'oublie trop souvent que Natalia est boursière. L'argent est un autre de ces sujets troubles entre nous. Dans une ahurissante démonstration d'ignorance de mes privilèges, je lui ai sorti un jour que je ne comprenais pas pourquoi le fric était un problème. Elle m'a répondu d'une voix tremblante que c'était facile à dire parce que je n'en manquais pas. Putain, elle avait tellement raison. Rien que de repenser à cette conversation, je brûle de honte.

Natalia déteste parler de sa bourse, ça s'est même aggravé quand elle a appris que mes parents étaient les principaux contributeurs au fonds. C'est pourtant le seul point positif de tout leur fric.

J'essaie d'imaginer Liberty sans Natalia… c'est impossible. Les bourses sont vitales. Prashant m'apparaît sous un nouveau jour.

— Je croyais que c'était pas le kiff entre Natalia et toi.

— C'est vrai. Mais elle a plein d'idées. Et c'est une excellente présidente, concède-t-il.

Je pourrais le serrer dans mes bras. Prashant a raison. Et même si je sais que Natalia serait heureuse de rester enfermée chez elle à peindre pendant des heures en écoutant de la musique triste, elle se consacre à notre école. Elle se bouge pour collecter des fonds, elle organise des tas d'événements, elle aide les élèves à se préinscrire, à voter, à nettoyer la plage. Elle a fait une giga boulette avec les lettres, mais c'est une vraie cheffe. Une grande organisatrice. J'ai encore plus envie de la protéger. Elle a trop à perdre.

Prashant soupire à nouveau.

— La moitié des sondés envisagent de partir après le déjeuner.

— Tu as fait un sondage !?

— Il faut que tu fasses quelque chose.

— Moi ?

— Oui, toi. Ils t'écoutent.

— N'importe quoi !

Prashant me dévisage longuement avant de reprendre :

— T'es pas la star du basket ? Le Roi du bal ? Celui qui sort avec la nana la plus reluquée du bahut ? Arrête.

Je regarde Natalia. Elle engloutit une énorme part de pizza en écoutant les palabres de Sienna.

— Je parlais de Claire, ajoute Prashant.

— Je sais.

— C'est quoi ces messes basses ? Vous parlez de nanas ? nous demande Tanner, que je n'ai pas vu arriver.

Prashant cède sa place et s'éloigne sans un mot. Génial, merci du cadeau. Tanner tient une bouteille d'eau, mais pue toujours l'alcool. Il perd l'équilibre, je suis obligé de le rattraper pour l'empêcher de tomber. Je sais d'expérience, pour toutes les fois où Adam est rentré en titubant, que ce n'est pas seulement la gueule de bois. Tanner boit une longue gorgée d'eau, les yeux fixés sur un point au-delà de la glacière.

— Hé mec, pourquoi y a mon nom sur ce papier ?

Je suis son doigt du regard.

Merde.

NATALIA

Week-end d'intégration des terminales, 12 h 17

Je me force à avaler une bouchée malgré mon estomac tendu. Sienna est un moulin à paroles, elle n'arrête pas une seconde, se demande si en tant que Verseau elle doit aller à l'université, si le règlement n'est pas en conflit avec le rythme de son être inné, ou un truc du genre… Moi, je scrute le sable, prête à bondir sur le moindre bout de papier qui ressemblerait à une lettre. Je suis à la fois soulagée et nerveuse qu'on n'en ait pas encore trouvé d'autre. Est-ce que ces six lettres ont disparu à jamais ? Ou bien est-ce qu'elles se cachent pour mieux réapparaître devant la mauvaise personne ?

Le fait que Prashant chuchote à l'oreille d'Ethan n'aide pas à me calmer, je me demande ce qu'il lui raconte. Si le vice-président apprend que j'ai merdé, je serai obligée de démissionner. Je pourrais même être virée de Liberty. Ou du moins, bannie socialement par tous les terminales.

Est-ce qu'Ethan est capable de me dénoncer ?

Non. Même si c'est glacial entre nous, il reste la personne en qui j'ai le plus confiance.

Quand il parle comme il l'a fait des côtés négatifs de la popularité, cela me rappelle pourquoi je l'adore, pourquoi je suis incapable de penser à quelqu'un d'autre.

Je le vois m'observer de loin comme s'il lisait dans mes pensées.

Les yeux d'Ethan.

Des yeux difficiles à peindre : brun noisette sur le pourtour extérieur, brun profond au centre, bordés d'un halo vert et de cils noir d'encre. Mais ses prunelles ne sont pas juste une question de couleur, elles renferment les souvenirs de notre amitié. Quand je me noie dedans, j'ai envie de tout lui confier.

Il y a aussi son sourire chaleureux, son bras autour de moi, pas plus tard que tout à l'heure. Son inquiétude sur le fait que je peux parfois oublier de prendre soin de moi. Sa façon d'éclater de rire, et de me comprendre. Dans ma tête, la toile s'étoffe de fusées bleu azur et fuchsia. Mes couleurs du bonheur.

Terrifiant.

Sienna interrompt le fil de mes pensées.

— Toi t'es Bélier, donc étudier a du sens. Faire des tonnes d'efforts est gravé dans tes étoiles.

— Dis plutôt que sans effort, je ne survivrais pas dans cette école.

Elle fronce les sourcils, ce qui fait glisser ses lunettes sur son nez.

— Je pige pas.

D'un petit coup de menton, je désigne les groupes qui nous entourent.

— Tu piges ? Je n'ai jamais eu ma place ici, je me la suis faite. T'as jamais écouté les autres raconter leurs vacances d'été ? Pendant que Janelle Johnson se prélasse à Bali, je bosse au YMCA.

— Tu as ta place ici.

— Non. Et ce n'est pas seulement une question d'argent. J'y ai beaucoup réfléchi ces derniers temps… à quoi ça sert d'aller dans un super lycée si tu ne peux pas profiter des débouchés ?

— Tu ne veux plus aller à l'université ?

— Je n'ai pas dit ça. Laisse tomber.

Mon cœur bat la chamade pour une raison que j'ignore, mais je ne veux plus parler de tout ça.

J'ai toujours eu du mal à traduire mes pensées en mots. L'art est fait pour ça. Pour moi. Les caresses du pinceau, l'éclat des couleurs humides, saignent de mon esprit torturé à travers ma main ferme et en disent plus que je ne le pourrais jamais.

Mais le seul moment où je peux m'exprimer grâce à la peinture, c'est la nuit. Quand mon père n'est pas là pour me rappeler que l'art ne paiera jamais les factures. Quand je suis seule, que tout est calme.

C'est aussi dans ces moments-là que surviennent mes crises de panique. Mais mes parents ne le savent pas.

J'ai essayé d'aborder le sujet, une fois, papa a appelé ça « l'effet cocotte-minute » à cause de la pression à Liberty Prep. Il a dit que je m'habituerais. C'était son idée que j'intègre ce lycée. Comme lui, avant moi. Pour recevoir la même éducation, être présidente comme il l'a été, marcher dans ses pas. Je me demande parfois s'il oublie que je suis une personne à part entière et non une seconde chance de refaire sa vie.

Si je déménage avec maman, ce sera différent. Elle me laissera peindre… Mais bon, elle veut toujours que *je réussisse.*

Elle est fière que je sois Latino dans une école majoritairement blanche, même si je ne suis pas sûre de saisir la différence : j'ai l'air d'une blanche, les autres ne creusent pas au-delà de mon apparence. On pourrait penser que je nie mes racines. Une moitié, en tout cas. Parfois, j'entends des propos déplacés, car ils ne se rendent pas compte que je suis Latino. À Liberty Prep comme ailleurs.

Ce n'est peut-être pas seulement le lycée : je ne suis peut-être à ma place nulle part.

— Tu peux toujours prendre une année sabbatique, dit alors Sienna. J'ai vu une pub pour une ferme dans l'Idaho, on t'apprend à cultiver ta propre nourriture… Attends, bouge pas !

Ses doigts calmes et exercés démêlent les nœuds de ma queue-de-cheval. Je commence à sentir le début de deux tresses compliquées.

— Toi, dans une ferme, sans maths ? je demande, ravie de ce changement de sujet.

Sienna se penche sur mon épaule avec un regard de pitié.

— Tu me prends pour qui ! Y a pas une seule journée sans maths dans ma vie... Tu sais que l'assurance-vie est une combinaison de calculs, probas et stats ? Je l'ai lu.

— Tu lis des trucs vachement compliqués... mais tu ne veux plus aller étudier à l'université ?

Sienna pousse un soupir agacé.

— Écoute-moi, en utilisant ces équations, on peut calculer le pourcentage de chances qu'un événement se produise dans la vie réelle. Grâce aux maths, on peut prédire les risques et les conséquences liés au comportement humain. C'est dingue, non !

Elle ajuste un élastique à l'extrémité d'une tresse.

— Quoi par exemple ? je demande, fascinée par la mécanique de ses cellules grises.

— Le pourcentage de chances que Leti atterrisse dans mes bras avant la fin de la journée.

J'éclate de rire.

— Alors, c'est combien ?

Sienna reste silencieuse. Comme elle est derrière moi, j'imagine son visage concentré, un œil fermé, remuant la tête d'avant en arrière pendant qu'elle calcule.

— Vingt-six pour cent, d'après les facteurs qu'on connaît. Il y a trop d'inconnues pour être plus précise.

— C'est pas beaucoup.

Ses calculs ne tiennent pas compte de la façon dont Leti la regardait ce matin.

— Y a trop d'inconnues, dit Sienna (mais j'entends le sourire dans sa voix). Je me suis promis dans ma lettre de lui parler aujourd'hui, alors… On verra bien.

La culpabilité me ronge à nouveau. Si la lettre de Sienna est dans la nature, le crush qu'elle tait depuis un an pourrait éclater au grand jour. Je ne suis pas seulement une mauvaise présidente, je suis aussi une amie nullissime.

Sienna a terminé les tresses. Je devrais lui dire ce qui s'est passé avec les lettres. Elle comprendrait… elle pourrait m'aider. Mais en voyant son regard plein d'espoir chercher Leti, le courage m'abandonne. Elle va me détester si mon erreur révèle son secret, et je ne supporterais pas de perdre son amitié.

J'ai déjà perdu Ethan cet été.

— Il y a du boulot pour toi dans les assurances ? Tu aimerais ?

— Oui, ça s'appelle actuaire. Mais je pourrais jamais faire ça. Je préfère utiliser les maths pour servir le Chaos et le Bien ! Comme calculer le pourcentage de chances que tu pécho Ethan ce soir, par exemple… Tu veux savoir ?

— Sienna ! C'est zéro pour cent.

— Pas du tout.

Je ne lui ai jamais parlé de la nuit fatidique, mais Sienna sait qu'il y a un problème. Elle est observatrice, ce n'est donc pas surprenant qu'elle ait remarqué le grand froid entre Ethan et moi.

— C'est élevé, chantonne-t-elle.

Je me mords la lèvre inférieure.

— Combien ?

— On parie ?

Mon estomac se serre. Je ne sais pas si c'est bon ou mauvais signe. Faut absolument arrêter de parler de ça.

Ce qui finit par arriver parce que Tanner crie suffisamment fort pour que tout le camping l'entende :

— Putain, Forrester !

Si j'étais plus courageuse, je dirais à Tanner Brown que je me fous de sa gueule. Mais vu que c'est hilarant, ça ne sera pas pour tout de suite.

ETHAN

Week-end d'intégration des terminales, 12 h 33

— Attends ! Tan…

J'essaie d'attraper le papier jaune, mais Tanner me devance en allongeant le bras étonnamment vite. S'il lit cette lettre, le reste de la journée est foutue. Il en parlera, sa clique posera un tas de questions, Janelle n'arrêtera pas de harceler tout le monde…

Je dois absolument empêcher ça.

Je jette un coup d'œil sur la lettre qui, bizarrement, a bien son nom écrit dessus.

J'occulte le fait que Tanner pèse vingt kilos de plus que moi, que sur un terrain de foot, il éjecte ses adversaires de son chemin comme des quilles, et je lui arrache la feuille des mains avant que son cerveau embrumé ne décode les mots. Ce sera sa parole contre la mienne.

— Putain, Forrester !

Tout le monde nous regarde. La tête de Janelle tourne comme un radar, ses yeux se fixent sur moi.

— Oh, enfin quelque chose d'intéressant, commente-t-elle.

J'ai besoin d'une diversion, et vite. Je repère Rainn et Mason, et instinctivement mes jambes se mettent en marche. J'attrape Rainn par le col de chemise.

— Hé, qu'est-ce qui te prend, mec ? s'exclame Mason.

Je ne sais pas. Je compte sur mon meilleur ami pour m'aider à me sortir de ce merdier. J'entraîne Rainn près de l'eau. Il me regarde avec des yeux affolés.

— Ethan, qu'est-ce que tu fous ?

— J'ai besoin d'une diversion. Frappe-moi, dis-je en vitesse en désignant Tanner qui fonce sur nous.

— Pour de vrai ?

Je hoche la tête et lève les bras pour me protéger le visage.

Sans hésitation, Rainn me balance un coup dans les côtes, bien plus fort que ce à quoi je m'attendais. Je serre les mâchoires et le fixe droit dans les yeux.

Il me cogne à nouveau en pleine poitrine. J'en ai le souffle coupé.

— Bah quoi ! Tu m'as dit de frapper.

— Pas aussi fort, ducon !

— Allez, Roi du bal, montre-moi ce que t'as là-dedans ! raille-t-il.

Un éclair traverse ses yeux. Sous son sourire narquois, il cache de la colère. Là, il cogne pour me faire mal.

Tanner est tout près, Rainn me remet un pain, j'ai à peine le temps de parer.

Connard.

Cette fois-ci, je réagis et le frappe. Rainn esquive in extremis, mes phalanges s'écrasent sur son épaule. Tanner s'est arrêté devant nous, perdu.

J'entends Mason crier :

— Bastoooooon !

Affolement général, tout le monde accourt.

Détournement : réussi.

Ça crie, ça piaille, y compris Mason, qui pour une raison incompréhensible nous encourage à continuer. Il n'a clairement aucune idée de ce qu'on fait.

Rainn se déchaîne sur moi, mais j'esquive tous ses coups. Avec un frère comme Adam, j'ai appris à être rapide.

Adam est un costaud, un joueur de base-ball, enfin jusqu'à son problème de genou au printemps dernier. Il est taillé dans le granit. L'acier.

Alors que moi ? Je suis en caoutchouc. En gelée, même. Adam ne m'a jamais laissé gagner, il n'a jamais lâché un pouce. Après que j'étais rentré de l'école une ou deux fois avec un œil au beurre noir ou la lèvre amochée, il n'a pas ménagé ses efforts pour m'apprendre la self-défense. Il n'y avait pas de demi-mesure au collège. On était soit maigrichon et émotif, soit grand et méchant. Devinez qui tabassait qui ?

Mais grâce à Adam, j'ai gagné une assez bonne endurance au combat. Rainn ne sait pas que j'ai passé l'été avec mon frangin à courir autour du lac et à soulever des poids dans son garage. Je suis plus fort que jamais. Plus fort que Rainn ne le pense. Et ses coups de traître dans les côtes commencent vraiment à me faire chier.

Je balance une droite bien ciblée sur son menton qu'il voit à peine arriver.

— Je vais prévenir M. Beckett ! crie Leti Mitchell.

Merde. J'avais pas pensé à ça.

Mais je ne peux pas m'arrêter maintenant. Rainn est en plein élan et me frappe à la tête en rebondissant sur ses pieds comme un boxeur. Ridicule. Il veut Natalia. Elle s'imagine probablement qu'il est doux et facile à vivre, mais de mon point de vue, face à ses poings, je peux lui garantir que c'est faux.

Je fonce sur lui, mais ma droite rencontre le vide. Rainn éclate de rire, chaque nerf humilié de mon corps vibre.

— Peux mieux faire, Roi du bal !

Mon poing part comme un boulet de canon, mais Rainn m'entraîne dans sa chute. On s'écrase de façon spectaculaire sur le surf qui traînait là. Le choc me coupe le souffle. Ma peau se hérisse. Rainn me repousse sans ménagement, je retombe une seconde fois sur le sable, la jambe emmêlée dans une algue visqueuse. Je n'en suis pas archi sûr, mais je crois bien que des Polaroids se déclenchent.

J'ai les jointures en feu et mon arcade sourcilière est sûrement entaillée parce que ça me picote. Avec l'adrénaline, je ressens à peine l'eau glaciale qui m'asperge les tibias et alourdit mon jean.

Quand Rainn se jette une nouvelle fois sur moi, je le repousse à deux mains et m'écarte.

— Nan mais ça va pas ? crie Natalia.

Je ne sais pas si elle s'adresse à moi, à Rainn, ou à nous deux. Mais dès que je croise son regard et que je vois ses yeux furibonds, ça me fout encore plus en colère.

C'est pour toi qu'on se bat.

Rainn charge à nouveau. Il veut se pavaner devant elle. Il est trop rapide : j'encaisse ses coups sur les avant-bras, dans les côtes. Il en veut, mais je me suis suffisamment battu pour savoir quand reculer et quand continuer.

Et là, je dois continuer.

— Nique-le, Anderson ! crie Tanner.

Au moins, mon plan fonctionne : le petit crâne de Tanner est occupé ailleurs, il ne pense plus à la lettre qui est maintenant en sécurité au fond de ma poche.

Cette bagarre a peut-être commencé pour de faux, mais c'est devenu très réel : aucun de nous deux ne se retient. Face à moi, je ne vois que le mec qui pose ses sales pattes sur Natalia.

Rainn tente de m'étrangler mais c'est tellement pathétique que je m'extrais en souplesse de sa poigne et le frappe droit dans les reins. On l'entend hurler de douleur.

Notre public applaudit. Prashant, les bras croisés sur la poitrine, observe. Il a ce sourire satisfait d'un génie du mal, ce que je déteste. Il pense sûrement que je l'ai fait exprès à cause de notre conversation.

— Attention, Ethan ! me crie Claire.

Vlan, je reçois le coude de Rainn dans le pif.

Pas un coup délibéré, plus un effet secondaire de notre danse infernale. Un goût chaud et cuivré m'envahit la bouche, je viens de me mordre la langue. Je crache par terre, l'esprit en rideau, le pouls débridé.

Nous avons encore le temps de nous balancer quelques baffes avant d'entendre les vociférations de M. Beckett, suivi par Mme Mercer.

Le cercle s'élargit, les curieux reculent tout en continuant de nous regarder avec des yeux écarquillés. J'entends clairement le clic lent et délibéré d'un dernier Polaroid.

M. Beckett se place entre nous, les mains sur les hanches.

— Qu'est-ce que c'est que ce bazar ? gronde-t-il.

Ça ne lui arrive jamais, d'habitude, de s'énerver. On est dans la merde.

— Liberty a une politique de tolérance zéro envers la violence physique !

— Je vous jure que c'était pour rire, hein Ethan ? dit Rainn en passant le bras autour de mes épaules.

Comment il fait pour être aussi relax ?!

Natalia évite mon regard, ses joues sont écarlates. Je réalise seulement maintenant que ça pourrait nous valoir de sérieux ennuis.

— On rigolait, dis-je en m'écartant tout de même de Rainn. Désolé, on s'est un peu emportés.

— Un peu ? Tu saignes du front, répond M. Beckett.

Je touche mon sourcil et grimace sous l'effet combiné du sel et du sable. Je ne sens qu'un petit filet de sang. Rien de grave.

— Je me suis coupé sur un rocher.

Mon mensonge ne plaît pas du tout à M. Beckett.

— On les renvoie chez eux ? demande-t-il à Mme Mercer.

Non, surtout pas ça. OK, au début, j'avais pas envie de participer au week-end d'intégration, mais maintenant, je veux rester. J'ai besoin de plus de temps pour arranger les choses avec Natalia. On doit retrouver les lettres manquantes. Tout ne peut pas s'arrêter ici, maintenant. À cause de *Tanner*.

Et à cause de moi.

Mme Mercer nous dévisage l'un après l'autre.

— De tous les élèves qui auraient pu causer des problèmes, vous étiez les derniers de ma liste, nous fait-elle remarquer.

Rainn et moi échangeons un regard.

— Désolé ! s'exclame Rainn.

— Pardon ! On croyait que c'était… drôle, j'ajoute en le poussant du coude.

— Pour impressionner les autres, complète Rainn.

M. Beckett pousse un long soupir.

— S'il vous plaît, la violence physique n'est jamais une blague.

— C'est juré, monsieur, on recommencera plus, dis-je d'une voix suppliante.

Les deux profs délibèrent à voix basse, puis Mme Mercer s'approche de nous avec solennité. On dirait qu'elle sonde mon âme jusqu'au fond avant d'inspirer profondément.

— Affaire classée. J'ai confiance en vous.

Mes épaules se relâchent.

— Au moindre écart, je vous vire d'ici et je demande un renvoi temporaire, compris ? ajoute M. Beckett.

On hoche la tête avec vigueur.

— J'oubliais la punition : vous êtes chargés du nettoyage. Les autres, suivez-moi, temps libre sur la plage. Il y a des skimboards et des matelas. Amusez-vous bien, mais ne dépassez pas les bouées, annonce encore le prof.

M. Beckett étale ensuite de la crème solaire sur son nez pâle et rajuste son grand chapeau de paille. On dirait vraiment qu'il est soulagé de ne pas avoir à interrompre son farniente pour remplir des papiers ou d'autres formalités administratives à cause de notre bagarre.

Prashant murmure « Bien fait pour vous » en passant près de nous, Rainn ne se démonte pas et lui adresse un large sourire.

Maintenant que le spectacle est terminé, les terminales se précipitent vers les surfs ou s'installent sur les matelas pour un bain de soleil. Rainn et moi sommes condamnés à les regarder se déshabiller et plonger dans les vagues. Je retire ma chemise dégoulinante qui atterrit avec un bruit mat sur le sable.

Dès que Tanner s'est suffisamment éloigné, je plonge les mains dans mes poches pour vérifier. Les lettres sont bien là, une de chaque côté. À droite, celle à l'encre bleue, à gauche, celle qui narguait Tanner. L'une est détrempée, réduite en boulette, l'autre n'a pas souffert. J'y jette un coup d'œil et remarque une touche de bleu.

J'aurais dû souhaiter qu'elles soient toutes les deux détruites pour mieux nous en débarrasser, mais bizarrement, je suis soulagé qu'il en reste une.

Ce n'est pas comme si j'allais la lire... même si j'en crève d'envie. Juste pour voir si c'est celle de Natalia. J'essaie de bloquer cette pensée avant qu'elle prenne le dessus.

Je meurs d'envie de savoir ce qu'elle a écrit, ce qu'elle voulait si désespérément récupérer.

Sa confession devait être touchante. Sincère. Natalia est introvertie, j'ai bien vu qu'elle paniquait quand il a fallu l'écrire.

M. Beckett nous tend des sacs poubelles et des serviettes en papier pour nettoyer.

— Commence par désinfecter ton arcade sourcilière, me dit-il. Je vais te chercher la trousse de secours.

Il s'éloigne en se tapotant le menton, j'ai l'impression qu'il n'a aucune idée de l'endroit où elle se trouve. Ce prof ne vaut vraiment rien en situation d'urgence.

Il n'y a plus que moi et Rainn.

Je m'éclaircis la gorge.

— Euh... désolé, vieux. Tanner jouait au con, fallait absolument que... je détourne son attention.

On regarde Tanner, allongé sur une serviette comme une étoile de mer et déjà en train de ronfler. Bien. De ce côté-là, ça a vraiment fonctionné.

Rainn ne répond pas. Je tamponne ma coupure. Deux minutes plus tard, on commence à rassembler dans un silence tendu les cartons de pizza et les canettes vides. Je suis sur le point de lui demander pourquoi il est si énervé contre moi, mais c'est lui qui me devance.

— J'ai vu comment tu la tenais collée à toi après le match.

C'était bien au sujet de Natalia. De toute façon, c'est toujours au sujet de Natalia.

— Elle a failli tomber dans les pommes.

— Elle me plaît, Ethan.

— Tu la connais même pas.

Merde, c'est sorti tout seul.

— Évidemment ! Personne ne la connaît aussi bien que toi ! Merde, Ethan, tu veux pas d'elle, mais interdiction d'y toucher, hein ?

Qui a dit que je ne voulais pas d'elle ? Ça, au moins, c'est pas sorti à voix haute.

— Qu'est-ce que tu…

— C'est toi qui m'as dit de foncer, me coupe Rainn.

Je ferme les yeux, rongé par la culpabilité.

— Je sais.

— Elle te plaît ?

Est-ce qu'elle me plaît ? Ça ne serait pas un mensonge de lui sortir que… elle est *tout* pour moi. Mais je ne peux pas le lui dire. D'abord, parce que je n'ai pas envie qu'il recommence à me botter le cul. Mais aussi parce que je veux que Natalia soit la première à l'entendre. Alors je ne réponds pas.

— Donc, c'est oui, conclut Rainn, en haussant les épaules.

Le silence se prolonge. Quand je me penche pour ramasser un déchet, un grognement de douleur m'échappe.

— Je serai pas aussi gentil avec toi la prochaine fois, me prévient Rainn, en fixant ma cage thoracique que je frotte de ma main libre.

Son sourire s'élargit. Apparemment, il aime me voir souffrir.

— Connard. Depuis quand tu frappes comme ça ? je lui demande.

— Je me suis entraîné tout l'été à la maison. Merci d'avoir remarqué.

Comme si je pouvais ne pas le remarquer. Je ne serais pas surpris d'avoir une ou deux côtes fêlées et des bleus pendant des semaines. C'était pas un compliment, mais au moins, l'envie de me frapper semble lui être passée.

— T'as une bonne droite aussi, Roi du bal.

Son sourire narquois revient sur ses lèvres, je lui balance une canette vide qu'il évite.

— Sérieusement, mec, on fait quoi maintenant ? reprend-il.

Natalia se dirige vers nous avec la trousse de secours. Rainn ne la quitte pas des yeux alors qu'elle s'approche de moi. Mon torse nu la fait rougir légèrement, puis elle écarte ma mèche pour mieux voir l'entaille de mon arcade sourcilière.

Je serre les mâchoires, elle est si près de moi… la chaleur de sa peau, l'odeur de jasmin de ses cheveux. Ses taches de rousseur qui parsèment son nez et ses joues qui ont foncé au soleil. C'est tellement mignon. Oser penser que je ne la veux pas. Qui ne voudrait pas d'elle ? Il lui suffit de respirer près de moi pour que je m'enflamme niveau fusion thermonucléaire.

— C'était quoi *ça* ? demande-t-elle à Rainn.

— C'est ma faute, je réponds. Y avait cette enflure de Tanner, et Prashant qui se plaignait que ça manquait d'animation, alors… voilà.

Je ne peux pas parler de la lettre devant Rainn, alors ça fera l'affaire en termes d'excuses pour l'instant.

Agacée, elle ferme les yeux et prend une longue inspiration.

— Vous êtes vraiment des gamins, marmonne-t-elle.

— Je vais très bien, au fait, merci de demander ! lance Rainn.

Natalia le fusille du regard avant de reporter son attention sur mon arcade.

— Ça a pas l'air trop grave, dit-elle.

Ses doigts qui m'effleurent le front déclenchent des vagues de picotements sur mon crâne chevelu. *Mon Dieu.* Rainn ne nous quitte pas des yeux, je m'écarte instinctivement.

Le visage de Natalia se ferme soudain, sa main retombe, ses joues sont rouges.

— Désolée, je ne te toucherai plus.

Pardon, quoi ?

Ce perfide de Rainn en profite pour mettre son grain de sel :

— C'est parce que t'es comme une sœur pour lui, hein Ethan ? Tu me le disais encore le soir du bal.

Putain de connard. Fallait qu'il me frappe encore une fois… Et c'est tout sauf la vérité. Mon cœur sprinte comme un fou quand je lui balance :

— C'est toi qu'as dit ça, Rainn. Pas moi.

— Ah oui ? répond-il avec un haussement d'épaules.

Natalia est livide. Merde.

— Talia, je…

— C'est bon, Ethan.

Elle m'offre le sourire le plus triste de l'histoire des sourires. Et avant que je ne balance mon poing dans la gueule de Rainn, elle me fourre la trousse de secours contre la poitrine, ce qui m'arrache à nouveau une grimace de douleur.

Natalia décampe, ses tongs soulèvent de petits nuages de sable tellement elle se hâte. Rainn sprinte derrière elle, et je reste là comme un con.

NATALIA

Week-end d'intégration des terminales, 13 heures

Non, je ne pleurerai pas sur Ethan. Plus jamais. Merde, que quelqu'un m'empêche de pleurer, s'il vous plaît.

Je retire mes claquettes qui me ralentissent et les jette. *Pof.* Elles ne sont pas impressionnées par mon accès de colère.

Le sable est chaud sous mes pieds, je me dépêche de rejoindre l'eau. Quand est-ce que je vais enfin comprendre qu'Ethan ne m'aime pas comme *ça* ? Je ne peux même pas le toucher sans qu'il s'écarte.

Je prends une profonde inspiration… Mais notre baiser n'était pas comme ça : cette nuit-là, Ethan le voulait autant que moi, ça ne fait aucun doute.

Bien.

Peut-être qu'il voulait *ça* mais qu'il ne voulait pas de moi. C'est tout le problème. Personne ne veut d'une fille comme moi, qui fait faire des conneries aux mecs.

Ethan non plus. *Je le savais déjà*, donc je ne sais pas pourquoi mes traîtresses de larmes osent monter.

Maintenant, je cours jusqu'au rivage, la toile de mon esprit a viré au gris profond. J'ajoute mentalement des touches épaisses de blanc et de vert forêt, en brossant les couleurs pour qu'elles ressortent au milieu des autres. J'en ajoute jusqu'à ce que la toile soit saturée. Gorgée de couleurs qui la rendraient trop lourde à soulever.

— Natalia, attends-moi !

C'est Rainn.

Je me frotte les yeux en vitesse. De l'écume vient recouvrir mes pieds.

— On peut parler ?

Il est agité, ce qui ne lui ressemble pas du tout. Je hoche la tête, nous longeons la rive. Le soleil cogne fort. Je sens ma peau rougir. Je remonte l'encolure de mon tee-shirt pour me protéger en attendant que Rainn dise enfin quelque chose.

— Je suis désolé. Pour la bagarre. On déconnait, et ça a dérapé… c'était pas cool.

Je ne crois pas une seconde à ce prétexte, ils ne faisaient pas semblant. Mais j'ignore pourquoi. Les embrouilles de mecs, c'est toujours compliqué.

— T'as pas à t'excuser.

— Si… C'est juste que… j'ai oublié comment vous êtes parfois, toi et Ethan.

— C'est-à-dire ?

Mal à l'aise, il laboure ses cheveux hirsutes et décolorés par le soleil.

— Ethan est mon pote, mais… il agit toujours comme si personne d'autre que lui ne pouvait te comprendre… Tu vois ce que je veux dire ?

Je fronce les sourcils, bien que mon cœur cogne comme un fou entre mes côtes. Je lance un coup d'œil à Ethan, resté sous l'auvent. Il continue de nettoyer – torse nu – et clairement de mauvaise humeur. Je songe à la lettre dans sa poche, qu'il cache pour moi. Aux secrets entre nous. À notre histoire. Rainn n'apprécie peut-être pas ça, mais c'est la réalité. Ce qu'il y a entre Ethan et moi est spécial.

Puis Claire, en maillot de bain rouge vif, s'approche d'Ethan. Mes poings se ferment. Elle, je parie qu'il ne la considère pas comme une sœur.

Je m'oblige à reporter mon attention sur Rainn qui n'a pas fini son discours foireux :

— Je sais qu'on est une bande, mais… c'était sympa de t'avoir juste pour moi cet été.

Mon pouls s'accélère à nouveau en captant la pointe d'espoir qu'il y a dans sa voix. Rainn a une sorte de clin d'œil nerveux, puis lâche un *argh* avant de bomber la poitrine.

— OK, je te le dis tout net : tu me plais, Natalia. Genre, beaucoup.

Oh.

Les vagues se brisent sur nos tibias, mais je suis trop stupéfaite pour bouger.

Je l'ai toujours vu comme un ami… mais c'est peut-être à cause d'Ethan qui occupait *toutes* mes pensées ? Rainn est un surfeur craquant, sa bonne humeur est contagieuse. Et c'est vrai qu'on s'est bien amusés cet été.

Si Ethan ne veut pas de moi, s'il me considère juste comme une amie, une sœur ou je sais pas quoi, est-ce que ça doit m'empêcher de chercher ailleurs pour toujours ?

En plongeant dans les yeux brillants et nerveux de Rainn, je me force à l'envisager. J'essaie de m'imaginer avec lui, je pourrais apprendre à le connaître d'une nouvelle façon, réussir à avoir confiance en lui. C'est peut-être comme ça que je tournerai la page Ethan une bonne fois pour toutes.

Le regard de Rainn tombe sur mes lèvres et, avant que j'aie le temps de réfléchir davantage, il m'embrasse.

J'aimerais être assez courageux pour enfin oser lui parler. Parce que ça veut dire quoi, quand on n'arrête pas de penser à quelqu'un mais qu'on n'est pas censé désirer ce quelqu'un ? Je DOIS l'oublier. Il est hétéro... Enfin, je crois. Mais si j'étais plus courageux, je lui parlerais quand même. Je lui demanderais si sa façon de me regarder veut dire... quelque chose.

Tout ça, c'est peut-être que dans ma tête. Faire son coming-out ne se fait pas en une fois, il faut s'y reprendre encore et encore, et c'est épuisant. On doit attendre le bon moment. Ne pas prendre de risques. Ce n'est plus un secret, ma famille est au courant, mais au lycée, je ne me suis jamais étendu sur la question. J'en ai marre que personne ne comprenne, mais aujourd'hui je me demande si ma dernière année à Liberty craindra moins si... quelqu'un me comprend.

Si Rainn me comprend.

ETHAN

Week-end d'intégration des terminales, 13 heures

Je jette des coups d'œil à Rainn et Natalia qui marchent côte à côte, les pieds dans l'eau, tout en continuant de débarrasser la table. Non seulement il m'a défoncé le portrait, mais il me lâche pour le ménage. Connard.

De quoi ils parlent ? Pourquoi je ne l'ai pas rattrapée avant lui ? Elle continue de détaler comme un lapin sans jamais me laisser le temps de lui dire quoi que ce soit…

— Ethan !

La voix de Claire s'infiltre dans ma tempête intérieure.

Elle court vers moi, un skimboard coincé sous le bras. Ses cheveux bleu-noir pendent sur ses épaules comme des cordes mouillées. Elle a un maillot de bain rouge vif qui est, euh, plutôt cool. Je me force à ne pas la quitter des yeux. Des touches de rose illuminent ses joues.

— L'eau est trop bonne ! Tu devrais venir aussi.

— Nan, plus tard.

J'ai besoin d'être seul, sans la vue de… ce maillot de bain rouge trop échancré.

Claire laisse tomber sa planche, déçue.

— Ça va ? insiste-t-elle.

Je hausse les épaules. Après cette bagarre, fausse ou pas, je sais que les choses avec Natalia ont encore changé.

Mais Claire passe doucement les doigts sur mon front et je réalise qu'elle parlait de mes blessures.

— Ah, ça. T'inquiète, ça va.

— Pourquoi tu t'es battu avec Rainn ? Je croyais que vous étiez amis.

— Des conneries.

Des conneries que je ne comprends plus trop. La bagarre, c'est ma faute, mais Rainn a sorti sa putain de remarque pour mettre de l'huile sur le feu. Pour creuser un fossé entre Natalia et moi.

Claire se mordille la lèvre, elle hésite à dire quelque chose… Il ne lui faut pas longtemps pour rassembler son courage :

— Il croit que tu as un crush sur Natalia, c'est ça ?

Je soupire. C'est évident, à ce stade.

— Ouais.

Ses yeux s'étrécissent. Elle m'observe avec attention, puis demande brusquement :

— Et c'est vrai ?

À la façon dont elle pose sa question, j'ai le sentiment qu'elle le sait déjà. Ou le soupçonne.

— On est amis.

Ce qui n'est pas un mensonge, mais un bouclier derrière lequel je me cache.

— Pourquoi Natalia est tellement en colère contre toi ? demande encore Claire.

Oh. Elle est… observatrice. Je n'ai pas envie d'être salaud ou malhonnête mais, franchement, ça ne la regarde pas. Pourtant, il faut croire que j'ai encore la tête à l'envers, parce que je réponds :

— On avait un pacte que j'ai… euh… rompu, en quelque sorte.

Est-ce que je l'ai rompu ? Parce que j'ai reculé au dernier moment ? Et ce serait pour ça que Natalia m'en veut autant ? Je n'en suis plus si sûr aujourd'hui…

— Un pacte ?

Je hausse les épaules et j'essaie d'en rire. Même si je n'ai rien révélé de précis, une vague d'anxiété m'envahit à l'idée que j'en ai peut-être déjà trop dit. Notre pacte a toujours été secret. Juste entre nous. Même Rainn ou Sienna ne le savent pas.

— Oui… non… Oublie, c'est rien.

Claire n'écoute plus, elle regarde par-dessus mon épaule.

— Apparemment, il lui plaît bien, dit-elle d'une voix pleine de sous-entendus.

Je ne devrais pas regarder. Mais je suis un crétin masochiste. Je me retourne et je vois Natalia en plein baiser, dans les bras de Rainn.

Non.

Ça ne va pas. Pas du tout.

Natalia pose les mains sur la poitrine de ce connard, il prend son visage en coupe. Ce même visage que j'ai effleuré de mes lèvres. Sa peau si douce et ce petit cri de plaisir que je lui ai arraché auquel je ne pense que quand je suis seul. Si depuis ce matin leur flirt était une gifle, ce baiser est le coup de massue. Un nœud m'étrangle au fond de ma gorge.

Même quand je me bats pour Natalia, je perds.

Ouais, je capte le putain de message maintenant. Cinq sur cinq. Je ne peux pas continuer à me faire du mal. Pourquoi chercher du courage pour tenter de parler à Natalia de ce qui s'est passé entre nous ? De ce que je ressens ? C'est clair, elle refuse de me parler. De reconstruire notre relation. Si elle le voulait, elle ne fuirait pas comme ça. Elle cesserait de toujours pointer le pire chez moi. Elle *n'embrasserait pas* Rainn.

Je me tourne vers Claire. Mignonne, pas compliquée. J'aime que son nez se plisse quand elle sourit. Ce serait peut-être simple avec elle. J'arrêterais de me torturer l'esprit avec des questions existentielles sur ce que je suis censé faire ou qui je suis censé être. Et *avec qui* je suis censé être. J'ai qu'à décider. Et peut-être que respirer sera plus facile après.

— Tu sais quoi : finalement, j'ai bien envie de me baigner avec toi !

Son visage tout entier s'illumine. Je retourne en vitesse sous ma tente enfiler un maillot. Mes vêtements restent en tas sur le sol. J'oublie la lettre dans ma poche autant que mes promesses à Natalia.

Quand je reviens, Claire me prend par la main et je la laisse m'entraîner vers les vagues. Ce que ferait n'importe quel autre Roi du bal. Un Roi du bal qui n'aurait pas un salaud de père infidèle, ne dissimulerait pas de secrets à toute sa classe et ne gâcherait pas l'amitié de sa meilleure amie pour un unique baiser.

La seule solution pour survivre à cette journée de plus en plus intolérable au fil des heures, c'est de devenir ce Roi du bal.

NATALIA

Week-end d'intégration des terminales, 13 h 07

Le baiser de Rainn est un électrochoc qui parcourt tout mon système. Sa chemise est chaude contre ma poitrine. Son pouce effleure mon visage, ses lèvres auxquelles je n'avais jamais pensé sont sur les miennes. Au lieu de s'ouvrir grand, mon cœur se recroqueville sur lui-même, claque les portes et les verrouille à double tour. Ça ne va pas.

Je le repousse doucement.

— Pardon ! Euh… j'ai mal interprété le moment ? il demande, les joues cramoisies.

— J'ai juste été surprise, dis-je avec un rire gêné.

— Désolé. Je te préviendrai la prochaine fois, il répond, aussi mal à l'aise que moi.

Tout ce que je ressens, c'est de la panique. Il faut que je sois honnête avec lui.

— Euh… Rainn, je…

Son sourire éblouissant commence à s'estomper.

Je déteste l'idée de le blesser, de lui faire subir ce que j'ai traversé. Être rejetée, je connais et ça craint. Mais j'ai aussi appris que c'est encore pire de ne pas savoir. Il faut que je sois honnête.

J'ai les mains moites, une boule au fond de la gorge, mais je vais droit au but :

— Je suis désolée, Rainn, je n'ai jamais pensé à toi... comme ça.

Il cligne des yeux. Une fois. Deux fois. Dix longues secondes.

— Ah... OK.

Des gouttes de sueur se forment dans mon dos, l'une d'elles se détache et descend le long de ma colonne vertébrale. Le silence s'étire, Rainn m'observe, puis il pousse un soupir exagéré avant de lâcher :

— Forrester ?

— Non. Rien à voir avec Ethan.

Il me regarde genre « sérieusement ? ». D'accord, je ne suis pas tout à fait honnête, mais je ne veux pas non plus empirer les choses, du coup je me sens obligée de nuancer :

— Hum... Pas seulement.

— J'en étais sûr.

Je cherche mes mots, cela me paraît trop difficile à exprimer à haute voix. Surtout que je n'en ai jamais parlé à personne. Chaque fois que j'y pense, j'ai l'impression qu'on rouvre une plaie en frottant du papier de verre dessus. Mais je dois être honnête avec Rainn :

— Je vais peut-être quitter le lycée.

— Quoi ! Quand ? Mais Natalia, pourquoi ?

— Ma mère commence un nouveau boulot à Sacramento. Du coup, je vais peut-être déménager avec elle.

— Ouah… Sacramento ? Y a bien trois heures de route.

— Oui.

— Quand, alors ?

Je donne un coup de pied dans l'écume, une vaguelette s'écrase doucement sur mes chevilles.

— Elle part demain…

— Mais la rentrée est dans une semaine ! s'exclame-t-il, abasourdi.

— Je sais. Le timing est un peu serré.

Il reste silencieux, fronce les sourcils. Je tire sur mes tresses pour m'occuper les mains.

— Tu as dit « peut-être », il y a une chance que ça ne se fasse pas ? demande-t-il, plein d'espoir.

— Mes parents me laissent décider, mais…

Ça se bloque au fond de ma gorge. Le choix est cornélien : en choisissant maman, j'abandonne ma vie d'ici, en restant avec papa, je perds la peinture.

Rainn s'emballe tout seul.

— Tu n'as qu'à rester avec ton père !

Bien sûr. Comme si c'était hyper facile de laisser partir ma mère. De passer un coup de fil qui modifiera le cours entier de ma vie.

Même si le départ de ma mère m'anéantit, je ne la blâme pas de déménager. Pas vraiment. On lui offre un poste de directrice financière. Elle devient la première femme métisse à l'obtenir dans son entreprise, m'a-t-elle expliqué avec fierté. Elle mérite cette promotion.

Ce qui ne m'aide pas à me décider.

Il y a tellement de trucs qui m'attendent à Liberty, tant de projets et d'activités qui me passionnent. J'ai des idées, un peu de pouvoir, je peux aider les futurs lycéens à décrocher leur bourse d'études. Si je suis suffisamment courageuse pour oublier Ethan, si personne ne découvre les lettres éparpillées, si je survis à ce week-end d'intégration, alors je pourrai transformer mon année.

Je me demande quand même si vivre avec papa est possible.

C'est parce qu'il ne comprend rien à l'art ou parce qu'il ne comprend pas les filles ? Sa fille ? Ou parce qu'une moitié de moi est d'une race et d'une culture différentes des siennes ? On a toujours eu du mal à communiquer, alors vivre ensemble nous ferait peut-être du bien…

Ma mère m'offre une seconde chance, je fréquenterais une école moins exigeante, je pourrais peindre sans me cacher, tout ce qui va avec Ethan serait derrière moi. Je ne vais pas me mentir : c'est tentant.

— Je ne sais pas encore. Peut-être, je finis par répondre.

— OK… encore désolé, pour… tu sais… t'avoir embrassée.

J'aimerais m'enfoncer dans le sable et disparaître. Être ensevelie pour en finir avec cette conversation, mais je secoue la tête et m'empresse de répondre :

— Non, c'est bon. Tu sais bien que je t'aime en tant qu'ami et…

— S'il te plaît, Natalia, pas ça.

Je me sens horrible et je ravale le reste de ma phrase. On se regarde à nouveau. Rainn est hyper gêné, je le vois à ses sourcils froncés. Je voudrais que l'ami à l'intérieur du garçon que je viens de faire souffrir comprenne.

— Je suis vraiment désolée, Rainn. On est OK ?

Il évite mon regard mais hoche la tête et enfonce les mains profondément dans les poches de son survêtement trempé. Il se referme comme une huître, je déteste ça.

D'habitude, je résous les problèmes, aujourd'hui, je n'ai fait qu'en causer.

— Rainn, dis-moi ce que je peux faire.

Il a un petit rire.

— Euh ! Essayer d'être moins mignonne ?

Sa réponse me hérisse. Il pense que c'est un compliment. Je sais qu'il blague pour dédramatiser, mais il a tout faux : je n'ai jamais cherché à le séduire.

Une sirène. Le genre de fille qui excite les garçons.

Des éclats de rire résonnent autour de nous. Beaucoup s'amusent dans les vagues. Je repère Ethan – qui a cessé ses travaux de nettoyage. Il a de l'eau jusqu'aux hanches, avec Claire à califourchon sur son dos. Elle pousse des hurlements chaque fois qu'une vague les éclabousse. Il se penche en avant.

— Ethan ! Non ! crie-t-elle sans cesser de rire.

Il la soulève de ses épaules pour la projeter dans l'eau. Claire resurgit, toujours hilare, et le pousse dans une vague déferlante. Il en émerge, secoue ses boucles comme un chien qui s'ébroue.

— Je vais me venger ! dit-elle, tout sourire.

Lorsqu'elle grimpe à nouveau sur son dos et qu'il enroule ses mains autour de ses cuisses de danseuse, je serais capable de commettre un meurtre.

Tout ce que je sais, c'est que j'ai mal. Partout.

Non, Natalia, c'est mieux comme ça. Même si je suffoque. Même si une sensation de creux me ronge la poitrine. C'est mieux. C'est comme ça que j'oublierai Ethan.

Une vague s'abat sur mes tibias et me ramène à la réalité. Mes vêtements sont trempés. Je garde les yeux rivés sur l'écume qui remonte lentement sur le sable.

— Quelqu'un d'autre est au courant pour Sacramento ? demande Rainn.

Autrement dit : *Ethan* est-il au courant ?

— Non, juste toi.

Rainn a un sourire triste. Il me tend son bras pour que je glisse le mien dessous, un geste amical qui m'arrache presque des larmes.

Je ne mérite pas son réconfort, mais je l'accepte quand même.

Je ne crois pas aux signes, mais je crois que je viens d'en recevoir un.

ETHAN

Week-end d'intégration des terminales, 14 heures

Je fais de mon mieux. Je laisse Claire grimper sur moi, même si le contact de sa peau sur la mienne me paraît étrange. Je l'asperge, je ris quand elle me pousse à la renverse. On flirte, on blague, j'essaie de me détendre. De m'amuser.

Une fois sortis de l'eau, il reste encore du temps avant le parcours d'obstacles, alors on remonte ensemble vers le camping pour se changer.

Quand j'émerge de ma tente, Claire est déjà là à m'attendre… avec ma veste sur le dos. OK, cool. Le vent s'est levé à nouveau, donc c'est logique qu'elle ait froid. Mais c'est plus fort que moi, je trouve ça… bizarre.

— On se promène un peu ? me demande-t-elle.

— D'accord.

Elle se colle à moi avec un sourire jusqu'aux oreilles. Je blêmis. Mes côtes en bouillie me font un mal de chien. Je m'écarte lentement de Claire au fur et à mesure que nous avançons sur le sentier.

— Enfin seule avec toi, j'attendais tellement ce moment pour te parler, murmure-t-elle.

On s'est bien marrés dans les vagues. Elle est canon. Roi du bal se ficherait de son malaise intérieur, alors j'essaie aussi.

— Ah ouais ? À propos de quoi ?

Elle m'adresse un petit clin d'œil affectueux.

— Tu te souviens, je postule dans plein d'écoles d'art dramatique... Alors je me demandais si je pourrais, euh, demander à ton père ce que je dois inclure dans ma candidature. Ou peut-être s'il a des contacts... ?

Comme je ne réponds pas, elle s'empresse d'ajouter :

— No stress, hein ! C'est juste qu'après *Mamma Mia !* il m'avait dit que je pouvais lui demander de l'aide, mais je ne sais pas comment. Tu crois que je dois lui téléphoner ? Lui envoyer un mail ou passer par son agent ? Ton père est très occupé, j'ai pensé que tu pourrais me conseiller, puisque maintenant, on est... ensemble.

Voilà. J'aurais dû m'en douter. Claire n'est pas amoureuse, elle m'utilise pour approcher mon père. La drague, les compliments, les petits gestes, tout ça n'avait qu'un but : m'amadouer.

Une de mes pires craintes se réalise. Après la fille payée pour sortir avec moi, et celle qui m'embrasse à cause d'un pacte, j'hérite de celle-ci. Trois sur trois. C'est quoi, ma récompense ?

— Bien sûr, dis-je d'une voix dénuée d'émotion. Je demanderai à son agent.

Elle glousse de joie et me serre le bras.

Non, je peux pas faire ça. La vie de Roi du bal craint autant que la mienne finalement. Je m'arrête pour lui faire face. Je rassemble autant d'assurance (feinte) que possible et lui sors :

— Mais on est pas ensemble, Claire.

Ses yeux s'arrondissent.

— Hein ? Je comprends pas.

— Euh… que j'ai pas envie d'être ton copain ?

Je déteste mon intonation interrogative. D'ailleurs, elle me fixe comme si j'étais un sale con. Ce que je dois être parce que je suis loin d'être innocent dans cette histoire. Je suis entré dans son jeu de séduction en partie pour soigner les blessures laissées par Natalia, ce qui est injuste. Même si Claire n'avait pas craché le morceau au sujet de mon père, vu tout ce qui s'est passé depuis ce matin entre elle et moi, poursuivre cette drague aurait été merdique vu que j'ai la tête à l'envers pour une autre. Je n'aurais même jamais dû commencer, mais ça a dérapé trop vite.

— Pourquoi ? insiste-t-elle, avec une pointe d'agressivité.

— Parce que… je préfère qu'on reste amis.

Un ami qui aurait envie de détaler en courant pour partir le plus loin possible.

— Pas d'accord, répond-elle boudeuse. Je veux pas qu'on soit juste amis.

Ah. Je n'ai jamais vraiment fait ça avant, mais je suis quasi sûr que lorsqu'une personne veut casser, l'autre ne peut pas… refuser ? Je me gratte la nuque, à court de mots.

— Qu'est-ce que j'ai fait de mal ? reprend Claire.

— Rien… enfin, c'est juste que j'aime pas trop qu'on parle de mon père comme ça…

— Parce que j'ai dit qu'il avait du talent et qu'il est trop sympa ?

Je pousse un soupir. C'est en train de partir en vrille.

— Nan, Claire, c'est pas…

Je m'interromps avant de dire « toi » car même s'il existe une autre raison, c'est quand même aussi sa faute.

Natalia passe dans mon champ de vision, avec un grand carton de bandanas dans les bras. Je m'interdis de la suivre des yeux. Pendant au moins trois secondes.

En s'éclaircissant la gorge, Claire me ramène à la réalité. Elle aussi a remarqué Natalia. Nous rougissons au même moment. Moi d'embarras, elle de fureur.

— Je te jure que…

— Va te faire foutre, Ethan.

Et elle tourne les talons.

C'est pas le moment de lui demander ma veste.

Ça n'a aucune importance que je crève d'envie de chanter avec Claire, de toute façon je n'arrive même pas à monter sur une scène pour essayer. Je suis incapable d'auditionner dans la comédie musicale, pourtant si le courage voulait bien me tomber dessus, c'est ce qu'il faudrait. Mais je doute que Claire ait envie de moi comme partenaire, vu que quand j'étais ivre mort à la fête, j'ai hurlé comme un con fini qu'elle était talentueuse et sexy. Quand toutes les pensées que j'avais à son sujet sont sorties de ma bouche et qu'elle m'a embrassé, c'était probablement pour me faire taire, puisqu'elle ne m'a plus jamais adressé la parole. Bonjour l'humiliation.

Je m'imagine me lever et chanter, là, maintenant, juste pour voir leurs têtes. Sa tête. Impossible. Comment je réussirais un jour à monter sur scène alors qu'à cette simple idée, mon pouls démarre au quart de tour ? Et je ne parle pas de la seule fois où j'ai chanté en public : j'ai vomi sur mes chaussures. Trop fort, le mec.

C'est quand je chante que je suis le plus heureux. Mais je devrais tenter autre chose avant de me lancer dans ce foutu spectacle musical. J'ai été mis dans ce corps avec ce cerveau. J'ai tellement d'autres perspectives, tellement d'autres portes ouvertes. Le chant n'a jamais été ma matière principale à Liberty. Alors, on s'en fout que j'aie une belle voix, non ?

Mais quand je me vois quitter Liberty sans être monté sur scène... j'ai un pincement au cœur. C'est ma dernière chance cette année. Allez. Si j'étais plus courageux, j'essaierais d'oublier Claire et j'auditionnerais pour le spectacle. Si j'étais vraiment courageux... je n'arrêterais jamais de chanter.

NATALIA

Week-end d'intégration des terminales, 14 h 30

C'est l'heure de la course en duo. L'horreur. Je fais comment si je me retrouve avec quelqu'un d'insupportable ? *Claire*, au hasard. Avant l'été, je me suis battue contre Prashant et le comité pour qu'on ne fasse pas ce jeu, mais j'étais minoritaire. Apparemment, avoir les yeux bandés et être guidé par un partenaire est « amusant » et pas « un cauchemar éveillé ».

— C'est parce que tu as des problèmes de confiance, dit Prashant quand je m'en plains une dernière fois.

— Ta mère a des problèmes de confiance.

— C'est pour ça qu'elle est devenue psy et que j'en connais un rayon sur eux.

Son sourire béat me fait éclater de rire. Lui aussi finit par rire.

M. Beckett sonne le rassemblement.

— Hé, ho ! On forme les duos ! Que chacun tire un bandana ! Cet exercice doit vous rapprocher les uns des autres, celui qui a la même couleur de foulard est votre partenaire. Pas d'échange possible !

C'est la cohue autour du carton. Il y a au moins trente couleurs différentes de bandanas. J'attrape le plus proche : rose corail. Les comparaisons commencent, les binômes se forment. Mason Hartman tape dans la main de Rainn, les joues enflammées.

— Hé frère ! Personne me choisit jamais ! C'est top !

Rainn louche sur son bandana jaune.

— Euh, c'est le hasard, mais grave ouais !

Ils se tapent encore la main, puis Rainn m'adresse un regard d'excuse : je sais, on est pas ensemble.

Il est temps d'aller trouver Sienna en espérant qu'elle aura choisi la couleur corail. Je la repère en train de filer vers Leti avec un bandana marron à la main. Leti a la même couleur. Je les regarde côte à côte et tout sourire. Impossible de ne pas être contente pour leur paire.

Bon, deux amis déjà pris. Une pointe d'angoisse commence à monter. Je suis capable de réciter la liste des terminales par ordre alphabétique, mais je ne les connais pas tous pour autant. J'ai tendance à toujours être trop occupée par les cours et les activités. Mme Mercer a insisté pour que je fasse partie de toutes les activités, précisément pour cette raison. Super énervant.

Je me dirige vers Prashant, qui a l'air trop malheureux au côté de Janelle. Ils ont tiré les bandanas bleu marine. Pas de chance. Je continue d'errer à la recherche de mon alter ego. Blanc, vert d'eau, bleu ciel, orange, fuchsia… mais pas de corail.

Alors que je m'apprête à vérifier dans le carton, Claire et Ethan se matérialisent au milieu de la cohue. Leur apparition me vaut deux nœuds à l'estomac : elle porte sa veste, il a un bandana corail à la main.

J'ai envie de hurler au ciel lumineux, *pourquoi tu me fais ça ?*

Chaque fois que je cherche à m'éloigner d'Ethan, le destin nous pousse l'un vers l'autre. Claire me remarque en premier, ses yeux descendent sur mon bandana. Elle me lance un regard noir, passe près de moi et heurte mon épaule avec la sienne avant de s'éloigner en vitesse.

Merde, c'était quoi ça ? Un autre avertissement de chasse gardée ?

Son geste n'est pas passé inaperçu, j'entends des *oooooh*, on se tourne vers moi pour observer ma réaction. Certains font des messes basses ou se lancent des coups d'œil. Leurs yeux oscillent entre Ethan, Rainn et moi. Et Claire. Argh, cette bagarre ridicule leur fait croire à un drame. Je me redresse et garde mon expression imperturbable. C'est pas moi qui lâcherai une info.

C'est pour ça que je suis si stressée à l'idée qu'une lettre soit retrouvée par l'un d'eux. Il leur suffit d'un fragment pour broder un récit complet. Véridique ou pas. Si quelqu'un découvre ma bêtise, peu importe ce que j'ai fait à Liberty ces dernières années : ils ne croiront rien d'autre que le roman qu'ils s'inventeront aujourd'hui. Je le sais très bien.

Si *ma* lettre devient publique, la mèche à potins sur Ethan sera allumée. Même si notre amitié est un sujet épineux en ce moment, je ne veux surtout pas qu'il y ait de la matière à utiliser contre lui. Ethan a suffisamment été harcelé comme ça.

J'ai de la chance que personne d'autre que lui n'ait trouvé de lettre, mais cette chance ne tient qu'à un fil qui pourrait se rompre d'une minute à l'autre, j'en suis consciente.

Quand Ethan remarque enfin la couleur de mon bandana, il pousse un long soupir, visiblement aussi ennuyé que moi. Il s'approche, évite de croiser mon regard et se place près de moi en gardant ses distances. On n'échange pas un mot.

Mme Mercer énonce les règles.

— L'un a les yeux bandés, l'autre le guide dans le parcours uniquement avec des mots. Pas les mains. On ne retire pas le bandana, sinon le duo est disqualifié. Le but est d'apprendre à communiquer et à se faire confiance, deux aptitudes essentielles dans la vie comme à Liberty. Décidez maintenant des rôles entre vous.

Ethan se tourne vers moi, son visage est inexpressif, comme si nous étions des étrangers. Il repousse les boucles qui lui tombent sur le front, encore humides après sa petite démonstration aquatique avec Claire... Le souvenir de ses jambes enroulées autour du corps d'Ethan, de sa peau scintillante au soleil m'assaille. Pourquoi tout ce cinéma alors qu'elle l'a déjà ?

Je n'ai pas à m'en mêler... je ne devrais pas... je ne *veux* pas. Mais j'y pense quand même. Beaucoup trop. Mille débuts de raisons possibles surgissent et s'éteignent sur le bout de ma langue.

— Allez, allez ! lance M. Beckett. On se dépêche, s'il vous plaît !

— C'est forcément toi qui dois avoir les yeux bandés, me propose alors Ethan.

— Pas du tout.

— Si l'un de nous deux a besoin d'apprendre à faire confiance, c'est toi.

— Pourquoi on me répète toujours ça !?

— Quoi, c'est pas vrai ?

Je ne réponds pas, les sourcils d'Ethan se lèvent avec impatience. OK, on n'a pas le temps pour ça.

— D'accord.

J'ignore le bandana qu'il me tend et je noue le mien. Il n'a pas raison, c'est moi qui ne veux plus voir son visage parfait. Le monde s'assombrit. C'est parti.

On dirait que les autres s'amusent beaucoup, j'entends trébucher et plaisanter, alors qu'Ethan parle le moins possible.

Avance. Tourne. Lève le pied. Fais un grand pas.

Quand je pose une question, Ethan soupire systématiquement, comme si c'était débile. Il a forcément quelque chose en tête, mais quoi, je l'ignore.

Ethan me pilote sur un ton maussade le long des nombreux virages qui semblent nous éloigner de la plage. Les voix de nos concurrents s'estompent. Ses instructions sont de plus en plus détaillées.

— Tourne à droite, avance tout droit, compte vingt pas.

— Vingt ? C'est encore long, ce parcours ?

Je m'exécute. Après quelques minutes, je suis complètement désorientée et n'entends plus personne autour de nous. On a pris de l'avance ou du retard ?

— Y en a qui ont déjà fini ? je demande.

— Euh…

J'ai l'impression qu'il se penche avant de me répondre :

— Claire et Tanner, ouais… Lève la jambe, y a un rocher… Au fait, Tanner a trouvé une lettre.

Je manque de trébucher.

— *Quoi ?!*

— Il a juste vu son nom écrit dessus, mais n'a pas lu. Je l'ai récupérée avant.

Je m'étrangle presque.

— C'était quand ?

— T'étais là quand ça s'est passé. Tourne à gauche.

J'obéis tout en réfléchissant.

— C'est pour ça que tu t'es battu avec Rainn ?

— Plus ou moins.

Je ne vois pas son visage, mais je continue de penser qu'Ethan a un truc en travers de la gorge. Pourtant, je n'insiste pas. Ce qui est certain, c'est qu'il m'a encore sauvée… en se laissant défoncer le portrait comme s'il était un punching-ball.

— Merci, Ethan.

— Pas de quoi. Je l'ai fait aussi pour sauver ma peau.

Exact. Ça n'a probablement rien à voir avec moi. Il passait là par hasard quand le bocal m'a échappé des mains. Il s'est protégé toute la journée… pas moi.

Nous continuons en silence. Le fait d'avoir les yeux bandés me donne peut-être l'audace de lancer :

— Toi et Claire, vous avez l'air encore plus proches.

— Natalia !

— Quoi ?

— Pas ça, d'accord ? T'as pas le droit.

— Merde ! Je peux savoir pourquoi tu m'en veux à ce point ?

Sa respiration forte est mon seul indice : Ethan va exploser.

— Je sais pas, peut-être parce que t'es partie ce soir-là ? Ou parce que tu m'as évité tout l'été ? Ou parce que tu viens de rouler une pelle à mon meilleur ami ? Vas-y, t'as qu'à choisir !

Instinctivement, je cherche à retirer mon bandeau, mais mon poignet est intercepté par la main chaude d'Ethan.

— Non ! Tu vas nous disqualifier.

La tension monte. Tout ce qu'il vient de dire vibre entre nous, c'est une torture de ne pas pouvoir le regarder. Mes autres sens sont en feu. J'entends sa respiration rapide, je sens la force de ses doigts serrés sur mon poignet.

— On n'est pas non plus censés se toucher.

— Ouais.

Mais il ne me lâche pas et je sais qu'il me regarde. Je sens qu'il est encore plus bouleversé que je ne le pensais.

Merde, le baiser de Rainn.

— Tu nous as vus ? je demande, d'une voix tremblante.

Il lâche mon poignet.

— Tout le monde vous a vus, Natalia, ricane-t-il. Vous étiez au milieu de la plage.

Je n'entends pas seulement de la jalousie dans sa voix, je perçois aussi… de la douleur. Et dire que j'ai détesté mon impuissance en le regardant avec Claire. Je ne peux rien faire contre les sentiments qu'il a pour elle, mais je pourrais au moins commencer par être honnête à propos des miens.

— Je ne suis pas amoureuse de Rainn. Je croyais qu'on s'amusait, je ne savais pas qu'il ressentait autre chose. Mais pour moi, c'est juste un ami.

Il y a comme une pause dans la tempête. Un nouveau silence que remplit uniquement la marée montante. Mon pouls bat à un rythme effréné.

— C'est vrai ?

— Oui.

Je recule d'un pas pour respirer une bouffée d'air qui ne soit pas emplie de son odeur.

— Atten…

Trop tard.

Ma semelle dérape sur une algue, je tombe à la renverse. Avant que je ne touche le sable, la main d'Ethan agrippe à nouveau mon poignet et me redresse d'un mouvement brusque… c'est sur sa poitrine que je viens m'écraser.

Quand on est privé d'un sens, tout le reste paraît accentué : son cœur battant contre le mien, son souffle chaud sur ma joue, mes lèvres qui se rapprochent dangereusement de son cou.

J'essaie de m'éloigner, mais je sens qu'un truc me tire les cheveux.

— Aïe !

— Talia, attends ! Tu t'es accrochée dans un filet de volley.

Il est tout proche, je sens sa voix dans mon dos. Puis ses mains s'agitent, son épaule frotte la mienne.

— J'y arriverai pas sans défaire tes tresses.

— Vas-y, je m'en fiche. Détache-moi avant que…

Je sens ses doigts dans mes cheveux. Heureusement qu'il ne me voit pas.

Mon cœur s'excite pendant que ses doigts s'activent dans mes cheveux, puis c'est fini. Je suis libérée du filet.

Mais aucun de nous ne bouge.

Et là, comme si une force magnétique me tirait les omoplates, je me penche en arrière. Mes épaules rencontrent sa poitrine, mon cou se tend vers lui. Sa respiration s'accélère.

Les mains d'Ethan remontent le long de mes bras, si doucement qu'on croirait une brise. Pourtant, c'est bien lui.

— Tu as froid ? me demande-t-il.

J'ai la chair de poule, mais son contact est trop délicieux pour que j'aie envie de le rompre.

— Pas du tout.

J'ai la voix rauque, je suis incapable de réfléchir. Lorsque ses mains chaudes atteignent mes poignets, mes doigts s'écartent d'eux-mêmes, invitant les siens à s'entrelacer.

Non. Tout s'arrête quand il s'éloigne brusquement.

Je fronce les sourcils, le bandeau glisse sur mon nez, je l'arrache, fatiguée de ce jeu – de *ces* jeux – et me retourne pour lui faire face. La lumière du soleil est aveuglante, je cligne des yeux plusieurs fois avant d'y voir clair.

— Super. Maintenant, on est disqualifiés, dit Ethan.

Il y a quelque chose dans son expression... Je regarde autour de nous. La course est terminée, il n'y a que nous dans cette partie de la plage. Personne de Liberty, ni famille ni promeneurs, nous sommes complètement seuls.

— Tu m'as emmenée où ?!

Il hausse les épaules, un sourire en coin.

— Le plus loin possible. Pour voir combien de temps tu m'écouterais avant de craquer. T'as tenu plus longtemps que prévu !

— Ethan ! T'es vraiment trop...

— Coquin ?

— ... gredin.

— Respect, ça rime !

Il tend la main pour que je tope dedans, ce que je *refuse*.

Sa gaieté disparaît, la tension remonte progressivement entre nous.

— On devrait rentrer, dit-il en détournant les yeux.

— C'est tout ce que t'as à dire ?

Donc il préfère continuer d'ignorer ce qu'il y a entre nous ? Parce que moi, j'y arrive plus.

— Tu veux que je te dise quoi, Talia ?

Je suis obligée de compter mes battements de cœur – douze – avant d'être capable d'articuler :

— Juste… ce qui se passe entre nous.

La façon dont Ethan me regarde me fait regretter d'avoir retiré le bandeau. C'est comme s'il me… dévorait des yeux. Enjambait mes remparts intérieurs pour aller chercher le seul endroit calme qui existe en moi. Sa voix est rauque et calme lorsqu'il dit :

— Je peux pas…

Il passe une main dans ses cheveux, son regard caresse mes lèvres et il reprend :

— … mais il faut qu'on en parle. Parce que je deviens dingue.

Je ne comprends rien, je suis tellement nulle dans ce genre de conversation. Mais maintenant qu'il s'est un peu livré, je meurs d'envie d'en savoir plus. De tout savoir. Pourquoi il m'a rejetée ? Pourquoi il est passé de la jalousie à la colère ? Et Claire ? Pourquoi il était sur le point de m'embrasser, alors qu'il m'a clairement fait savoir qu'il ne voulait pas de moi ?

Oui, on doit parler. De tout. Je prends une profonde inspiration.

— D'accord.

Ses épaules se détendent.

— D'accord ?

— Oui.

Un coup de sifflet nous fait tourner la tête. M. Beckett accourt, les joues gonflées sur son sifflet, agitant les bras. Je suppose que nous sommes partis depuis trop longtemps.

Nous nous dépêchons de franchir la ligne d'arrivée où tout le monde attend. Mais tout ce que je remarque, c'est Rainn et la feuille jaune dans sa main.

ETHAN

Week-end d'intégration des terminales, 15 h 45

Il sait.

Je ne décolle pas de la ligne d'arrivée, comme pétrifié, les yeux braqués sur Rainn, qui tient une feuille jaune à la main. Il la fixe avec un sourire crispé.

Il lève les yeux, regarde autour de lui comme s'il cherchait quelqu'un.

C'est ma lettre ? Celle de Natalia ? Celle de quelqu'un d'autre ?

Je glisse mes doigts dans ma poche pour m'assurer que la première s'y trouve toujours… Elle y est. Toujours aussi tentante.

Natalia et moi échangeons un regard. Choquée, elle ne peut s'empêcher d'écarquiller les yeux. Je respire lentement pour me calmer. *Pas de panique.* J'ai éteint l'incendie avec Tanner, je peux en éteindre un de plus.

Je me secoue enfin, mais pas trop vite. Inutile d'attirer l'attention. Il faut qu'on rejoigne Rainn avant que quiconque ne remarque ce qu'il tient. Et demande des explications.

Natalia avance à mes côtés d'un pas saccadé. Je la sens totalement paniquée.

Rainn nous a repérés. Quand il croise mon regard suppliant, l'expression de son visage s'éclaire. Il n'a peut-être pas les détails, mais il a l'air de piger que Natalia et moi sommes impliqués.

J'arrive près de lui au moment où il commence à ranger la lettre dans sa poche.

— On peut parler, mec ? je demande.

Comme un con, je le tire trop brutalement par le bras, ce qui fait tomber la lettre. Janelle se retourne au même moment et voit Rainn, accroupi et fébrile.

— C'est quoi ça ?

Akira Kurosawa est le premier réalisateur à avoir tourné des ralentis, dans le film *Les Sept Samouraïs*. Il avait compris avant tout le monde qu'il y a des moments dans la vie où le temps ralentit et où l'on se rend compte que plus rien ne sera pareil une fois qu'il s'accélérera à nouveau.

Janelle attrape le papier avec ses faux ongles et le déplie. Aucun de nous ne parvient à l'arrêter, elle est trop rapide. Mes poumons sont bloqués.

— Hééé, c'est dingue ! C'est une lettre du Lion !

Quelques personnes dressent l'oreille.

— Claire, viens voir ! appelle Janelle.

Claire approche – elle n'a plus ma veste – en me jetant un coup d'œil méfiant.

— Quoi ?

— Regarde, répond Janelle en lui fourrant le papier sous le nez.

Je devrais me précipiter, le lui arracher pour protéger celui ou celle qui l'a écrit. Mais je veux d'abord me faire une idée de l'étendue des dégâts, alors je lorgne par-dessus l'épaule de Claire et lis :

Je pige pas l'intérêt de tout ce cirque. Les autres écrivent quoi dans leur lettre ? Sérieux, déverser ce qu'ils ont sur le cœur sur un bout de papier qui va partir en fumée ? Quel intérêt. Y en a même qui pleurent.

Moi, je déteste cet endroit. Je ne suis pas comme Natalia, qui a besoin d'un pacte pour se pousser à faire un truc qui lui fout la trouille. J'ai pas besoin de jeux pour avoir du courage. J'en ai tous les jours. Quand j'ai un problème, je le gère. Quand je veux un truc, je le prends.

Jackson Ford était un problème, maintenant il est parti.

J'ai un crush pour Sienna, c'est pour ça que je suis là aujourd'hui.

Simple comme bonjour. Pas de quoi pleurnicher.

J'ai les joues en feu. Ce n'est pas ma lettre, mais… ça craint quand même. Natalia a parlé de notre pacte à quelqu'un ? Pourtant, on s'était juré de ne jamais le faire. Cette lettre a été écrite avant que j'en ai parlé à Claire. Donc, quelqu'un d'autre est au courant. Rainn ? C'est pour ça qu'il était si énervé ?

Non, il n'aime pas Sienna… *à moins que* ? J'observe mes amis en me demandant si je les connais vraiment.

— Quelqu'un a fait virer Jackson, dit Claire, la voix vibrante de rage.

— Ce mec était nul, répond Rainn.

Je le dévisage avec méfiance. Putain, ce serait vraiment sa lettre ?

Claire le fusille du regard.

Pourtant, Rainn n'a pas tort, Jackson était trop con. Il a fait un semestre d'école de théâtre avant de revenir travailler à Liberty. Peut-être que Claire l'aime bien en tant que metteur en scène, ou je ne sais quoi, mais c'était vraiment le genre de mec avec qui je ne laisserais jamais une fille seule.

— Tu sais qui a écrit ça ? demande Claire à Janelle.

— La personne qui aime Sienna… mais pas Natalia, ajoute cette commère de Janelle.

Rainn soutient le regard de Natalia avec empathie. Ça me rassure : jamais il n'écrirait un truc méchant sur elle. Si ce n'est pas lui, qui c'est alors ? Natalia sort de sa sidération en entendant son prénom.

— Quoi ? explose-t-elle.

— Non, attends…, dis-je en tendant la main pour saisir la feuille.

Trop tard. Claire lui fourre la lettre entre les mains. Le visage de Natalia se décompose. Quand elle blêmit, je sais qu'il est question de notre pacte. Pourquoi la nommer ? Pourquoi mentionner notre pacte ? Bon, après tout, c'est vrai que personne ne devait lire ces lettres.

Cette journée ne pourrait pas être pire.

— C'est quoi ce pacte ? interroge Janelle, qui n'en rate jamais une.

— Le même qu'Ethan, n'est-ce pas, Ethan ? ajoute cette garce de Claire.

Oh putain.

La mâchoire de Natalia se décroche, je ne lis qu'un seul mot dans ses yeux : trahison. Janelle reprend la lettre et la range dans sa poche sans nous quitter du regard.

— Talia, c'est pas…

Natalia refuse d'écouter et s'enfuit. Elle contourne Prashant qui brandit son bloc-notes, ne ralentit pas davantage quand Mme Mercer tente de lui poser une question.

Oh là là, ce regard…

— Natalia !

Elle ne s'arrête pas, ne se retourne pas, elle court. Comme elle le fait toujours.

— Qu'est-ce qui se passe ? murmure Rainn à mon oreille, avec une agitation inhabituelle dans sa voix.

Et surtout, qu'est-ce que je dois faire ? Je raconte ce que je sais ? Je parle des lettres envolées ? Pourquoi Natalia et moi sommes embarqués dans le même bateau ? Que c'est un geste malencontreux qu'elle cherchait juste à réparer ? J'ai déjà vécu des situations compliquées, mais à côté de celle-ci, même la mécanique quantique paraît simple.

Sienna m'interpelle avant que je ne trouve une réponse valable.

— Qu'est-ce qui se passe ? Natalia va bien ?

Quand je me retourne, Sienna et Leti marchent vers nous en se *tenant la main*. Tant mieux, Sienna attendait ça depuis longtemps.

Les yeux de Claire se focalisent sur Leti, et j'ai le même déclic : c'est *sa* lettre.

Je dois faire quelque chose pour l'avertir.

Ce que Leti a écrit sur Natalia n'est pas sympa, mais ça devait rester privé. Donc ce n'est pas comme si Leti avait cherché à la blesser. Si Natalia n'avait pas touché aux lettres, elle ne l'aurait jamais su. En plus, Jackson Ford mérite ce qui lui est arrivé, alors si Leti a quelque chose à voir dans son renvoi, on devrait plutôt lui décerner une palme.

Allez Ethan, bouge.

Mais je ne peux pas. Janelle me terrifie depuis la sixième, j'ai de trop mauvais souvenirs avec cette fille. Mes pieds sont englués dans le sable, ma gorge est bloquée, une petite voix intérieure, qui oscille entre ce qui est juste et ce qui est égoïste, me souffle « sauve ta peau ».

Leti et Sienna ont à peine rejoint notre groupe que Janelle agresse Leti :

— Alors Leti, simple comme bonjour, cette course, hein ? Tout va comme tu veux aujourd'hui ?

Sienna me lance un regard suspect, l'air de dire *Depuis quand Janelle Johnson nous adresse la parole ?*

— T'as fait virer Jackson !? renchérit Claire.

Les yeux de Leti s'arrondissent de surprise.

— Quoi ?

— On sait que t'as fait un sale coup, l'accuse Claire.

— T'as jamais vu ses posts dégueu ? grogne Sienna. C'est ça qui l'a fait virer.

— Ça et d'autres trucs, ajoute Leti.

Sienna a l'air surprise, tandis que Claire a l'air sur le point de tordre le cou de Leti.

— J'ai juste dit ce que je savais à l'administration, leur répond Leti.

— Quoi, par exemple ? lui demande Janelle.

Leti hésite, jette un coup d'œil à Claire, puis se ravise.

— On s'en fout, laisse tomber.

Claire semble se détendre.

— Tanner va péter un câble, insinue Janelle, toujours perfide.

C'est vrai qu'ils sont amis, Tanner était encore chez Jackson hier soir. Comment Natalia a pu croire que ce gros con était un mec pour elle ? C'est dingue…

Leti se tourne vers Sienna.

— Le type dont je t'ai parlé, celui qui est sorti avec ma sœur et qui a posté des photos d'elle nue, c'était Ford. Je ne pouvais pas ne rien dire.

— Ce salaud ! dit Janelle. J'avais rien dit parce que tu disais que c'était juste un plan comme ça quand t'étais bourrée, mais t'avais jamais dit que c'était un gros dégueulasse.

— Non, non ! C'est pas vrai ! s'exclame Claire.

— Pourquoi tu le défends après ce que Leti vient de dire ? s'énerve Sienna.

— C'est facile d'accuser quelqu'un qui n'est pas là, rétorque Claire. Il y a toujours deux versions dans une histoire. On était beaucoup à l'apprécier, à compter sur lui, à...

Elle s'interrompt et baisse les yeux. Le silence devient écœurant. Rainn me lance un regard confus.

— T'as toujours dit qu'il ne s'était rien passé, dit alors Janelle à Claire.

Ohhhh.

— Janelle ! s'écrie Claire.

— Oups. Déso.

Putain. Claire et Jackson Ford ? Ce mec, c'est un vrai adulte, avec une barbe et genre, qui paie des impôts ! En plus, c'était son metteur en scène. Quel sale con.

— Claire..., je commence.

— Ta gueule. Ne fais pas semblant de t'intéresser à moi, Ethan.

Ouah. Ben... OK.

— Non, mais je...

Prashant me sauve sans le savoir en me coupant la parole.

— Hé ho, vous êtes bouchés ? Il faut retourner au camping pour un temps libre.

Claire ne se fait pas prier et décampe aussitôt.

— On arrive. Désolée, lui répond Janelle, tout sourire.

Le ton suave de sa voix surprend Prashant. Il la garde à l'œil tout en s'adressant à moi.

— Tu peux aller chercher Natalia, Ethan ? On a besoin d'elle.

La chaleur me monte au cou. Ni le ton suave de Prashant ni les yeux au ciel de Rainn ne m'échappent. Je ravale mon stress et j'acquiesce. De toute façon, je comptais partir à sa recherche. La seule fois où j'ai vu cette expression de grande panique sur le visage de Natalia, c'était aux examens de fin d'année. Et c'était affreux.

Une fois que Prashant est suffisamment loin, Leti demande à Janelle :

— Comment tu l'as su ?

— Je rêve, y en a une autre ! s'exclame Janelle, sans lui répondre.

Et moi qui croyais que ça ne pouvait pas être pire.

Mes muscles se connectent enfin à mon cerveau, je me place devant Janelle pour la bloquer. Mais ce n'est pas ça qui va la retenir : elle me bouscule pour courir vers la feuille coincée dans les plantes bordant la dune. C'est une joueuse de volley très rapide, qui a de la détente, et elle atteint la lettre en trois enjambées, et avant moi.

— Ooooh ! s'exclame-t-elle en lisant, tout en plaquant sa main sur sa bouche.

Janelle revient vers nous en agitant les deux lettres qu'elle possède. Leti et Sienna en sont bouche bée.

— Ça parle de quoi ? je demande.

— Ah ! Ethan-pédia est pressé de savoir ? persifle Janelle.

Je fulmine, mais je n'ai pas le temps pour ses conneries. Je suis de plus en plus inquiet pour Talia. Il faut que je la rejoigne. *Maintenant*.

— S'il te plaît, Janelle.

— Non, me répond-elle en fourrant les lettres dans sa poche. Quelqu'un s'est servi dans le bocal, et je vais découvrir qui c'est.

NATALIA

Week-end d'intégration des terminales, 15 h 47

Je m'éloigne le plus vite possible et je cours jusqu'à ce que mes poumons crient grâce. J'aspire désespérément l'air salé. Chaque respiration étire mes cellules, ma cage thoracique reprend du volume, je suis à bout de souffle.

Je force mes jambes lourdes à courir encore plus vite jusqu'au muret de la piste cyclable. Je m'affale contre lui, à l'abri des regards, face à l'immensité de l'océan. La pierre me soutient quand ma vision se trouble, puis s'assombrit. Le noir m'envahit, s'attaque à toutes mes terminaisons nerveuses. Mon pouls est un marteau-piqueur décidé à défoncer ma poitrine alors que le reste de mon corps s'engourdit.

Comment c'est possible de transpirer autant alors que je suis frigorifiée ? Si je pouvais penser clairement, si je pouvais respirer normalement, je comprendrais. Je trouverais une solution. Mais tout ce qui tourne en boucle dans ma tête, c'est Claire crachant de sa voix méprisante : « Le même pacte qu'Ethan, n'est-ce pas, Ethan ? » Tout ce que je vois gravé dans mon esprit, ce sont les mots de cette lettre : « Je ne suis pas comme Natalia, qui a besoin d'un pacte pour se pousser à faire un truc qui lui fout la trouille. »

Voilà comment cette personne me voit. Comment ils me voient tous. Ils savent que Super-Natalia n'existe pas. Elle n'est qu'une façade de la Natalia terrifiée et faible. Et maintenant ils savent que les lettres ont été égarées. Il n'y en a plus pour longtemps avant qu'ils découvrent que je suis la responsable de ce désastre. C'est fini. Tout ce que j'ai construit à Liberty est fini.

Je presse mes yeux, en appuyant fort, et sombre encore plus profondément dans la honte.

Des pas se rapprochent.

— Natalia ?

Ethan. Sa main attrape mon bras et le tire loin de mon visage. La chaleur de ses doigts s'insinue comme un rayon de soleil par une journée froide. Nos regards s'accrochent. Le sien, direct, profond. Il est plein d'une telle inquiétude, d'une telle compréhension qu'un petit son étranglé s'échappe de ma gorge.

— Ethan, va-t'en… S'il te plaît.

— Sûrement pas.

Il s'accroupit pour se mettre à ma hauteur, ses longues jambes repliées sous lui.

Je n'ai plus aucun self-control, alors je me blottis contre lui.

— Du calme, Natalia, dit-il en caressant mes cheveux. Je crois que c'est une crise de panique.

Oui. Une crise puissance dix. Comme si tout ce que j'essayais de garder enfermé à l'intérieur se libérait d'un coup et ravageait tout sur son passage. Mes yeux s'affolent, mes poumons refusent de se gonfler d'air. Mon pouls cogne partout en moi. Trop vite, puis trop lentement. Je suis en train de mourir. Quand le cœur cesse de fonctionner correctement, on meurt, non ?

— Natalia, regarde-moi.

Je le regarde.

— Tout va bien. Cale-toi sur ma respiration.

Ses yeux capturent les miens. Ethan inspire lentement, j'essaie de l'imiter mais sans succès. Il m'encourage sans me quitter des yeux. Inspirer. Expirer.

Ethan est un phare dans cette tempête, il est les eaux calmes du port. Je ne détourne pas le regard, pourtant mes pensées s'éparpillent dans toutes les directions. Les lettres, mes parents, le déménagement, Ethan et Claire.

Les secrets, les chagrins, les incertitudes et surtout le fait de ne *jamais* réussir à faire quoi que ce soit de bien. Je ne fais qu'empirer les choses alors que tout ce que je voudrais, c'est les améliorer. Être meilleure. Mais personne ne voit jamais mes efforts. Les autres se fichent que j'essaie.

Ils veulent la perfection, et encore mieux que ça. Le but se déplace toujours, les objectifs sont toujours plus importants. C'est étouffant, impossible, et pourtant, c'est ce qu'on attend de moi encore et encore. C'est ce que *j'attends* aussi de moi. C'est jamais assez bien.

Je laisse toujours tomber quelqu'un.

Est-ce que les autres iront bien ? Ethan et moi ?

Est-ce qu'un jour seulement, j'irai bien ?

J'inspire plus profondément.

— Bien, dit Ethan.

Sa voix est si chaleureuse, si douce que des larmes me picotent les yeux. Il hoche la tête, respire, hoche la tête, respire.

Lui ne m'a jamais demandé plus. Il n'a jamais, jamais, exigé autre chose que ce que je suis vraiment.

Cette pensée est une ancre, je m'y accroche de toutes mes forces.

Ma respiration reprend une certaine régularité, superficielle d'abord, mais après quelques minutes elle se fait plus profonde. Je continue de suivre le rythme d'Ethan, en me concentrant sur l'odeur gorgée de soleil qui émane de lui, sur l'air qui entre et sort de mes poumons. Lentement, lentement, ma vision s'éclaircit.

Au bout de quelques minutes, la sensation intérieure d'oppression disparaît. Le rugissement de l'océan prend le dessus sur celui de mon pouls, je suis de retour sur ma plage préférée, avec ma personne préférée.

Percevant le changement, Ethan s'assoit à côté de moi et pose un bras autour de mes épaules. Tout son corps se presse contre le mien, ça fait un bien fou.

— Ça va mieux ?

— Oui… Mais je dois te demander quelque chose.

— Tout ce que tu veux.

— Comment Claire est-elle au courant, pour le pacte ?

Il ne bouge pas. Je comprends quand la culpabilité se grave sur son visage. Le point positif, c'est qu'il ne cherche pas à nier.

— Je ne lui ai rien dit de précis. On parlait et... c'est sorti comme ça.

Je veux le croire. Je voudrais que tout aille bien, alors je me force à rester calme.

— Pourquoi t'en parles avec elle mais pas avec moi ?

Il soupire.

— Dis-moi seulement quand j'aurais pu venir te trouver aujourd'hui pour te dire : Salut, Talia, on pourrait parler de la nuit où on a failli faire l'amour ?

J'enfouis mon visage brûlant dans mes mains.

— Oh là là, Ethan.

— Tu vois, c'est comme ça à chaque fois que j'essaie de te parler. Tu... disparais. S'il te plaît, arrête de faire comme s'il ne s'était rien passé.

Il a raison.

Je pose la joue sur mes genoux et le regarde :

— Désolée, Ethan.

Pour la première fois de la journée, on se détend enfin.

— Pourquoi tu l'as dit à Leti ? me demande-t-il.

Je fronce les sourcils.

— Moi ? Pas du tout. Pourquoi je lui en aurais parlé ?

— Alors pourquoi c'était écrit dans sa lettre ?

— C'était la lettre de Leti ?

Je repense à ce que j'ai lu et comprends alors qu'il s'agissait de notre accord sur le choix d'écoles d'art. Je m'empresse de l'expliquer à Ethan.

— Putain, quelle journée atroce, conclut-il avec un petit rire triste.

Ethan me raconte ce qui s'est passé après mon départ, le rôle de Leti dans le départ de Jackson Ford et le fait qu'il est quasi certain que ce mec et Claire étaient ensemble. Un secret qui n'aurait jamais été révélé si je n'avais pas foiré avec le bocal. Je n'aime pas Claire, mais je m'en veux.

Ethan finit par Janelle qui possède maintenant une deuxième lettre qu'elle est seule à avoir lue.

— Je me sens tellement mal pour celui ou celle qui a écrit cette lettre, dis-je.

— Moi aussi.

— Janelle ne va pas tarder à piger.

— Possible, ouais, marmonne Ethan. Tu crois pas que… ce serait plus facile si tu disais à tout le monde ce qui s'est passé ? Après tout, c'était…

— Un accident, oui.

— Imagine qu'une autre lettre soit retrouvée ? On a eu de la chance que Tanner soit bourré et que Leti n'ait rien écrit de plus personnel. Mais les autres seront peut-être plus précises. L'idée que Janelle s'en prenne encore à quelqu'un me bouffe. Je pense qu'on devrait le dire aux autres.

Je m'attends à ce que mon pouls s'emballe à nouveau, mais non. Je suis vidée, même de panique.

De toute façon, pourquoi je me cache ? *C'était* un accident. Si je m'explique, ils comprendront peut-être. En tous les cas, si je dis la vérité, personne d'autre ne sera blessé.

— OK… tu as raison.

La tension disparaît de ses épaules.

Quand je me serre un peu plus fort contre lui, il a une grimace de douleur. Je m'écarte pour l'observer, mais je suis suffisamment près pour voir l'ombre de sa barbe pas rasée ce matin.

— T'es sûr que ça va, Ethan ?

— Oui, répond-il avec un nouveau rictus.

Je comprends le problème en remarquant son autre main pressée sur son torse.

— Rainn t'a fait mal, c'est ça ?

— Nan, ça va.

Je plisse les yeux. L'an dernier, quand Ethan a reçu un choc sur le nez pendant un match, le sang dégoulinait mais il jurait qu'il allait bien. Pourtant, la radio a confirmé un nez cassé et son œil au beurre noir a duré deux semaines. Il va *bien* pour ne pas être un boulet pour les autres.

— Laisse. Moi. Voir. Ethan.

Après une ou deux secondes de silence tendu, il hoche la tête et me laisse remonter sa chemise. Je découvre un sale spectacle : son torse et ses côtes sont couverts de marques violacées. Quand je passe tout doucement mes doigts sur sa peau, elle se hérisse de chair de poule.

— Rainn n'a pas fait exprès. Tu sais bien que je me blesse facilement, dit-il, toujours loyal.

Je voudrais le serrer longuement dans mes bras pour le réconforter et l'apaiser comme il vient de le faire pour moi. J'aimerais m'enivrer de son parfum jusqu'au plus profond de moi, mais sa posture rigide m'arrête.

Sa chemise retombe sur mon poignet, alors que mes doigts sont toujours sur sa peau nue. Lui comme moi réalisons que mon pouce dessine distraitement de petits cercles. Quand ses yeux plongent dans les miens, une vague d'émotion me traverse. Il a ce regard qui renverse toutes mes défenses, des fois qu'il en reste encore. Chaque minute qui passe me fait fondre un peu plus. Nous avons chacun cette façon de nous concentrer l'un sur l'autre, de savoir quand l'autre ne va pas bien.

Mais je ne veux pas qu'il se sente obligé de quoi que ce soit. Comme la façon dont il me secoue quand je ne mange pas. Je ne veux pas qu'il ait l'impression que c'est son boulot de s'occuper de moi.

Ce que je veux, c'est qu'on s'ouvre à nouveau l'un à l'autre. Je retire ma main et dis :

— Rainn m'a demandé si c'était à cause de toi.

— Quoi ?

— Si je ne voulais pas être avec lui à cause de toi.

Je regarde Ethan déglutir.

— Tu lui as répondu quoi ? articule-t-il péniblement.

Avant de tout lui raconter, je dois être sûre de moi et comprendre ce que je veux vraiment. Pour de vrai.

L'adrénaline pulse, m'épuise, je soutiens son regard et dis simplement :

— La vérité.

ETHAN

Week-end d'intégration des terminales, 16 h 12

Elle cherche à me trucider ou quoi ? *La vérité*. C'est quoi ça ?

J'attends qu'elle poursuive, mais elle garde le silence. Comme si elle voulait me consumer d'incertitude… Je ne devrais pas être surpris, Natalia déteste parler de ses sentiments. Elle a toujours été comme ça. Et maintenant qu'elle se remet à peine de sa crise de panique, ce n'est pas le moment de la brusquer.

J'ai une idée : Natalia est plus bavarde l'estomac plein…

— On mange avant que tu dégaines ? je propose, en montrant la buvette au sommet de la colline. C'est ma tournée.

Elle sourit. Je la trouve déjà plus détendue. Tout raconter aux autres la soulagera. Même s'ils nous détestent après ça, ce sera toujours mieux que de blesser une personne de plus.

On remonte le sentier et on entre dans la boutique. Ils vendent un tas de trucs kitch, des crèmes glacées et des glaces en forme de sucettes. Natalia en choisit deux, et on se dirige vers le comptoir. Le caissier regarde la télé… l'émission de mon père.

Bien sûr.

Une déesse aux cheveux blonds annonce d'une voix suave « Roger Forrester, connu pour son rôle emblématique dans la série *Vous et moi*, nous dévoile des infos sur la nouvelle saison ».

Je me fige. Encore cette interview. Elle passe en boucle depuis des jours. On voit mon père ouvrir la porte de notre maison, ils ont filmé cet été, pendant que j'étais parti voir Adam à Seattle. La dernière fois que mon père était chez nous.

Natalia a les yeux scotchés sur l'écran. Papa est assis à la table de la salle à manger, là où ce matin, j'avalais mes céréales, face à maman qui m'assurait ne pas avoir pleuré toute la nuit.

Pour l'interview, la table a été dégagée, elle n'est pas couverte de courrier, il y a une connerie de plante verte que je n'ai jamais vue auparavant. Papa porte une chemise en lin blanc cassé. Sa barbe de trois jours est artistiquement taillée pour qu'il ait l'air du mec décontracté, propre sur lui. Il a un sourire jusqu'aux oreilles, la quintessence du père de famille accessible et simple. Sa connerie de marque de fabrique.

Je bouillonne.

On lui demande où il puise l'inspiration pour son rôle de Jonathan Reid.

« Ma famille. Quels que soient les programmes politiques qu'il échafaude, la priorité numéro un de Jonathan Reid est sa famille. »

Je manque d'écrabouiller le cône que je tiens à la main. La caméra s'attarde sur une photo de nous quatre, prise au lac Tahoe l'hiver dernier. On ressemble à une famille heureuse. En vérité, c'était la seule journée à quatre des vacances. L'hôpital a rappelé maman pour une urgence, on est rentrés en vitesse, et papa est reparti juste après le réveillon pour deux mois de tournage en Europe. Quand il est revenu, il était… différent. C'est là que j'ai commencé à le soupçonner.

« Peu importe les rôles que j'ai interprétés à l'écran – la caméra zoome pour un plan resserré sur son visage –, être papa est le seul qui compte pour moi. »

J'éclate de rire.

Franchement, il mériterait que j'applaudisse. Je balance l'argent sur le comptoir, ce qui fait sursauter l'employé. Ses yeux vont de la télé à moi, de moi à la télé.

— Vous ne seriez pas…

— Non, c'est pas lui, répond Natalia, en m'entraînant hors de la boutique.

Une fois dehors, j'inspire l'air marin à pleins poumons. Mon père. Mon connard de père qui trompe ma mère.

Je déchire l'emballage de ma glace avec tellement de rage que le cône manque de valser par terre.

Natalia m'aide à le retenir en posant sa main sur mon bras. Elle m'interroge du regard, mais quoi répondre ?

Que le monde a continué de tourner comme si tout était normal alors qu'en fait, le mien s'est écroulé à la suite d'un texto ?

Natalia attend. Je devrais l'aider à préparer les mots pour expliquer les lettres perdues à la classe, au lieu de rester dans ma spirale d'apitoiement sur moi-même. Elle ne démord pas de son expression obstinée. Je n'y couperai pas cette fois-ci : je dois lui raconter. Je passe la main dans mes cheveux.

— Ça a été… un été merdique, j'avoue enfin.

— Il s'est passé quoi ? Un problème avec Adam ?

— Non. Lui ça va.

Natalia hoche la tête, soulagée. Les mots suivants pèsent comme une enclume.

— Mon père est parti. Juste après le bal de promo.

Natalia se fige.

— Il trompe ma mère, j'ajoute en fixant mes chaussures sales.

Je n'en dis pas plus, je ne peux pas. Comment lui raconter les textos, l'ultimatum, le silence électrique quand papa m'a annoncé qu'il s'en allait. La fureur si forte que j'aurais pu défoncer les murs de la maison à mains nues. Mais je me suis retenu. Parce que si j'avais craqué, maman se serait écroulée. Adam aussi. Je m'en fous de moi, ce qui compte c'est qu'ils aillent bien.

Maman ignore tout de la tromperie. Mais moi, je le sais.

— Oh, Ethan…

Mon prénom sur ses lèvres est un murmure dans le noir. Je pourrais rester là et ne plus en bouger… Mais non, je hausse les épaules comme pour minimiser sa gentillesse. Je ne la mérite pas.

— T'inquiète, je vais bien.

Elle penche la tête de côté comme elle le fait toujours quand elle lit à travers moi.

— Non, tu ne vas pas *bien*.

Natalia ne suggère pas, ne doute pas une seconde, elle sait. J'en ai les yeux qui picotent. Bien sûr qu'elle a raison. Elle voit en moi. Tout ce que je peux faire, c'est murmurer :

— T'as raison. Je vais pas bien.

Natalia pose une main sur ma poitrine. Un contact aussi doux que le soleil déclinant de cette fin d'après-midi. C'est aussi tellement inattendu qu'elle me touche… de cette façon. Ça remue en moi. Elle attend que je rencontre son regard.

Quand je relève les yeux, elle me dit d'une voix déterminée :

— Mais tu iras mieux.

Je veux tellement la croire que ça me fait mal. Je hoche la tête et j'attrape sa main pour la garder contre moi. Malgré sa surprise, Natalia ne la retire pas. On reste là à se dévisager. Elle repousse une mèche, ce qui me donne aussitôt envie de m'occuper de ses tresses en désordre.

Au lieu de ça, je tire doucement sur une extrémité comme si je tirais une petite cloche.

— Trop mignon.

Je ne manque pas la rougeur qui gagne ses pommettes et regonfle brusquement mes batteries.

Plus notre face-à-face dure, plus je dois réprimer l'envie de coller ma bouche à la sienne. Putain, ce que j'en ai envie.

Natalia brise notre moment.

— Je suis tellement nulle, j'aurais dû être là pour toi, mais j'étais… repliée dans ma propre tête. Désolée, Ethan.

Je sais qu'elle est sincère. Pourtant, la frustration m'aiguillonne parce que, oui, Natalia a disparu exactement quand j'avais le plus besoin d'elle. Je repousse cette sensation, ce n'est pas non plus sa faute, elle traversait un sale truc de famille que j'ignorais.

— Désolé aussi, Natalia.

Il y a beaucoup plus à dire, mais « désolé » est un bon début. Je lui serre la main, puis nous nous mettons en route vers le camping. Pour une fois, le silence n'est pas pesant.

Quand nous sommes tout proches des autres, Natalia s'exclame soudain :

— Claire te regarde comme si elle voulait te poignarder. T'as fait quoi ?

Effectivement, on dirait qu'elle prépare mon régicide !

— Je l'ai jetée, avant le parcours.

Natalia encaisse sans broncher et se contente d'un « Oh » sur un ton neutre.

— Ouais.

Au moins, c'est dit. L'univers, le timing ou le sort sont de mon côté. De notre côté. Mais cela pourrait bien être un vœu pieux, surtout que je ne sais toujours pas quelle est la « vérité » pour Natalia, et si c'est la même que la mienne.

— Pourquoi ? me demande-t-elle.

— Claire ne m'intéresse pas plus que ça... Et je crois qu'elle avait besoin de moi pour obtenir quelque chose.

— Quoi donc ?

Mon visage s'échauffe.

— Hollywood, une carrière, un avenir là-dedans.

— Ah ouais ? T'es sûr ?

Natalia fait exprès d'être bouchée, je souris et prolonge le jeu.

— Bah, je sais pas si t'es au courant, mais mon père est ce mec qui... argh, c'est tellement gênant : mon père est Roger Forrester.

— Jamais entendu ce nom-là.

— Pourtant, il est *très* célèbre. Alors tu vois, j'ai des admiratrices qui ont des intentions... potentiellement infâmes.

— Ah ouais ! Imagine si elles connaissaient certains trucs gênants sur toi : je pourrais leur parler de ton pyjama Star Wars et... Mais oui ! De ta crise existentielle sur les dragons après ta dent de sagesse !

— Sois indulgente, s'il te plaît, j'ai jamais été plus abattu de ma vie ! Je venais de réaliser que je n'en verrais jamais en chair et en os.

— Je sais. « Les mensonges de l'enfance, Natalia ! Tout n'est que mensonge ! » déclame-t-elle, en citant mon réveil embrumé post-arrachage de dent.

On explose de rire. Le sien se déverse comme une cascade, libérant les derniers fragments de sa crise de panique. Le soleil joue dans ses cheveux, elle est adorable. Qui pourrait regarder Natalia pliée de rire, avec une crème glacée fondant sur ses doigts, et ne pas s'en souvenir éternellement ? J'attrape un Polaroid sur la table de pique-nique et je la prends en photo.

— Non, Ethan ! Je suis affreuse, dit-elle en se cachant le visage.

Affreuse ? J'ai déjà vu Natalia vomir sur le bord de la route à cause du mal des transports, livide et vaseuse après des nuits passées à bosser ses cours, avec la gueule de bois, s'arracher des lambeaux de peau à cause de coups de soleil, mais jamais je ne l'aurais qualifiée d'affreuse.

— Pas du tout, dis-je en lui montrant le cliché.

Une photo merveilleuse. Comme elle.

Natalia tente de réprimer un sourire, mais n'y parvient pas. Victoire pour moi.

En glissant la photo dans ma poche, mes doigts rencontrent le bord de la première lettre. Je me demande pour la millionième fois si c'est celle de Natalia. Et pour la millionième fois, je me convaincs que je n'ai pas le droit de vérifier.

Quand on passe sans effort d'un sujet épineux à la blague, quand je la fais rire ou quand elle me touche comme si ses mains seules pouvaient guérir mes plaies les plus profondes, j'ai ce sentiment écrasant que cela fonctionnerait entre nous. Que ça collerait *vraiment*.

Mais Natalia ne sait pas que je suis un menteur qui la boucle devant sa mère pour que son père vive sa liaison en paix. Me regarderait-elle comme ça si elle savait ?

Je suis pas encore prêt à le découvrir.

NATALIA

Week-end d'intégration des terminales, 16 h 49

Il y a de l'effervescence dans le camping, tout le monde bavarde par petits groupes. Certains semblent à cran. Je ralentis le pas pour capter des bribes de conversation.

— … la lettre de quelqu'un.

— Où ça ?

— Par terre. Et ça serait pas la seule.

— Nan !

Mon estomac a un soubresaut. Nous continuons d'avancer et passons près d'un autre groupe.

— … paraît que Leti a fait virer M. Ford. Une histoire de vengeance pornographique.

— Moi, j'ai entendu dire que c'est parce qu'il sortait avec Claire Wilson…

— Ouais, c'était écrit dans la lettre trouvée par Janelle.

— Je comprends mieux pourquoi Claire a été choisie !

— T'es vache, elle est vraiment douée.

Encore un peu plus loin :

— Comment Janelle a pu lire une lettre ?

— Elle l'a trouvée. Quelqu'un s'amuse à les disperser.

Ethan et moi échangeons des regards inquiets. Les commérages enflent, se propagent à la vitesse de l'éclair. Mon esprit est à nouveau saturé, les braises de la panique se rallument.

Un groupe se disperse, on voit des paires chercher sous les bancs et dans les broussailles. S'ils cherchent les lettres, il faut que je m'explique, et vite.

Une bourrasque de vent emmêle mes cheveux, j'ai soudain la chair de poule.

— J'ai froid. On se voit plus tard.

Il hoche la tête. Il a compris que j'ai besoin d'être seule un moment pour me préparer. Pour l'instant, les mots sont tellement confus que ça me rend nerveuse. Je dois réfléchir. Juste une minute.

J'entre dans ma tente pour attraper un sweat... c'est quoi ça ? Mon sac de couchage est en vrac au lieu d'être à sa place, au centre, bien déroulé. Mes vêtements, stylos, carnet de croquis sont à moitié sortis du sac, alors que je me souviens très bien les avoir rangés avant le match de volley.

Quelqu'un est entré dans ma tente.

Une rafale de vent secoue la tente pendant que j'inspecte rapidement le contenu de mon sac. Rien ne manque. Ils cherchaient quoi alors ?

J'inspire profondément. C'est peut-être moi qui réagis de manière excessive.

Il manque toujours quelque chose à Sienna – elle n'est jamais organisée –, ce ne serait pas la première fois qu'elle fouille dans mes affaires pour un tube de dentifrice ou un tampon. Cette pensée me calme, mais ne me convainc pas.

Il y a urgence, je dois parler à la classe pour m'expliquer avant que les ragots ne s'aggravent et que la situation ne devienne incontrôlable. Je le sais, mais je ne peux pas les affronter dans cet état de stress post-crise de panique. Ethan m'a vraiment aidée, mais j'ai besoin d'autre chose.

J'enfile d'abord mon sweat puis attrape mon carnet de croquis, et je cours jusqu'à la falaise. Je m'installe à l'écart sur un banc, où je pourrai évacuer mes soucis à travers l'encre.

J'ouvre mon carnet et je brosse une esquisse rapide sur la page blanche. Le grattement de la plume, l'odeur de l'encre m'apaisent.

Je dessine ce que je vois. L'océan et les vagues ondulantes, le sable mouillé, l'horizon brumeux. Petit à petit, mon cerveau s'efface au profit de ma main, je ne réfléchis plus. Seules mes sensations s'expriment.

Bruine et embruns. Rayons dorés couleur miel. Insouciance. Rire, bavardage, proximité. Convergence, partage, murmures. Caresses sur ma peau. Chaleur, désir. Accueil.

Les lignes se courbent, cheveux balayés, emmêlés. Les courbes deviennent formes, épaules, coudes, mains. Je suis transportée ailleurs à mesure que mon crayon bouge, trace, esquisse comme s'il était seul. Il creuse des sillons dans le papier, les bords de la feuille se recroquevillent sous la pression des lignes et le poids de l'encre. Je ne sais pas combien de temps j'ai dessiné quand ma main finit par s'arrêter. Elle a terminé.

Je découvre le dessin.

En arrière-plan, un océan capricieux, gonflé de vagues. Au premier plan, deux personnes, un garçon et une fille, dans une étreinte aussi sauvage que la mer derrière eux. Ses bras à elle sont fermement accrochés au cou du garçon, il la serre contre lui. Les corps sont collés l'un contre l'autre, leurs visages sont enfouis. Aucun espace ne les sépare, ils se pressent comme s'ils avaient couru et venaient de se jeter l'un contre l'autre.

Je n'ai pas besoin de voir leur visage pour savoir comment ils se sentent. Rassurés. Soulagés. Apaisés.

Parce qu'ils se complètent.

Si je devais mettre de la couleur, je choisirais l'aquarelle, plus douce. Des tons chauds. Jaune bouton d'or, ambre, terre de Sienne, quelques touches de rose. Les couleurs du cœur.

Tel quel, le dessin a du mouvement, des contrastes, mais je le trouve loin d'être parfait. Mais alors pourquoi mes yeux me brûlent-ils ?

Ethan a toujours fait des apparitions surprises dans mes croquis. Quand j'apprenais à dessiner des mains, les siennes surgissaient encore et encore au fil de mes carnets. Leur puissance, le grain de beauté près de son pouce, son petit doigt tordu parce qu'il ne s'est jamais bien ressoudé après une fracture au basket. Et je me suis dessinée moi-même trop de fois pour compter.

Quand j'apprenais à dessiner les corps – ses proportions, formes, ombres –, le mien était le plus proche à observer. Je tourne les pages et les observe avec un regard neuf. Pour beaucoup d'entre elles, je suis sur l'une, Ethan est sur l'autre.

Mais c'est la première fois que je me représente *avec* lui. Que je nous représente ensemble. Je n'étais jamais allée jusque-là.

J'effleure les dessins du bout des doigts, mon cœur bat la chamade. Voici ma véritable lettre du Lion. Elle exprime ce que les mots n'ont jamais réussi à véhiculer. Comment j'ai toujours vu mon avenir : avec Ethan et un vaste horizon devant nous. Le début au lieu de la fin.

Avant d'apprendre qu'il existe des mondes différents, avant que des hommes ne commencent à m'attribuer une valeur et décident à ma place, avant que notre baiser exhume un désir si fort… je n'ai plus été capable de penser correctement depuis, je voulais Ethan à mes côtés.

Au début de la journée, j'ai dit à Sienna que j'ignorais où je me sentais bien. Maintenant, c'est clair.

Si je suis bien quelque part dans ce monde, c'est avec Ethan Forrester.

Il est le seul à me faire me sentir moi-même. Peu importe ce qu'il ressent pour moi, je ne peux plus nier que je ressens *tout* pour lui.

Je referme mon carnet et prends une profonde inspiration.

J'entends des pas légers et me retourne. Sienna est là.

— Je savais bien que tu te cachais là ! dit-elle en s'asseyant près de moi.

Vite, je dissimule le carnet sous ma jambe. Je me doute qu'elle va me poser des questions sur les lettres, alors je rassemble mes forces.

— Tu me racontes ce qui s'est passé avec Ethan pendant le parcours d'obstacles ?

Oh.

— Rien.

C'est la vérité, pourtant mes joues s'empourprent. *Rien* de ce qu'elle imagine ne s'est passé entre Ethan et moi aujourd'hui.

Sienna ne me croit pas.

— OK, tu veux pas en parler. Alors tu pourrais me demander ce qui s'est passé pour moi !

— Leti ? Ça y est ?

La culpabilité me pèse. Je dois l'écouter avant d'aller affronter la classe. Et m'excuser auprès de Leti.

Sienna rougit comme une tomate en hochant la tête.

— Avoir les yeux bandés, ça fait monter la température.

Je rigole.

— Ethan m'a dit pour… la lettre de Leti et je…

Sienna roule des yeux.

— Ouais, Janelle, la salope numéro 1. Elle a refusé de rendre la lettre. Leti a sorti les crocs, c'était épique.

Sienna pense que Janelle a volé les lettres ? J'hésite. Je pourrais continuer de… non, j'en ai marre de faire semblant. À propos de tout.

— Janelle n'a jamais touché au bocal, c'est ma faute.

Et je crache le reste. Mes parents, Sacramento, Ethan, le nouvel an, la soirée du bal de promo, tout ce que j'ai écrit dans la lettre, le fait que je voulais la récupérer parce que j'avais peur qu'elle soit lue.

— Le comble de l'ironie, je sais.

Sienna digère ma confession en silence, puis s'exclame :

— Wow.

— Je suis désolée, Sienna. Ta lettre est peut-être sur la plage à cause de moi. Je suis vraiment désolée…

— Du calme. Je suis pas inquiète, le pourcentage de chances est très bas. J'ai écrit que je voulais être une meilleure défenseuse queer au bahut et que j'aimais Leti, alors pour le spoiler, c'est mort. Rien de neuf, dit-elle en haussant les épaules.

Mes yeux se remplissent de larmes.

— Pourquoi t'es pas en colère contre moi ?

— Parce que c'était un accident, Natalia. T'es pas parfaite. Avant, je croyais qu'il n'y avait que les maths dans la vie. Mais avec ce que je lis sur les théorèmes d'incomplétude de Gödel, je suis de plus en plus convaincue qu'il n'y a rien de parfait.

Elle pose son bras sur moi, je me cale contre son épaule parfumée à la crème solaire.

— T'es une super pote.

— Je trouve aussi !

On éclate de rire.

Sienna garde les yeux sur l'océan quand elle reprend la parole :

— Je sentais qu'il s'était passé un truc entre vous, t'es devenue tellement bizarre après le bal de promo. Putain, Natalia, tu l'as à peine embrassé et Ethan s'est barré en courant, il se serait passé quoi si vous étiez allés plus loin ?

Je ris avec Sienna, ça fait tellement de bien après tout ce temps.

— J'ai vraiment pas envie que tu partes à Sacramento.

— On part tous en fin d'année scolaire, je réponds sans conviction.

Un raisonnement qui craint de toute façon.

— Mais tu t'es tellement bougé les fesses pour créer des tonnes d'opportunités. T'as pas envie d'en profiter aussi ?

J'enfonce mes orteils dans le sable chaud.

— Si.

— Tu répètes que t'es pas à ta place dans cette école, mais – ne te fâche pas – on dirait plutôt que c'est toi qui te mets à l'écart. Comme si c'était un job, pas ta vie.

Je ravale le nœud qui me serre la gorge.

— C'est juste que… je me sens toujours perdre le contrôle. Alors en prenant plein de trucs sur mes épaules pour m'occuper, je me sens moins… faible. Mais plus j'essaie de piloter, plus je foire.

Les lettres, Rainn, éviter de choisir où je vais vivre, m'éloigner d'Ethan, le ghoster pour me protéger sans penser une seconde qu'il pourrait avoir besoin de moi. J'étais tellement persuadée que cela nous faciliterait les choses de rester à l'écart. De séparer nos deux mondes.

J'ai eu tort.

— Je fais quoi maintenant ? dis-je en me cachant le visage.

Sienna redevient sérieuse.

— Je ne sais pas… Sois déjà plus cool avec toi-même. Ça va s'arranger.

— Mais comment ? Et quand ?

Elle reste silencieuse un moment, puis lâche :

— À la minute où vous arrêterez, Ethan et toi, de prétendre que vous n'êtes pas amoureux l'un de l'autre.

Mon cœur cogne.

— On est… nan, c'est… pas seulement…

— Natalia, tu dois dire à Ethan ce que tu ressens. Comment tu *te* sens vraiment avec lui.

— Je sais pas si je peux.

— Si, tu peux.

— Et s'il ne pense pas la même chose ?

— Aucune chance !

Je pense à la douceur d'Ethan, à ses yeux ardents. À la façon dont il m'a épaulée, protégée toute la journée. Je pense à son sourire, à ses gestes délicats pour me démêler les cheveux. À sa pointe de stress quand je lui ai demandé ce que nous devions faire et qu'il a répondu, *je ne peux pas*.

Ce serait possible qu'il pense comme moi ?

Mon espoir remonte comme la marée sous mes yeux.

Sur le chemin du retour, je me souviens que j'avais une question pour Sienna.

— Tu es allée dans ma tente depuis ce matin ?

— Non. Tu peux être fière de moi : j'ai même pensé à ma brosse à dents ! Pourquoi ?

Un frisson de malaise me parcourt.

— Pour rien.

Au même moment, on entend des éclats de voix du côté des sanitaires. Sienna échange un regard avec moi avant d'accélérer le pas. Quand on tourne à l'angle du bâtiment, on tombe sur Tanner, furieux, prêt à fondre sur Leti. On dirait même un traquenard.

ETHAN

Week-end d'intégration des terminales, 17 h 30

J'enfile mon sweat et je repars chercher Natalia. Elle n'est pas avec Rainn que je vois avec des potes de l'équipe de foot. Ils sont autour de Janelle, jettent des coups d'œil par-dessus leurs épaules et… rigolent.

Oh non.

Ces rires laids qui me rappellent trop bien les années collège. Je n'ai vraiment pas envie de savoir de quoi, ou plutôt de *qui*, ils se moquent.

J'évite de passer trop près, mais la voix de Janelle porte loin. Elle tient une feuille et lit.

— « Si j'avais été plus courageux, je t'aurais suppliée de rester cette nuit-là. »

Mon sang se fige. Non. *Non*.

— « Tu n'as pas idée à quel point je te voulais. »

Putain.

Janelle brandit la lettre, *ma* lettre et s'exclame, les yeux écarquillés :

— Hééé ! Ça parle de cul !

Je suis mort.

Mon cœur est un poing colérique qui martèle de l'intérieur. Pourquoi fallait-il que sur les sept lettres perdues, ce soit la mienne qui soit retrouvée par cette pourriture de Janelle Johnson ? Je devrais interroger Sienna sur le pourcentage de chances. Un rire hystérique monte dans ma gorge.

— Juste parce qu'il parle d'une nuit ? Pas forcément, dit Rainn avec philosophie. Ça peut être n'importe quoi d'autre.

— Attends la suite ! se moque Janelle. « Jamais, dans mes rêves les plus fous, je ne t'aurais imaginée seins nus dans mon lit. »

Les hyènes hurlent. Je vais vomir. Rainn mime le geste. Je suis obligé d'assister avec une horreur impuissante au triomphe de Janelle, qui tend maintenant ma lettre à celui qui m'a défoncé la tronche aujourd'hui.

Je voudrais la lui arracher des mains, la réduire en bouillie et la brûler, n'importe quoi pour que ce troupeau n'entende pas le reste. Mais c'est impossible, ils comprendraient que c'est moi qui l'ai écrite.

Rainn prend le relais :

— « Je ne sais même plus ce que ça fait de t'avoir dans mes bras… d'être allongé près de toi, simplement, et de penser que tu pourrais aussi avoir envie de moi. » Ouah, la prose…

Le groupe explose de rire.

— On devrait arrêter, c'est vraiment perso, ajoute quand même Rainn, un peu gêné.

Si j'étais capable de bouger, parler, *agir*, je le serrerais dans mes bras pour lui exprimer ma gratitude. Mais vu mon état, c'est impossible. Je suis statufié dans le sable, attendant que mon corps réagisse, que les mots me reviennent. Ce qui n'est pas le cas. Maintenant, plus que tout, j'ai besoin d'être le Roi du bal. Charmant, dédaigneux, distant.

Mais bien sûr, ce type n'existe pas. Il n'a même jamais existé. Donc, mon cerveau en miettes est tout ce qui me reste. Je me dissocie complètement.

Je pense à la façon dont le XVIIIe siècle est connu pour être le « grand moment du genre épistolaire » et comment certaines personnes utilisaient des codes secrets pour que leurs lettres ne soient pas diffusées. Pour que leurs pensées secrètes et privées ne soient pas exposées par des connards qui s'ennuyaient ou n'avaient rien de mieux à faire.

Pour que nul autre que la personne à qui elles étaient destinées ne puisse déchiffrer le cœur mis à nu sur une feuille de papier froissée.

Et si la personne avait trop peur de l'envoyer, rien ne pouvait être utilisé contre elle.

Janelle lit par-dessus l'épaule de Rainn.

— « Je ne pouvais pas t'avoir enfin dans mes bras pour te perdre à nouveau l'instant d'après. Parce que je sais maintenant ce que je soupçonnais seulement à l’époque. Ça changerait tout pour moi. Ça a tout changé. » Nan mais c’est d’un gnangnan ! Faut trop qu’on trouve qui c’est !

La voix de Claire s’élève. Ses yeux sont rivés sur moi quand elle articule :

— Moi, je sais.

NATALIA

Week-end d'intégration des terminales, 17 h 30

— On m'a raconté ce que t'as fait à mon pote, crache Tanner.

— On t'a aussi raconté que ton pote est poursuivi pour harcèlement sexuel ? répond Leti.

— C'est des conneries.

— Faut l'aider ! panique Sienna.

Je cherche des yeux Ethan ou Rainn, mais ne les vois pas. Les toilettes sont à l'écart, masquées par une rangée d'arbres. On est seules.

Leti ne m'apprécie pas forcément, mais cela n'influence pas ma décision : je dois l'aider. Sienna et moi courons nous placer à ses côtés.

— Laisse Leti tranquille, Tanner. Iel t'a rien fait.

Ses yeux de brute avinée se déplacent sur moi.

— Tu veux que je *la* laisse tranquille. *Elle*, Leticia. C'est pas une coupe de cheveux qui va changer ce qu'elle a dans le pantalon.

Je suis prise d'une rage folle. Leti s'esclaffe. Un rire jaune. Iel se protège.

— Très ouvert d'esprit, Tanner, lui répond Leti.

— Espèce de garce, dit-il, les narines dilatées.

— Complètement.

— Stop ! crie Sienna.

Leti n'a même pas sorti les mains de ses poches. Sa lettre était juste. Ça demandait du courage. Je ne sais pas comment Leti reste aussi calme alors que je m'enflamme et tremble de partout.

— Retourne dans ta tente, Tanner, je lui ordonne.

Il lève les yeux au ciel.

— Venez, on va parler à Mme Mercer, dis-je à Leti et Sienna.

— Non.

Tanner s'approche de moi comme je l'espérais, son haleine empeste l'alcool. *Beurk.*

— Elle reste ici, grogne-t-il.

Un frisson d'angoisse me parcourt l'échine, je me redresse, les épaules bien droites.

— Si tu dégages tout de suite, Tanner, je dirai pas aux profs que t'es bourré.

Enfreindre une règle aussi importante va à l'encontre de tout ce que je suis, mais j'y suis prête pour assurer la sécurité de Leti.

Il lève à nouveau les yeux au ciel.

— Ah ! Ah ! Rien à foutre ! Mes parents viennent de payer une piscine olympique à Liberty… mais tu captes pas trop, hein ?

Mais comment j'ai pu sortir avec ce type !?

Sienna me tire le bras, je la repousse. Mon pouls est frénétique, mes lèvres tremblent. Je ne quitte pas Tanner des yeux quand je lui réponds sur un ton glacial :

— Merci, Tanner. Merci de m'aider à comprendre que peu importe la qualité de l'éducation reçue, certaines personnes sont condamnées à rester débiles. Tu es une cause perdue, je parie que tes parents changent de sujet quand leurs amis leur posent des questions sur toi.

L'assurance de Tanner vacille. Sienna éclate de rire.

— Qu'est-ce que t'as dit, là ?

Il me secoue comme un prunier.

— Lâche-la ! hurle Sienna.

Son cri attire l'attention de filles qui passaient par là. J'entends leurs pas rapides se rapprocher de nous.

— Arrête, Tanner !

J'essaie de le repousser, mais il est trop fort. Il me comprime les poignets, et j'ai mal.

Le groupe de filles nous a rejoints. Un poing traverse mon champ de vision et va s'écraser sur la mâchoire de Tanner.

— Ça suffit, Tanner, lâche-la ! crie Prashant.

Il y a un moment de flottement.

— Aaaaïe ! Merde ! grogne Tanner, en se frottant la joue.

Prashant ?

C'est bien lui. Il souffle dans un sifflet jusqu'à ce que M. Beckett arrive en courant, un roman à la main.

— Qu'est-ce qui se passe ici ?

— Tanner s'est fait mal, dit Prashant sur un ton neutre.

— Il a trop bu, j'ajoute.

Les filles, de l'équipe de foot pour la plupart, sont à la fois bouche bée, ravies et choquées. M. Beckett a un regard dubitatif et pousse un énorme soupir.

— Tanner, troisième avertissement. Tu sais ce que ça signifie ? Viens avec moi, on va te mettre une poche de glace et appeler tes parents. Tu as largement abusé de ma patience.

Il entraîne un Tanner renfrogné dans son sillage.

Mon pouls n'est pas encore calmé. Sienna serre Leti dans ses bras. Les footballeuses donnent des tapes amicales dans le dos de Prashant et s'amusent de voir la déconfiture de Tanner.

Mason Hartman débarque alors, admiratif : Prashant, qui se frotte les jointures, Leti au bord des larmes, la moitié de l'équipe de football féminine complotant contre Tanner.

— Je veux les détails !

Mason devient vert de rage quand on lui rapporte les commentaires sexistes de Tanner. En quarterback averti, il examine la main de Prashant.

— Rien de cassé, mais t'as besoin de glace. Je vais t'en chercher.

Prashant le remercie, avec une rougeur rare aux joues.

Mason et les footballeuses repartent, Prashant, Sienna et moi restons avec Leti, qui a les yeux rouges et un air bouleversé.

— Merci… Juste… merci.

— J'ai peur d'avoir empiré les choses, je réponds, gênée. Désolée, Tanner a vraiment dit des trucs horribles.

— T'inquiète. J'ai l'habitude.

— C'est pas normal.

Leti tente un petit sourire.

— Tu veux… que je te serre dans mes bras ? lui demande Prashant.

Cette fois-ci, Leti explose de rire.

— Nan, ça ira, monsieur le vice-président !

— Prashant, sans rire, t'as osé défoncer Tanner Brown ! je dis.

— Ouais. T'étais dans une situation délicate.

J'ai soudain envie de pleurer. Je me jette sur mon vice-président pour le serrer dans mes bras. Il reste immobile, sans bouger d'un pouce, pendant que je lui exprime ma gratitude.

— Ça y est, t'as fini ? demande-t-il d'une voix bourrue.

Non, je secoue la tête contre sa poitrine. Il me laisse le serrer encore quelques secondes, puis je recule d'un pas.

— Merci de m'avoir aidée, Prashant.

Il hoche la tête en rajustant ses lunettes.

— T'en feras autant pour moi quand je serai président !

Je lève les yeux au ciel.

Sienna pose un bras réconfortant sur les épaules de Leti. L'ambiance se détend. Cela aurait pu être bien pire. Si on n'était pas arrivées à temps, ça aurait pu mal tourner pour Leti. Par ma faute.

Je dois dire la vérité avant qu'il n'arrive quoi que ce soit d'autre.

Mason revient avec la glace, une des joueuses de foot s'esclaffe avec lui sur les rebondissements de la journée.

— Dingue ! D'abord le truc avec Jackson Ford, après Prashant Shukla qui défonce Tanner Brown, et maintenant la lettre de cul ! résume-t-elle.

Je blêmis.

— Quelle lettre… de cul ?

— T'as qu'à aller écouter, ça se passe là-bas, avec Janelle, répond-elle.

Je détale à toute allure vers le petit groupe. Tout ce que je vois, c'est Ethan au centre, blanc comme un linge.

Je n'ai pas une seconde à perdre.

ETHAN

Week-end d'intégration des terminales, 17 h 33

Claire est prête à tout cramer, je le vois dans ses yeux. Son visage est dur. Je suppose qu'elle a reconnu mon écriture, ou alors, c'est moi qu'elle lit comme un livre ouvert.

Elle est évidemment en colère pour la façon dont ça s'est fini entre nous, mais sérieux, c'est vraiment une raison pour me faire un truc pareil ? Personne n'est aussi cruel. Les secondes s'écoulent, je la supplie intérieurement.

Sa décision est prise. Perdu.

Les yeux toujours braqués droit dans les miens, elle proclame haut et fort :

— C'est Ethan.

Je crois que tout le monde réagit, crie, m'interpelle, mais je n'en suis plus très sûr au travers de ma vision floue et du martèlement dans mes oreilles.

Je distingue le « Quoi ? » de Rainn qui va se placer devant Claire pour lui demander comment elle sait ça.

— Il suffit de le regarder, répond Claire en devenant toute rose.

C'est ce qu'ils font. Tous les yeux se braquent sur moi.

— T'es piquée ou quoi ? Qu'est-ce qui déconne chez toi ? s'emporte Rainn.

— C'est toi qu'es trop con. Il parle de Natalia, évidemment, lui renvoie-t-elle, cinglante.

De mieux en mieux. Les hyènes qui nous entourent émettent un faible murmure. On pourrait entendre une mouche voler. Rainn, qui doit commencer à piger, se tourne vers moi.

— Ethan, c'est vrai ?

Les mots sont coincés dans ma gorge, mais je suppose que tout mon corps parle à ma place, parce que Rainn secoue la tête.

— T'avais dit qu'il s'était rien passé…

Ma respiration est trop saccadée pour que je puisse articuler quoi que ce soit de cohérent.

— Nan, c'est pas… on n'a pas… je…

Une voix de mec imitant celle d'une nana lance alors :

— « Je t'aurais suppliée de rester ! »

— P'tit kiki, s'amuse un autre, en toussant dans son poing.

Ils éclatent de rire. Et comme pour les coups de Rainn un peu plus tôt, j'encaisse, mâchoires serrées. Les bleus viendront après.

Mais mon ami les toise un à un, et ils finissent par se taire. Mon frère en aurait fait autant. Une autorité naturelle que je n'ai pas. Un truc de mecs qui savent se retenir dans une lettre.

Rainn fait un pas de géant pour s'approcher de moi. Il tient la lettre. Je pourrais la lui arracher des mains, la serrer si fort dans ma paume que l'encre dégoulinerait. Mais non, je garde mes poings le long du corps et tente de calmer ma respiration.

— Tu comptais la lui donner ? me demande Rainn.

Mon cerveau se réenclenche, alors que le gamin misérable et solitaire, acculé contre les casiers, se met en mode survie. Connu aussi pour son esprit sarcastique.

— Ouais, c'était ça le plan, de cet exercice d'écriture perso et anonyme.

Rainn me dévisage intensément, sans malveillance dans les yeux. Plutôt de la… frustration. Confusion. Déception ?

Je l'entends avant de la voir.

— Qu'est-ce qui se passe ?

Essoufflée d'avoir couru, Natalia se tient derrière moi. Dans le groupe, certains déglutissent, d'autres poussent des « Ooooh ».

Je suis incapable de me retourner, mais j'imagine parfaitement son expression de Présidente Natalia, avec un petit sourire forcé qui n'atteint pas ses yeux.

Ça craint. Genre beaucoup. Pas seulement parce qu'elle pourrait lire ma prose pathétique et que la moitié de la classe sait maintenant qu'elle était *seins nus dans mon lit*. Putain. Ça craint aussi parce qu'on n'a rien anticipé. Natalia n'a pas éteint l'incendie à temps, maintenant le feu est hors de contrôle. Et lorsqu'une situation devient trop chaotique, Natalia fuit.

Je ne peux pas assister à sa mise à mort. Pas quand elle et moi sommes si près de comprendre ce qu'il y a entre nous.

Rainn me torture du regard plusieurs secondes encore puis se tourne vers Natalia et lui tend la lettre.

— Tiens, c'est pour toi.

Ma mâchoire se décroche. Putain. Je ne devrais pas être surpris que Rainn cherche à m'enfoncer davantage, pourtant je le suis.

— C'est quoi ? demande-t-elle, en le sachant pertinemment.

Quelqu'un fanfaronne en criant « une lettre de cul », ce qui fait rire la moitié du groupe.

— Rien, je dis, d'une voix bizarre.

— Non, c'est pas rien, soutient Rainn.

— Rends-moi ça.

— Faut qu'elle la lise, mon pote.

Merde, pourquoi il fait ça ? Ce mec me déteste à ce point ? Les yeux de Natalia font des allers-retours entre lui et moi.

— Donne-la-moi, ordonne-t-elle, avec un regard de rayon laser.

Natalia a ce ton autoritaire et sans appel, le même qu'avec moi quand je refusais de lui montrer mes bleus. Rainn le connaît aussi, il tend la lettre sans hésiter.

Pauvre feuille, triste et froissée, qui contient les états d'âme que seuls les poètes ou les mecs avec tatouages peuvent assumer. Ce n'est pas mon genre, Natalia le sait. Je suis un loser au cœur meurtri qui n'a rien à lui offrir, excepté l'humiliation devant notre classe entière.

Natalia ne peut pas lire cette lettre. J'avance et je retiens doucement son bras. Je la supplie en silence, *ne lis pas*.

Elle me répond en silence. *Jamais je ferais ça.*

Notre propre code secret.

Natalia saisit la feuille, sans la regarder ni la plier, et me la tend immédiatement. Mon soulagement est énorme, je respire à nouveau.

Prashant s'approche, une poche à glace dégoulinante sur la main. Des gouttes d'eau noircissent le sable à ses pieds. Qu'est-ce qui s'est passé ?

Natalia secoue la tête, sa colère est palpable, comme un tsunami prêt à déferler.

— Les lettres du Lion sont personnelles, lance-t-elle, face au groupe.

Au même moment, je remarque le coup d'œil que s'échangent Janelle et Claire. Ces deux-là sont de mèche.

— Si elles sont si personnelles, pourquoi la lettre d'Ethan était dans ta tente ? affirme Claire.

— Quoi ? s'exclame Prashant, aussi choqué que moi.

Mon pouls s'emballe à nouveau.

Natalia écarquille les yeux, encore rougis et maculés de mascara. Elle presse une main sur sa poitrine comme si elle suffoquait et fait un pas vers moi.

— Je savais pas, bredouille-t-elle. Elle a dû tomber quand on les a remises dans le bocal.

Il y a un *gloups* général.

— Hé, une seconde ! nous interpelle Claire. Vous avez volé les lettres ?

Cette fois-ci, c'est moi qui avance d'un pas pour affronter le groupe.

— Oui, on…

— Non ! Ethan a rien fait.

Natalia se tient droite comme un i pour assurer ma défense, mais je vois bien qu'elle est blême et tendue comme une corde. Elle, la personne la plus réservée que je connaisse, terrifiée qu'on ne la considère pas uniquement comme une fille sérieuse et posée, reconnaît son erreur devant toute la classe.

Pour moi.

— C'est entièrement ma faute, poursuit-elle, d'une voix tremblante. J'ai pas volé les lettres, c'était un accident. Je… Le vent les a dispersées. Je l'ai pas fait exprès. Je comptais vous le dire, mais j'espérais retrouver celles qui se sont envolées avant…

La panique gagne les esprits.

— Tu les as perdues ? s'affole Mason.

— Quelques-unes.

— Elle ment ! Bien sûr qu'elle a piqué la lettre d'Ethan pour la lire, s'insurge Claire.

— Non !

— Bah voyons, raille Janelle.

— Je vous jure que non.

— Moi, je te crois, je dis.

Et c'est vrai. J'ai assisté à tous les états de Natalia aujourd'hui : stressée, bizarre, directive, mais aussi loyale, respectueuse, digne de confiance. Natalia ne ment pas.

Elle soutient mon regard, ses yeux s'adoucissent un instant, puis elle se tourne à nouveau vers Janelle :

— Jamais je me serais permis ce que tu viens de faire, articule-t-elle, d'une voix tremblante de colère.

Janelle éclate d'un rire sarcastique.

— Quel culot ! T'as littéralement volé nos lettres et tu continues de te comporter comme si t'étais meilleure que tout le monde.

— Je les ai pas volées. Et je me suis jamais considérée comme meilleure que les autres. J'ai la conscience tranquille, mais toi t'aurais pas dû lire les lettres d'Ethan ou de Leti.

Janelle m'adresse alors un regard de pitié.

— Pathétique, d'ailleurs, la tienne. Et plutôt obscène pour un Roi du bal.

Elle le prononce avec toute l'ironie dont elle est capable pour faire rire la galerie et me rappeler ce que j'ai toujours su. Je déteste sentir mes yeux me brûler, mais on ne peut pas se battre contre soi-même ou fuir son propre corps. Donc, je reste là, le loser que j'ai toujours été.

Les épaules de Natalia se redressent, puis elle sourit à Janelle. Un sourire de killeuse.

— Tu pourrais nous lire la tienne, Janelle ? Je serais ravie de connaître tes confidences. Tu voudrais être moins paresseuse ? Ou peut-être plus sympa, histoire de changer du cliché de la fille populaire insupportable ? C'est pas de chance d'être aussi mignonne avec une personnalité aussi dégueu.

On entend des *oooh* et des *aaah*. Janelle rougit violemment.

Je me laisse aller à penser que tout ira bien pendant exactement... quatre secondes avant que Claire reprenne la main.

— Tu mens, Natalia ! Si c'était vraiment un accident, tu l'aurais dit tout de suite, mais t'as préféré le cacher. Pourquoi, hein ?

— Parce que j'avais peur que vous réagissiez exactement comme vous êtes en train de le faire.

Quelques-uns échangent des regards de sympathie, mais la plupart des visages expriment la colère, l'anxiété et la panique.

— Moi, je crois plutôt que tu continues de mentir parce que t'as lu toutes les lettres, reprend Claire. Tu vas pouvoir te servir de nos secrets pour faire du chantage. On sait tous que t'as besoin de fric.

On dirait que Natalia a reçu une gifle. Je ne sais pas ce qui tonne le plus fort, le sang dans mes veines ou le silence mortel qui vient de tomber sur le groupe.

Claire semble interloquée, ses joues sont maintenant écarlates.

— Euh... Je voulais juste dire que...

— On sait tous ce que tu voulais dire, Claire, je la coupe, retrouvant enfin ma voix. C'est ce que tu ferais, *toi*, mais sûrement pas Natalia. Tout ce qu'elle fait, *elle*, c'est pour les autres, pour la classe.

— Ouais, Natalia est une présidente de ouf, renchérit Mason. Chaque année, je vote pour elle. Je sais que j'ai jamais à m'inquiéter de rien, Natalia s'occupe de tout. On fait tous des erreurs, Claire.

Le bout du nez de Natalia devient rouge comme avant de pleurer. Elle se mord la lèvre et adresse un petit sourire à Mason.

— Et alors ? reprend Claire. Parce qu'elle est présidente, elle a le droit de faire n'importe quoi ? C'est de l'abus de pouvoir !

— Arrête, lui dit Sara Lui du club théâtre. On sait tous que tu sortais avec M. Ford. C'est lui qui a totalement abusé de son pouvoir.

Plusieurs personnes hochent la tête.

— N'importe quoi, balbutie Claire.

— N'importe quoi ? s'enflamme Sara. C'est uniquement pour ça que t'as eu le rôle de Sophie dans *Mamma Mia !* et pas moi !

Claire, sur le point de fondre en larmes, est alors épaulée par Janelle :

— Fais pas ta poufiasse, Sara.

— Dit la salope qui lisait la lettre de cul.

Un murmure d'approbation s'élève, mais Janelle s'en contrefiche et lève les yeux au ciel.

Claire se place devant le groupe, regonflée par l'attitude de Janelle :

— Hé ! Réveillez-vous ! Toute cette merde arrive parce qu'*elle* a touché aux lettres ! lance-t-elle en pointant un doigt accusateur.

Les girouettes tournent à nouveau, le blâme revient sur Natalia.

— Je… je ne voulais pas, c'est le…

— Mais tu l'as fait quand même. Ces lettres étaient personnelles, mais toi, tu…

Claire secoue la tête. Son visage est rouge et ses yeux vitreux lorsqu'elle assène :

— Je te fais plus confiance en tant que présidente. J'exige que tu sois destituée, avec effet immédiat.

Natalia blêmit.

— Qui est d'accord avec moi ? demande Claire.

C'est un coup d'État. Presque toutes les mains se lèvent, sauf la mienne, et celles de Rainn, Sienna, Leti, Prashant et Mason.

— OK, mais ça fonctionne pas comme ça, intervient Prashant. T'as pas le pouvoir de destituer la présidente.

— Dis donc toi…

— Tu peux déposer une demande officielle de destitution devant le conseil, la coupe-t-il. C'est ça que tu veux ?

Claire hoche la tête, une lueur d'espoir dans les yeux.

Prashant soupire.

— OK, apparemment t'as le nombre de voix requis. Du coup, moi, en tant que vice-président, je dois avertir le conseil dès le premier jour d'école et organiser un vote. Si ça passe, on procède à une réélection la première semaine. En attendant (il lance un regard peiné à Natalia), je serai président par intérim.

— Sérieux, Prashant ? s'exclame Natalia, complètement sonnée.

Il a la décence d'afficher un air penaud.

— C'est le règlement. On est en démocratie.

Le menton de Natalia tremble, mais elle ne discute pas. L'intégrité de la fonction lui importe au plus haut point.

Nos regards s'accrochent. Le remords se lit sur chaque trait de son beau visage. Malgré tout ce qui est en train de se passer, mon cœur palpite de joie en la regardant. En cet instant précis, je sais avec certitude que je déteste cette école, et la plupart de ces gens.

Mais que je suis fou amoureux d'*elle*.

NATALIA

Week-end d'intégration des terminales, 18 h 45

Je suis congédiée. Ou je le serai dans les jours qui viennent, si le conseil se laisse influencer par ma classe. La position que j'avais gagnée à la force du poignet va m'être retirée. Un seul faux pas en quatre ans aura suffi à rayer tout ce que j'ai fait de bien.

Dans mon esprit, je plonge les mains dans la peinture, comme dans l'eau d'un ruisseau. Je la projette par paquets contre le mur de toile. Mes gestes oscillent avec violence. Les couleurs éclaboussent partout, empiètent les unes sur les autres. J'ai de la peinture jusqu'aux coudes, jusqu'aux épaules. La peinture pleut. Tonne. Se transforme en un torrent de couleurs, n'est plus qu'un immense gâchis.

Un désastre. Rien d'autre.

J'attends que la panique me submerge à nouveau, mais non, je suis vidée. Et mon meilleur ami a besoin de moi.

Je m'approche d'Ethan maintenant que les plus immondes du groupe se sont dispersés pour aller dîner avant le feu de camp.

— Tu veux qu'on parle ?

Il secoue la tête, ne cherche pas mes yeux.

— Je crois que j'ai besoin d'être seul, répond-il en enfonçant les mains dans ses poches avant de s'éloigner.

Je le regarde partir. Si seulement je pouvais effacer cette journée rien qu'en appuyant sur un bouton. Je ne lui en voudrai pas s'il me déteste pour toujours avec ce qui vient de se passer. Je vais probablement *me* détester pour toujours.

Rainn, qui a l'air fâché, et Sienna me rejoignent. Mon amie m'encourage du regard pour que je parle à Rainn.

— Désolée, Rainn, j'aurais dû te dire pour les lettres.

— Qu'est-ce que t'as foutu ? C'est arrivé comment ?

— J'essayais juste de récupérer la mienne.

— Pourquoi ?

Ma colère remonte. Un joueur de l'équipe de foot m'a glissé à l'oreille que Rainn aussi avait lu une partie de la lettre d'Ethan. *À voix haute.*

— Pour que personne ne me fasse ce que tu viens de faire à Ethan !

Maintenant, je comprends pourquoi maman est survoltée quand elle est fâchée. Si on ne capte pas les mots, on saisit au moins le ton de la voix. Et le mien est aussi tranchant qu'une lame de couteau.

— Comment t'as osé faire ça, Rainn ?

Comment a-t-il pu blesser à ce point son meilleur ami ?

Et peut-être que ce qu'il pourrait dire m'aidera à me pardonner pour ce que j'ai fait à Ethan.

— Je voulais que Janelle me laisse lire pour comprendre qui l'avait écrite. Après le parcours, ça m'a paru évident qu'Ethan et toi, vous aviez quelque chose à voir avec ces lettres qui sortaient de partout. J'essayais d'aider.

Mon cœur se radoucit.

— Oh.

— Mais je l'ai quand même lue, et à voix haute en plus. Ethan va me détester. J'ai foiré.

Non, c'est moi qui ai foiré. La colère m'étouffe, les mots sortent sur un ton accusateur au lieu d'être contrit.

— Surtout qu'on sait tous qu'il a eu sa dose de harcèlement.

— Natalia ! Je t'ai dit que j'étais désolé !

— Non, tu l'as pas dit.

La tête de Sienna oscille de droite à gauche comme si elle suivait un match de tennis.

— Merde alors ! J'ai mal compris : redis-moi qui a renversé le bocal de lettres ! Pourquoi t'es en colère contre *moi* ?

Sienna tempère Rainn d'un coup de coude, mais il a raison. Je suis injuste.

— OK, c'est ma faute. Je ne suis pas en colère contre toi… mais contre moi.

Les feuilles d'eucalyptus frissonnent dans la brise. Nous restons silencieux un moment avant que Rainn reprenne la parole :

— C'est peut-être pas si catastrophique que je l'ai lue.

Il échange un coup d'œil avec Sienna que je ne déchiffre pas. De toute façon, je m'en fiche, je songe au visage mortifié d'Ethan.

— Tu n'as pas envie de savoir ce que ça disait ? reprend Rainn.

La lettre de cul, je me doute de quoi ça parle. Et je déteste que Rainn et cette garce de Janelle Johnson sachent et pas moi.

— Si Ethan avait voulu que je sache, il me l'aurait donnée, dis-je, essayant de tenir ma résolution.

C'est au tour de Rainn de se moquer.

— Il faut un quart d'heure à ce mec avant de choisir un sandwich, il est incapable de décider quoi que ce soit. Surtout en ce qui te concerne.

C'est brutal, mais je sais qu'il veut être sympa. Une partie de ma colère s'envole. C'est tellement vrai qu'Ethan a besoin de temps pour prendre la moindre décision. C'est l'un de ses traits de caractère le plus doux, mais aussi le plus exaspérant.

Rainn et moi échangeons un coup d'œil rapide : même si on patauge en eaux troubles, on retrouve rapidement le rivage de l'amitié. Oublié le flirt.

Deux garçons passent près de nous en ricanant. Ils parlent d'Ethan, de nous et de tout ce gâchis.

Je les regarde s'éloigner. Ma décision est prise.

— Je dois régler tout ça.

— Comment ? demande Rainn.

Je ne sais pas encore, mais je refuse qu'on se moque d'Ethan. Je ne le laisserai pas être au cœur des ragots comme à l'époque où la carrière de son père a décollé ou qu'Adam est parti en cure de désintox. Ethan déteste le feu des projecteurs causé par son père. Même si c'est la dernière année et qu'il dira qu'il va « bien », moi je sais : quelqu'un dont la vie privée est violée de cette façon ne va pas bien. Leti. Claire. Moi. Personne ne peut supporter ça.

Je les ai blessés autant que Janelle. C'est à moi de résoudre ce problème.

— On pourrait faire ce que t'as dit, voler la lettre de Janelle pour la lire devant tout le monde ? suggère Rainn.

— J'ai dit ça pour la mettre mal à l'aise. On peut pas…

Mais c'est tentant.

— Janelle est allée trop loin. Beaucoup étaient gênés pour Ethan, intervient Sienna, avec calme. J'ai une idée. Natalia, tu t'occupes d'Ethan, pendant ce temps-là, je gère avec Rainn.

— Non, c'est moi qui…

— Ethan est aussi notre ami, me coupe Sienna. Laisse-nous l'aider.

Mes yeux picotent quand je serre mes deux amis dans mes bras.

— Merci.

On prévoit de se retrouver plus tard. Ils s'éloignent. Je regarde Sienna agiter les mains en expliquant son plan à Rainn.

Alors que je m'apprête à aller retrouver Ethan, Prashant s'approche, les mains dans la poche ventrale de son sweat, l'air gêné. Le soleil est bas sur l'horizon, la température commence à baisser.

— Euh… On doit pas installer des trucs pour ce soir ? dit-il d'une voix hésitante.

— T'es un grand garçon. Débrouille-toi.

— Sortir des marshmallows d'une boîte, je peux oui… C'est la première fois que t'as l'air de penser que j'y arriverai sans toi.

— Maintenant que t'es président, il est temps de te bouger en plus de me poignarder dans le dos.

— T'aurais préféré que je coule avec toi, c'est ça ?

Je suis incapable de croiser son regard. Oui, un peu. Après tout, il a frappé un mec pour me défendre.

— J'aurais pas dû penser que tu resterais loyal, je dis.

J'essayais d'être sympa, mais je crois que c'est raté.

— Je suis fidèle. À la présidence, à la classe, à l'école. Est-ce que je considère que la perte de quelques lettres est une faute impardonnable ? Non. Je comprends qu'un accident puisse arriver. Mais Claire n'a pas tort, tu n'avais pas le droit de prendre le bocal. Tu dois montrer l'exemple, Natalia. *Nous* devons montrer l'exemple.

Il y a dans l'attitude et les gestes de Prashant une signification plus profonde que ses paroles : il ne parle pas seulement de nous deux au conseil. Prashant est une des rares personnes de couleur de l'école, il sait trop bien que les attentes sont différentes pour nous. Il est le seul de Liberty à reconnaître à voix haute cette part de moi. Même si la honte me brûle les joues, je voudrais à nouveau le serrer dans mes bras.

Sa voix s'adoucit un peu.

— T'as foiré, Natalia. T'aurais jamais dû agir comme ça.

Et il s'en va, me laissant stupéfaite. De toutes les remarques et insultes reçues aujourd'hui, le discours de Prashant est celui qui m'atteint le plus profondément. Je l'ai tellement sous-estimé et mal jugé.

Il a raison : comment j'ai pu tomber aussi bas ?

J'ai laissé le stress et la pression m'acculer au point de ne voir aucune autre issue. Mais je commence à me demander si je ne me suis pas acculée moi-même... Même si mes parents attendent beaucoup, je me suis toujours imposée encore plus. Pour fermer la porte à la moindre critique. Pour empêcher quiconque d'atteindre mon vrai moi. Parce qu'à moins d'être parfaite, je n'aime pas mon vrai moi.

Mais si Sienna a raison, rien n'est parfait, pas même les mathématiques...

Je traverse le camping à la recherche d'Ethan. Il ne mérite pas ce qu'il a subi aujourd'hui, tout est ma faute. Quand je traverse l'allée d'eucalyptus, j'aperçois des mèches de cheveux bleus. Mes entrailles recommencent à brûler.

Claire entend mes pas et me jette un regard furieux. Ses yeux sont rouges, comme si elle avait pleuré. Elle passe devant moi et accélère. Je la suis. Sans réfléchir, je l'interpelle :

— Comment t'as pu faire ça à Ethan ?

— Fous-moi la paix, OK.

— Je sais que j'ai merdé, je suis désolée, mais…

Claire s'arrête si soudainement que je lui rentre dedans. Elle se retourne, ses yeux lancent des éclairs.

— Je rêve ou quoi ? Je viens de passer la journée la plus merdique de ma vie à cause de toi et tout ce que tu trouves à dire c'est « je suis désolée » ?

Mon cœur tambourine.

— Non, évidemment, mais… je suis désolée, pour les lettres et pour ce que les autres ont appris à propos de M. Ford et toi.

Claire est à nouveau au bord des larmes.

— C'est facile de juger sans savoir.

Je grimace de remords.

— Je suis pas victime ou quoi que ce soit, il n'a que quatre ans de plus que moi, s'emporte Claire.

Comme je ne commente pas, elle me fixe plus sévèrement, puis s'exclame :

— *Quoi ?*

— Tu es la seule à pouvoir juger, Claire, mais… c'était quand même ton prof.

— Non. Mon metteur en scène. Et je me fiche de savoir ce que tu penses.

— Comme tu veux. Bref, tu peux me détester jusqu'à la fin de ta vie, je l'ai mérité. Mais tu t'es déjà vengée : je vais perdre la présidence. Alors, à partir de maintenant, laisse Ethan en dehors de tout ça. Il a eu sa dose.

— Tout le monde fait des erreurs, hein ?

Reçu cinq sur cinq. Elle veut dire que ce qui est arrivé à Ethan est autant ma faute que la sienne. Et je déteste qu'elle ait raison.

— Je pensais pas que Janelle chercherait à l'humilier, ajoute-t-elle.

L'humilier ? Mon estomac se tord. J'aurais pu demander à mes amis, mais c'est maintenant que l'envie de savoir me dévore.

— Elle disait quoi, cette lettre ?

— Il te l'a pas dit ?!

— Non.

Parce que ses sourcils se lèvent en un *Intéressant*, j'ajoute précipitamment :

— Pas encore.

— En gros, il se sent vraiment mal d'avoir rompu votre pacte et…

— Comment ça, il l'a rompu ?

Parce qu'il n'a pas été jusqu'au bout ? Ou parce qu'il n'est plus vierge ? Alors, c'est pour ça que tout le monde l'appelle la « lettre de cul » ?

Claire rougit. Merde. C'est *ça* qu'Ethan voulait m'avouer toute la journée ? Ma gorge se contracte. Ce n'est pas le fait qu'il ait perdu sa virginité ou quoi. Mais penser à Ethan avec une autre, comme *ça* – avec Claire, comme ça –, c'est comme si on m'étranglait.

— C'est pas mon genre de raconter ce genre de détails privés, dit-elle en arquant le sourcil de manière suggestive.

La voilà ma réponse. Ethan l'a vraiment fait cet été. Avec *Claire*.

Mon cœur est... oh là là mon cœur.

Maintenant, je le sais, je sais que la façon dont il me regardait cette nuit-là, dont il me caressait comme une plume le long de ma clavicule, de mon épaule, sur la courbe de ma hanche ne signifiait rien. La façon dont sa voix devenue rauque prononçait mon nom au clair de lune ne signifiait rien. La façon dont nos souffles et nos mains tremblaient ne signifiait *rien*.

Après tout, Ethan a dit que cette nuit-là était stupide. Tout était dans ma tête. Tout comme les tableaux que je ne peindrai jamais et l'avenir que je n'aurai jamais.

Bien sûr que ça s'est passé avec Claire. Ils appartiennent aux mêmes mondes. Elle est exactement le genre de fille que M. Forrester souhaite pour Ethan. Elle dit ce qu'elle pense, prend ce qu'elle veut. Elle a de l'argent. Ils habitent dans la même rue friquée. Leurs mondes ne pourraient pas être plus compatibles.

Claire n'a pas besoin d'un pacte pour oser.

Il n'y a que moi pour ça.

Une idiote, voilà ce que je suis. Idiote, débile, conne.

Le coin de ses lèvres se retrousse légèrement quand elle dit :

— Il avait trop peur de t'en parler, alors qu'il ne devrait pas y avoir de secrets entre amis.

Je tourne les talons sans un mot.

Le ciel est teinté de rose, c'est le début d'un magnifique coucher de soleil. Lorsque je retourne au camping, un feu est déjà allumé. Le feu de joie des terminales commence.

Les parfums qui s'en dégagent me rappellent tant de souvenirs. Les voyages avec mes parents, l'odeur de bois qui restait accrochée à mes cheveux, mes vêtements, imprégnant chaque pore de ma peau. Des voyages que je ne ferai plus jamais avec eux. Les souvenirs sont morts et gris comme les cendres sous les flammes. Depuis combien de temps étaient-ils malheureux de rester ensemble ? Depuis combien d'années mon enfance était-elle un simulacre ?

Et ma vie, un mensonge ?

Sienna lève le pouce et hoche la tête quand elle m'aperçoit. Elle me montre un point éloigné du camping. Mon souffle se bloque quand je le vois.

Ethan est prostré sur un banc, les yeux perdus dans le vague. Le contraste est si frappant avec le début de journée où tout le monde l'adulait et le traitait de Roi du bal de promo. Ces connards.

Mais je n'arrive pas à me faire violence pour aller vers lui. Je n'ai pas envie de prononcer des paroles que je regretterai. Ou de rester muette. Ethan est libre de faire ce qu'il veut, il ne me doit rien. Mais moi, je ne peux pas être près de lui en taisant mes sentiments.

Pourquoi rester à Liberty alors que je peux en partir, couper les ponts pour toujours avec tous ces gens ? J'aurais une seconde chance dans une nouvelle école où personne ne me connaîtrait. Dans une école sans Ethan. Où je n'aurais pas à le croiser chaque jour. Où perdre la présidence, le perdre, ne me poursuivra pas.

Je m'assure que les profs sont occupés ailleurs et me dirige vers le carton des téléphones portables. Accroupie derrière la table, j'attrape le mien et je le rallume. En quelques secondes, une tonne de notifications s'affiche, il y en a trop pour les compter. Je les ignore. Le cœur battant, j'envoie un texto à ma mère.

Je vais à Sacramento avec toi.

Je ferme les yeux et respire profondément pour repousser la panique. Mon téléphone vibre. Ce doit être sa réponse… ah non, c'est une notification… le gros titre d'un site people.

Je lis. Je relis. Je regarde les photos.

Oh non.

Malgré toutes les raisons qui m'en empêchent, je vole au secours d'Ethan, une dernière fois.

ETHAN

Week-end d'intégration des terminales, 19 h 30

Le feu de camp va commencer, mais je ne suis pas prêt à affronter la meute. Je préfère rester à l'écart sur mon banc, la tête renversée, les yeux fermés.

Je suis amoureux d'elle. Putain de merde, je *l'aime.*

Et si elle ne ressent pas la même chose ? En plus, elle vient de perdre la présidence à cause de Claire. À cause de *moi.*

Je m'en fous de ce que ces trous du cul pensent de moi. Mais sûrement pas de ce que *Natalia* pense de moi. C'est comme ça depuis toujours.

Pourtant, je reste là, pathétique, frigorifié, faible. Je ne me suis pas défendu, j'ai à peine défendu Natalia. Idem pour la lettre, malgré les tripes que j'y ai mises pour l'écrire. Je n'ai pas défoncé la tronche de Rainn ni affronté Claire quand j'aurais dû. *J'ai regardé sans rien faire.* Je n'arrive jamais à protéger ceux que j'aime.

D'abord maman, maintenant Natalia.

J'entends des pas rapides se rapprocher, puis je sens une présence à mes côtés. Je n'ai pas besoin de rouvrir les yeux pour savoir que c'est elle.

Elle hésite à me déranger, mais m'observe. Mon cœur commence à cogner.

Je garde les paupières fermées et lui dis :

— Tu savais que vingt pour cent des élèves âgés de douze à dix-huit ans subissent du harcèlement ?

Ses pieds raclent le sable, sa chaleur irradie contre ma peau quand elle s'assoit près de moi sur le banc froid. Avec délicatesse, comme s'il pouvait se briser. Comme si *nous* pouvions nous briser.

— Ça me paraît un peu sous-estimé. Ça va ?

Je pourrais mentir, mais pas cette fois-ci.

— Pas vraiment. Et toi ?

Je rouvre les yeux. Elle secoue la tête.

— Ethan…

Sa voix tremble, elle n'ajoute rien, mais sort son téléphone.

— T'as piqué ton téléphone ?

— Emprunté… j'ai reçu une notif.

Ses yeux sont fixes. Elle est nerveuse. La peur me frappe au creux du ventre. C'est forcément un truc sur papa.

— Si tu préfères, je te montrerai plus tard, mais je ne veux plus de secrets entre nous.

Je prends une profonde inspiration et tends la main. Elle déglutit péniblement, puis me remet son téléphone. Mon sang se glace.

LA MAIN DANS LE SAC !
ROGER FORRESTER ET COSTAR SOFÍA SANCHEZ
SURPRIS ENSEMBLE À SOHO

Je relis. Encore.

La nausée me monte à la gorge en découvrant « les sources » confirmant que *l'histoire d'amour* – une façon cool de nommer *l'adultère* – a commencé sur le tournage en Italie. Aucun des deux n'a souhaité commenter, ben voyons.

Je suis vidé.

Je fais défiler les photos. Papa avec la chemise offerte par maman pour son anniversaire, en train de serrer dans ses bras une femme à peine plus âgée qu'Adam. Ils s'embrassent en plein jour sur un trottoir fréquenté de New York, devant le théâtre où se donne le spectacle. Les photos ne sont pas hyper nettes, mais il n'y a aucun doute, c'est bien lui.

Voilà, c'est fait. Il est devenu le parfait cliché hollywoodien.

Je suppose que les appels répétés de mon père ce matin étaient pour ça : prévenir du scandale sur le point d'éclater… Non, pas forcément, plutôt pour savoir si c'est moi qui avais craché le morceau. Si seulement. On ne peut pas dire que je n'y ai pas pensé ces derniers mois, mais je n'aurais jamais pu faire ça à maman.

Maman. Elle a à peine supporté le départ de mon père, mais au moins elle n'était pas au courant de la liaison. Maintenant, elle sait. Tout le monde sait.

Et Adam ? Un vent de panique s'empare de moi. Est-ce qu'il va rechuter dans la drogue ? Je devrais utiliser le téléphone de Natalia pour l'appeler. M'assurer qu'il va bien.

Je ne peux pas. Je vis sur ce banc maintenant.

— À quoi ça sert d'avoir une deuxième maman si elle n'a même pas l'âge de me payer un cocktail dans un bar ?

Ma blague est tellement pourrie que j'aimerais disparaître avec les feuilles d'eucalyptus emportées par le vent. Ça doit être le choc.

— Je suis vraiment désolée, dit Natalia.

Alors que je me cache le visage, elle pose une main apaisante sur mon bras. Ça fait du bien, m'apporte du réconfort... et pour une raison quelconque, ça m'énerve aussi.

— Hé. Parle-moi ! insiste-t-elle.

— Parce que tu veux parler maintenant ?

Ça sonne de manière agressive, même à mes propres oreilles.

— T'avais tout l'été pour me parler, Natalia ! Quand tout ça est arrivé et que j'étais *seul*.

— Je sais, murmure-t-elle.

La rancœur que j'ai refoulée pendant des mois, des années, s'échappe de chacune de mes plaies. Mon frère qui m'abandonne pour la drogue, ma mère qui s'immerge dans son travail, mon père qui se soucie davantage de lui-même que de n'importe qui d'autre. Le harcèlement qui n'a jamais cessé jusqu'à ce que la célébrité dévorante de ma famille s'abatte sur ma vie et la démolisse.

— Je suis désolée, dit-elle encore.

— Arrête de dire ça.

— Pourquoi ?

— Parce que tu n'y es pour rien. C'est ma faute !

Ma voix résonne comme un coup de tonnerre.

La main de Natalia est douce sur ma peau, mais sa voix est ferme quand elle me dit :

— Ce n'est absolument pas ta faute, Ethan.

Je ne sais pas si on parle de l'adultère ou de nous. Ça n'a aucune importance.

— Je t'ai dit que j'étais au courant de sa liaison depuis un moment.

— Et alors ! Ce n'est quand même pas ta faute.

Elle ne comprend pas. Je dois lui parler du reste, pour qu'elle comprenne à quel point ma famille est foutue. À quel point je suis foutu.

Parce que quand j'ai surpris mon père en train d'envoyer des textos à Sofia après son retour de voyage, il m'a demandé de ne pas en parler. Et j'ai accepté.

J'ai accepté.

Accepté.

Papa a juré que ce n'était rien. Rien du tout. Qu'il y mettrait fin. Mais un mois plus tard, au lieu d'en finir avec *elle*, c'est nous qu'il a largués.

J'aimerais penser que si le bal de promo n'avait pas eu lieu, Natalia et moi en aurions discuté tout l'été, et elle le saurait. Mais je n'en suis plus aussi sûr.

Je suis coupable de complicité dans la trahison de mon père envers maman.

Chaque matin, au réveil, depuis soixante-seize jours, je suis de plus en plus convaincu que les hommes de la famille Forrester sont des cons égoïstes.

Parce que si l'homme qui me lisait des contes pendant des heures, qui me laissait toujours flâner dans mon lieu préféré sur terre (le musée de l'Espace et des Sciences), qui m'a appris à jouer au basket et acheté ma première console de jeux, qui me répétait qu'il m'aimait… Si cet homme peut devenir un étranger, passer de façon aussi spectaculaire de celui que j'admirais tant à celui que je déteste et qui me dégoûte profondément, quel espoir y a-t-il pour moi ? Je lui ressemble… Et si par malheur je devenais comme lui ?

— J'ai gardé le secret pendant longtemps. Quand je n'ai plus supporté, je lui ai dit que s'il n'en parlait pas à maman, c'est moi qui le ferais… il a déménagé le lendemain.

Je marque une pause, en espérant que me livrer aidera à me sentir mieux, mais prononcer ces mots à voix haute me donne juste envie de vomir. Si je n'avais pas posé d'ultimatum à mon père, est-ce qu'il serait resté ? Est-ce qu'il aurait mis fin à sa liaison comme il l'avait promis ? Est-ce que lui et maman auraient trouvé une solution ?

Comment a-t-il pu faire ça à maman ? Comment moi, j'ai pu ?

— Je ne pouvais plus le dire à ma mère après ça. Si tu l'avais vue, elle était effondrée. Mon père serait resté si je ne l'avais pas forcé à partir. Il aurait rompu avec cette femme si je ne l'avais pas acculé.

Je m'étouffe presque à ces mots.

— *Non.* T'as rien à te reprocher, Ethan. C'est juste que tu n'aurais jamais dû prendre tout ça sur tes épaules. C'est ton père qui a trompé ta mère. C'est ton père qui est parti. Lui. Pas toi. Crois-moi, ton père est un sale type, dit Natalia d'une voix tremblante.

— Quoi ?

Ses yeux s'écarquillent comme si elle n'arrivait pas à croire à ce qu'elle vient de dire.

— Désolée, euh, je suis juste choquée. Pour toi. Tu n'as rien fait de mal, ça me révolte d'entendre ce qu'il a fait à ta famille. Et à toi.

Je regarde mes chaussures.

— C'est ça le problème, Talia. J'ai commis une grave erreur. J'ai caché cet énorme secret à ma mère, et je ne… sais même pas pourquoi.

— Tu essayais de la protéger, Ethan. Tu es doué pour ça. Beaucoup trop doué.

— Ça veut dire quoi, ça ?!

— Si je ne t'en avais pas empêché, tu aurais laissé les autres croire que c'était toi qui avais touché au bocal. Je me trompe ?

Non, elle a raison.

— Tu ne peux pas continuer à te sacrifier et à te jeter au feu pour les autres. Tout ce que t'y gagnes, c'est de te brûler.

Mon esprit bouillonne trop pour que je puisse répondre.

Natalia poursuit :

— Même si tu y mets tous tes efforts, tu ne peux pas protéger le monde entier de la douleur et des épreuves.

— Je ne cherche pas à protéger tout le monde. Seulement les gens que j'…

J'aime. J'ai failli le dire, mais je me suis arrêté à temps. Quand nos regards se rencontrent, j'ai envie de lui prendre la main.

Alors, je le fais. J'entrelace mes doigts aux siens, je les serre fort, et caresse le dos de sa main avec mon pouce. Elle regarde nos mains soudées et cligne des yeux plusieurs fois.

— Ethan, je…

Elle s'interrompt et retire lentement sa main de la mienne.

Oh.

NATALIA

Week-end d'intégration des terminales, 19 h 43

Avant que ça n'aille plus loin avec Ethan, je dois lui parler du réveillon. Et de Sacramento. Je le pensais vraiment, quand j'ai dit plus de secrets entre nous.

Mais avant que je n'ouvre la bouche pour m'expliquer, il bondit sur ses jambes comme un ressort. Surpris, je me lève aussi.

Il se laboure les cheveux de la main et me regarde enfin.

Je serais capable de dessiner son visage les yeux fermés. Facilement. Chacune de ses expressions. La courbe de sa lèvre supérieure qui s'incline en un sourire narquois. La façon dont l'aile de son nez se soulève quand il est contrarié. La colère qui perce entre ses sourcils, la joie qui illumine ses yeux. Je pensais les avoir toutes vues. Jusqu'à maintenant.

Je ne connais pas cet Ethan, les yeux écarquillés, le regard dur, mais avec une certaine douceur autour de la bouche. Il est blessé.

Je recule.

— Pourquoi tu continues à faire ça ? me demande-t-il.

— Faire quoi ?

— Me fuir.

L'ironie ne m'échappe pas. Quand il me fixe comme ça, j'ai littéralement envie de prendre mes jambes à mon cou. De courir aussi loin et aussi vite que possible. Loin, à l'autre bout de la plage, jusqu'à ce que mes poumons brûlent et que mon esprit se taise.

Mais je ne bouge pas. Je garde une voix neutre pour lui répondre :

— Pas du tout. Je n'ai aucune raison de fuir.

Le ciel est paré d'un coucher de soleil explosif, Ethan est nimbé d'or quand il se presse contre moi. Son parfum de pin se mêle aux odeurs marines. Mon cœur s'emballe. La chaleur et l'espoir grandissent dans mes veines. Je dois le repousser. Je dois arrêter ça. Je déménage à Sacramento et il ne le sait pas encore. Je dois le lui dire.

Mais quand son front se pose sur le mien, tout le reste s'envole.

— Alors pourquoi ? Tu ressens la même chose que moi. Je le sais.

J'inspire, dépassée. Pourquoi maintenant ? Alors qu'on a plus aucun espoir d'être ensemble ? Alors que je suis venue ici en amie qui doit l'oublier ?

Le vent tourbillonne. Ethan repousse une mèche de mes cheveux accrochée à ma joue. Ses yeux sont tendres, perçants, fixés sur moi, comme s'il savait qu'une bataille faisait rage en moi.

— Tu ne peux pas dire ça, Ethan.

— Pourquoi tu continues à t'éloigner ?

Je ne peux pas lui répondre. Je n'arrive pas à réfléchir quand il est si proche. Ma respiration est de plus en plus rapide.

— Je sais pas... Juste que...

— Quoi ? m'encourage-t-il doucement.

Mon cœur bat la chamade, je me perds dans ses yeux sombres et magnétiques. Sa poitrine se colle à la mienne, je cherche mes mots, et enfin, ils sortent malgré moi :

— Je veux que... tu sois encore plus proche, je murmure sur ses lèvres.

Mes yeux se ferment à la seconde où il écrase sa bouche contre la mienne.

ETHAN

Week-end d'intégration des terminales, 19 h 48

C'est un baiser sauvage, ardent. Ses lèvres, ses dents, ses gémissements. Nos respirations brûlantes contre la fraîcheur de nos peaux. Mes doigts s'enfouissent dans l'enchevêtrement de ses cheveux. Je presse son corps contre le mien. Je veux plus, tellement plus. Natalia, le goût de sa peau à perdre la raison, l'ancrage de l'avoir contre moi.

Le coucher de soleil sur notre chair, Natalia dans mes bras.

Enfin.

J'approfondis notre baiser, je capture son visage, caresse la ligne de sa mâchoire. Elle émet ce même petit bruit qui m'avait déjà ému, je la dévore, je suis affamé d'elle. Elle s'agrippe à ma chemise. Aïe, mes bleus. Je ravale la douleur, je m'en fiche, rien n'arrêtera ce moment unique. Mais quand nos lèvres se soudent un peu plus fort et que Natalia se blottit un peu plus contre ma côte fêlée, je ne peux retenir un cri de douleur.

— Désolée !

Elle recule, rouge tomate, la poitrine haletante et se couvre la bouche du revers de la main.

— Non, Natalia, c'est… putain.

— Oui, murmure-t-elle.

Si le baiser de la nuit du bal de promo avait été une étincelle, celui d'aujourd'hui est un brasier incandescent. J'ai envie de rire, je lui tends la main pour la toucher à nouveau, déjà en manque, mais elle ne sourit plus. Elle a même l'air… terrifiée.

Non.

— Talia, qu'est-ce qui va pas ?

Je m'attends à un truc du genre « c'est bizarre d'embrasser son meilleur ami » ou « on nous regarde », mais pas à la bombe qu'elle lâche avec des yeux voilés de larmes :

— Je déménage à Sacramento.

Tout s'arrête.

— Quoi ?! Quand ?

— Cette semaine, sûrement. Ma mère a trouvé un nouveau boulot, dit-elle, en se tordant les mains.

Je cligne des yeux, abasourdi.

— Je n'étais pas sûre de l'accompagner, poursuit-elle. Mais avec tout ce qui s'est passé aujourd'hui, je me suis dit que pour moi, faire preuve de courage, c'était essayer de dépasser ma peur.

— C'est ça que t'a écrit dans ta lettre du Lion ? Déménager ? Mon Dieu, je suis… tellement con, je dis en enfouissant à nouveau mon visage dans mes mains.

— Non, non, pas du tout… Pourquoi tu dis ça ? s'écrie-t-elle en s'agrippant à mon bras.

Je la rejette.

— Ethan, je ne m'y attendais pas… S'il te plaît, je ne savais pas… Ne me repousse pas…

— Ah oui ? Tu passes ton temps à me repousser !

Ses larmes débordent.

Merde. Le vent nous fouette à nouveau, la réalité revient au galop. On est vraiment doués pour se faire du mal. Je vais la perdre. Je suis en train de la perdre.

— Comment t'as pu me cacher un truc pareil ?

Je déteste le son pathétique de ma voix.

— Je… Je savais pas comment te le dire…

Elle ne recule pas, pourtant je m'attends à ce qu'elle me quitte d'une seconde à l'autre. C'est sa façon de faire. C'est la façon de faire de tout le monde, dans ma vie. Il n'y a pas de solution miracle. Quand c'est fini, c'est fini.

Je préfère fermer les yeux et ne plus rien voir.

— Talia… je ne peux plus.

Elle est silencieuse. Quand je rouvre les paupières, nous nous regardons longuement.

— Tu ne peux plus quoi ? demande-t-elle, si doucement que je l'entends à peine.

Elle me regarde, pâle, effrayée, désolée. La fille que j'aime, qui me rend aussi fou de colère au point que j'ai du mal à respirer. Elle qui m'a caché tant de choses.

Maintenant, elle déménage. Elle *fuit.* Ma frustration vient percuter mon désir et finit par exploser.

— Te regarder partir… C'est trop. Je ne peux pas.

C'est moi qui me détourne d'elle. Même en lui tournant le dos, je la sens vibrer du besoin de réparer ce qui est cassé entre nous. En moi. Mais c'est trop tard pour ça.

C'est trop tard pour nous.

Quelle que soit la flamme, elle finit toujours par mourir.

NATALIA

Week-end d'intégration des terminales, 19 h 52

On s'est embrassés. Comme *ça*. Pas à cause d'un pacte, d'un défi ou d'un jeu. Parce qu'Ethan le voulait vraiment. Comme s'il lui était impossible de ne pas m'embrasser. Un nouveau spectre de couleurs que je n'avais jamais ressenti avant jaillit en moi. Elles sont… d'un autre monde. Rien ne m'a jamais semblé aussi *bien* dans ma vie.

Mais j'ai paniqué, j'ai tout gâché, comme toujours.

Je ne peux pas te regarder partir encore.

L'étincelle s'éteint. Il me tourne le dos, c'est fini.

En le voyant se recroqueviller sur lui-même, je sais avec une certitude écœurante que je me suis plantée en beauté. Je n'aurais jamais dû lui dire ça. Je n'aurais jamais dû trancher sur un coup de tête. Pourquoi ai-je envoyé ce texto à ma mère alors que j'étais si bouleversée ?

C'est à cause de Claire. J'ai donné de l'importance à ce qui s'est passé entre eux, au lieu de ce qui nous arrive maintenant.

Ça rugit dans ma tête, rugit avec tout ce que je voudrais lui dire, lui demander, lui expliquer. Pourtant les mots restent coincés, comme toujours. Parce que, malgré tous les secrets qui ont été révélés aujourd'hui, le mien est encore profondément enfoui.

J'essaie de me concentrer, de ralentir les pensées qui s'emballent pour donner à Ethan l'explication qu'il mérite. Mais il ne m'en laisse pas le temps.

— Laisse-moi tranquille, Talia.

J'en ai le souffle coupé.

Il a pris la parole d'un ton neutre, sans émotion. Condescendant. Il ne m'a jamais repoussée comme ça. De toutes mes erreurs commises aujourd'hui, je vois avec une clarté à couper le souffle que celle de ne pas m'ouvrir à lui a été la pire.

De nouvelles larmes me brûlent les yeux. Je m'enroule autour de son dos, je presse ma joue sur son omoplate.

— Ethan, je… je suis tellement désolée pour… tout.

Il ne répond pas. Son corps s'est raidi dans mes bras. Je ne l'ai jamais vu ainsi, hors de ma portée.

— Talia. *S'il te plaît.*

Sa voix est à peine audible avec le ressac des vagues.

Ethan me supplie de lâcher prise. De partir.

Une larme glisse sur ma joue et va s'écraser sur son sweat.

Ethan en a ras le bol et je ne peux pas lui en vouloir pour ça. Je retire mes bras. Je lui demande si on pourra parler plus tard, mais soit il n'entend pas, soit il m'ignore délibérément.

Je repars lentement vers le camping, en larmes, le cerveau en ébullition. Cette dispute, ce baiser. Nous venons de franchir une nouvelle ligne. Le pacte était une chose, mais ça… ça veut dire quoi ?

Ethan voit en moi plus clairement que n'importe qui. Tout scintille en bleu pétard et rose vif quand je pense à lui. Quand on se touche, les couleurs prennent des tons vert forêt, chauds, dorés, réconfortants. Quand on se sépare, elles se rétractent et deviennent floues.

Alors pourquoi ai-je autant tenu Ethan à distance, loin de moi et de mes pensées ?

Je me souviens du gouffre de solitude qui s'était ouvert en moi quand je suis rentrée chez moi le soir du bal : j'étais convaincue qu'Ethan n'avait pas voulu de moi. À l'instant précis où mon cœur avait fondu pour lui et que j'attendais qu'il m'embrasse à nouveau, il avait fait marche arrière.

Talia… je ne crois pas que… c'est stupide. Je… avec toi… pas comme ça.

Ce mot résonnait en moi. « Stupide ». Le nouveau mot d'Ethan-le-populaire. Stupide anxiété. Alors que tout ce que je fais, tout ce contrôle, tout ce que je m'impose, c'est pour ne jamais, jamais me sentir *stupide*.

Quand Ethan l'a prononcé ce soir-là, j'ai eu le sentiment d'avoir fait un truc honteux. Comme si je l'avais piégé pour qu'il me touche. Me désire. En me servant du pacte comme d'une armure contre mes sentiments. Après, il était gêné et moi je l'ai repoussé pour attraper mon tee-shirt. La honte, le désir, la tristesse me brûlaient.

J'avais attiré Ethan et il le regrettait. Je venais de faire exactement ce que son père avait prédit. Notre conversation tournait en boucle dans ma tête.

« Hé, Talia, attends !

— C'est bon.

— T'es fâchée. »

Fâchée, non, j'étais dévastée. Humiliée. Parce que j'étais persuadée qu'il n'avait vu en moi qu'une allumeuse cherchant à l'embobiner, au lieu de l'amie trop maladroite pour exprimer son amour pour lui. J'étais prête à m'ouvrir à lui… et il me repoussait.

Au lieu de chercher une solution ensemble, je suis partie et il est allé s'offrir à *Claire.*

Maintenant, je comprends combien il a souffert cet été : autant que moi. Sienna avait raison, Ethan a fait avec Claire ce que j'ai fait avec Rainn : essayer d'être moins mal.

Mais on n'est pas seulement une somme de fêlures.

Même si ce n'était pas le cas cette nuit-là, aujourd'hui, après *ce* baiser, je n'ai plus aucun doute, je sais qu'Ethan veut être avec moi. Et c'est terrifiant. Et génial.

Je dois essayer de recoller les morceaux. Parce qu'il a raison, je suis celle qui fuit, part, court en sens inverse, alors c'est à moi de réparer.

J'entends le rire familier de Rainn qui porte loin, ça me donne une idée. J'ignore si Ethan pardonnera mon silence de l'été, les lettres, les catastrophes que j'ai causées. J'avais la journée entière pour effacer ça, j'ai échoué, systématiquement. Mais je n'abandonne pas.

Cette fois-ci, je ne me planterai pas.

Quand j'arrive devant Rainn, je lui tends discrètement mon téléphone. Ses yeux s'arrondissent.

— T'as encore enfreint une règle ?!

— Je te jure que j'aimerais avoir une baguette magique pour retourner en arrière. Lis.

Il obéit, grimace et pousse un juron.

— Tu peux aller lui parler ? J'ai essayé, mais quand je lui ai dit pour Sacramento, il a…

Ma gorge se bloque. *Il m'a embrassée parce qu'il m'aime autant que je l'aime.*

Rainn hoche la tête et me rend mon téléphone.

— Bien sûr.

Je lui explique rapidement où est Ethan et il part au galop vers la falaise.

Je ne pourrai jamais, jamais me faire pardonner, mais ça ne m'empêchera pas d'essayer. Parce que j'ai *enfin* compris : Ethan est celui que je ne devrais jamais fuir, il est celui vers qui je devrais toujours courir.

ETHAN

Week-end d'intégration des terminales, 19 h 59

Je commence à faire les cent pas, j'ai besoin de frapper quelque chose. Je pourrais défoncer un mur entier tellement je suis en colère. Elle est capable de m'embrasser comme ça et de se tirer juste après ?

Rien que d'y penser, mes poumons se vident et mes forces me lâchent.

Je m'allonge sur le banc, j'enfouis ma tête dans mes mains et j'éclate en sanglots. Je pleure très fort, ce qui ne m'était plus arrivé depuis la cinquième, quand on m'avait jeté contre un casier et que j'avais eu la dent de devant ébréchée. Je pleure en me demandant ce qui ne va pas chez moi pour que personne ne reste jamais. Mes larmes remontent d'un endroit que nul ne peut atteindre.

Même pas Natalia, je crois.

Je ne peux pas continuer à la poursuivre, à attendre qu'elle me choisisse enfin.

Nan mais sérieux, Sacramento ? On vient à peine de… faut vraiment qu'elle parte si vite ? Si elle part à trois heures de route, sans même vouloir essayer, il nous reste quoi comme espoir ?

C'est clair maintenant, il n'y en a jamais eu.

Si j'avais mon portable, je chercherais des commentaires, des infos pour comprendre. Des anecdotes pour apaiser mon esprit, me rappeler que je vais survivre à ça, que je ne suis pas le premier mec de l'histoire du monde à avoir le cœur brisé.

Putain, pourtant j'ai vraiment le sentiment que si.

J'entends des pas légers, puis une voix timide.

— Je peux m'asseoir ?

Je m'essuie les yeux en hochant la tête. C'est Rainn. Il n'arrête pas de frotter son survêt plein de sable. Avec lui flotte maintenant une odeur de feu de camp.

— Natalia vient de me dire pour ton père. Ça va ?

Je ne réponds pas.

— OK, ça va pas, dit-il en se grattant la tête. Désolé. J'imagine ce que tu dois ressentir.

Je fronce les sourcils.

— Nan, pas trop, c'est vrai. Ce qui s'est passé entre mes parents a jamais été déballé sur Internet. Mais je t'ai jamais dit pourquoi ils se sont séparés…

Mon expression l'encourage à continuer.

— Il est parti avec sa kiné.

— Merde, ça craint.

Nous écoutons le ressac des vagues un long moment. J'apprécie que Rainn ne me répète pas que tout ira bien. Je sais qu'il comprend ce que je ressens.

C'est moi qui finis par demander :

— Des chercheurs auraient démontré qu'il existe un gène de l'infidélité et qu'il serait héréditaire. T'imagines ?

— J'ai vu ce que cette merde a fait à ma mère. Jamais je ferai ça… Mais toi, vieux ? Tu refuses de changer de café, même si celui qu'est près du bahut foire toujours ta commande.

— Je soutiens les commerces de proximité. Et puis qu'est-ce que ça vient faire dans la choucroute ?

— T'es loyal. Fidèle. T'es pas ton père. Tu es… toi.

Qui que ce soit. Mais grâce à Rainn, mon envie de cogner sur n'importe quoi se calme légèrement.

— Je suis désolé pour ta lettre. Je t'ai caché le truc de Sacramento, mais c'était pas à moi de te l'annoncer.

— Je comprends.

C'est la vérité. Je ne lui en veux pas, ni à Sienna. C'est juste que Natalia leur a dit et *pas* à moi.

— Faut que tu saches aussi que j'ai voulu lui donner ta lettre parce que je sais qu'elle ressent la même chose que toi.

Quand je roule les yeux, il me tape avec le dos de sa main.

— Si une nana écrivait une lettre comme ça sur moi, j'aurais envie de la lire. Je savais pas que t'étais amoureux d'elle.

— Ouais, bah on s'en fout maintenant.

— T'es pas sérieux là.

— Si.

Rainn grogne, fait semblant de me tordre le cou.

— Vous êtes tellement têtus tous les deux ! Elle t'aime, mec. Putain, elle m'a jeté à cause de toi.

J'ai un rire amer et je repousse autant que je peux l'espoir qui naît dans ma poitrine.

— Elle t'a jeté à cause de *toi*, Rainn.

Il lève les yeux au ciel, mais il est soulagé que j'aie fait une blague.

— Sérieux, Ethan, tu l'aimes ?

Après un long moment, je hoche la tête et j'ajoute aussitôt :

— Mais on s'en fout…

— Merde, pourquoi ?

— Elle m'a éjecté de sa vie comme si je n'étais rien pour elle. Pourquoi elle m'en a jamais parlé de Sacramento, hein ?

— Ça n'a peut-être rien à voir avec toi, répond-il avec un haussement d'épaules.

Comme j'ouvre la bouche, puis la referme à nouveau, Rainn reprend :

— C'est difficile de dire tout haut ce qu'on a peur d'affronter, tu sais. Natalia est championne pour ça. Si elle pouvait te le peindre, ça l'aiderait sûrement. Comme toi avec tes citations.

Lui aussi est champion pour me faire sourire. Il a raison.

— Rainn, pourquoi tu fais ça ? Pas plus tard que ce midi, tu me défonçais la tronche.

— N'oublie pas que je te l'ai défoncée parce que tu me l'as demandé ! C'était trop marrant… Oui, j'aime bien Natalia, mais je m'en remettrai. Lire ta lettre m'a ouvert les yeux. Vous avez toujours eu… cette boule à neige. Votre monde magique. Tout le monde peut le voir. Sauf que toi et elle, vous êtes immergés dedans, alors vous n'y arrivez pas. Moi, j'agite la neige pour vous.

— Mec. C'est profond.

— Pourquoi est-ce que tout le monde est toujours aussi surpris ?

Le silence retombe, nous écoutons les vagues et le cri des mouettes.

— Merci, Rainn. Sans rancune, je dis, en lui balançant un petit coup dans les côtes.

Son visage s'illumine, il me tire pour m'obliger à me lever.

— Hé mec, qu'est-ce…

Rainn me serre brusquement contre lui. Une étreinte tellement soudaine qu'elle me fait hurler de rire malgré mes multiples bleus. Quand il me libère, il garde ses mains sur mes épaules et me regarde droit dans les yeux.

— Assez pleurniché, vieux. Ton père est nul, mais c'est pas ta faute.

J'essaie de me libérer, mais il ne bouge pas.

— Jure-moi que tu parleras à Natalia avant de sauter de cette falaise ?

— Je ferai juste semblant, promis.

Il sourit, on dirait qu'il a envie de me frapper à nouveau.

En fourrant les mains dans mes poches, mes doigts rencontrent une feuille de papier. La première lettre trouvée ce matin. Ma poitrine se serre.

J'attends que Rainn s'éloigne, après lui avoir promis que je ne traînerais pas longtemps, puis je sors la lettre. Je ne devrais pas la lire, mais je ne peux plus résister.

Je la déplie. C'est d'abord l'encre bleue qui attire mon œil. Ensuite, mon nom. Je n'ai pas besoin de ça pour savoir qui l'a écrite. Comme son rire, son odeur, je reconnaîtrais l'écriture de Natalia n'importe où. À travers ses gribouillis et ses ratures, je perce son esprit pour la première fois depuis des mois :

Si j'étais plus courageuse, je raconterais tout à Ethan. ~~Je lui raconterais ce qui s'est passé le soir du nouvel an et pourquoi depuis, c'est devenu si bizarre entre nous.~~ Pourquoi je suis aux abonnés absents. Je n'ai pas trouvé comment, j'avais peur que tout change entre nous. Pourtant, je sais qu'il le faut et qu'une fois que je le lui aurai raconté, tout changera… Je jure que je n'ai jamais voulu ça.

~~Si j'étais plus courageuse, je dirais à Ethan pourquoi je me suis enfuie cette nuit-là. Je lui expliquerais ce que je voulais vraiment. À quel point j'étais paniquée d'avoir tout gâché. Je perds mes moyens quand je suis avec lui…~~

Si j'étais plus courageuse, j'accepterais que rien ne pourra jamais se passer entre nous, quels que soient mes sentiments. Son père a raison : nous vivons dans deux mondes différents. Je comprends le regard des autres maintenant : je ne suis pas assez bien pour lui. Je ne l'ai jamais été. Je ne suis pas assez riche. Pas assez jolie. Pas assez intelligente. J'attends de pouvoir guérir de ce sentiment et ça me terrifie…

Si j'étais plus courageuse, j'oublierais Ethan.

Je relis la lettre, certaines phrases m'interpellent, s'insinuent en moi.

« Je perds mes moyens quand je suis avec lui... mes sentiments... Je ne suis pas assez bien pour lui... »

Mais les mots qui captent le plus mon attention restent « son père a raison ». Ils me rappellent la tête qu'elle tirait quand elle l'a traité de sale type.

Putain, qu'est-ce qu'il a fait à Natalia ?

Je vérifie l'heure à ma montre. J'ai raté le feu de joie et ce sera bientôt l'heure de se coucher. Je n'aurai pas le temps de parler à Natalia, pourtant je dois la voir.

Je rattrape Rainn et lui explique en vitesse.

— Je m'en occupe ! me répond-il avec un sourire malicieux.

NATALIA

Week-end d'intégration des terminales, 21 h 40

Ethan et Rainn ne sont toujours pas revenus, alors que c'est presque l'heure du couvre-feu. Ils ont manqué le feu de joie, mais tant mieux pour eux, c'était pas une partie de plaisir : tout le monde me regardait comme si j'étais une MST ambulante. Je dois reconnaître que Prashant s'en est très bien sorti pour l'animation. Perdre mon poste m'a donné le temps de réfléchir à ce que je veux dire à Ethan, même si je ne le verrai probablement pas avant demain matin.

Sienna et moi nous dirigeons ensemble vers les toilettes pour nous brosser les dents et tenter de nous débarrasser de tout ce sable. C'est ça aussi, le camping à la plage. J'aperçois mon reflet dans le miroir, mes yeux rouge vif me frappent. Que ce soit l'effet week-end d'intégration ou l'effet Ethan, j'ai plus pleuré aujourd'hui que pendant tout l'été.

Est-ce qu'Ethan va bien ? Est-ce que j'ai fait le bon choix en déléguant la situation à Rainn ? Comment – *comment* – améliorer cette situation ? Le seul point positif est que personne n'a son téléphone, donc aucun terminale ne sera au courant avant demain des ragots sur la famille Forrester.

Je retourne à ma tente en traînant les pieds. M. Beckett met ses mains en porte-voix et annonce :

— Contrôle des tentes, les Lions !

Il commence par la nôtre. Lui aussi a l'air fatigué, avec des cernes sous les yeux, pressé d'en finir. Quand il barre nos noms sur sa liste, nous ne sommes même pas à l'intérieur de la tente. Dès qu'il s'éloigne, Sienna me serre rapidement dans ses bras.

— Bonne nuit, fais de beaux rêves !

— Hé mais ! Tu t'en vas ?

— Faire un petit tour, oui ! Faut que je me détende… ailleurs.

— C'est comme ça que t'appelles la tente de Leti ?

Elle sourit avec malice, mais ne répond pas.

— OK, je te couvre. Tu pars combien de temps ?

— Ça m'étonnerait que tu sois pressée d'avoir de la compagnie !

Et elle s'éloigne en courant. Je ne vois plus que sa lampe torche qui s'agite joyeusement avant de disparaître de l'autre côté du camping.

D'accord…

J'ai choisi un emplacement stratégique pour ma tente, aussi loin que possible du reste du groupe. Je vais donc savourer cette tranquillité, mais il est peu probable que je réussisse à dormir : pour le moment, ma tête est un bordel trop emmêlé, même pour peindre.

À la lueur d'une lampe dans la main gauche, j'ouvre le pan de toile et… je me fige.

Ethan est assis sur mon sac de couchage.

— Salut.

Mon pouls s'emballe. Ethan est là. En pantalon de survêt gris et sweat à capuche noir. Ses boucles retombent sur son front. Lui aussi a les yeux rouges. La tente embaume son odeur de savon au pin.

— Qu'est-ce que tu fais là ? je murmure, les yeux écarquillés.

Je me dépêche d'entrer et de refermer rapidement derrière moi.

— Sienna dort avec Leti. Rainn fait le guet.

— Mais…

— Il faut qu'on parle.

Ethan tapote le sac de couchage pour que je m'asseye, je n'hésite pas une seconde. De toute façon, vu le nombre de règles enfreintes aujourd'hui, une de plus ou de moins…

On est face à face, genoux contre genoux. Je me sens comme avant une course de haies. Comme si mes membres étaient montés sur des ressorts prêts à se détendre pour bondir. Mais je ne fuirai pas. Ethan mérite que je reste.

— D'abord, je suis désolée, commence-t-il. J'aurais pas dû crier après toi.

— Non, t'avais raison. (Un rire lui échappe, mon cœur s'accélère à nouveau.) Moi aussi, je suis désolée.

Pour aujourd'hui, pour cet été. Pour la façon dont je t'ai évité. Ma façon de… fuir.

— À Sacramento. Ouais.

— Ouais, je murmure.

— Talia, pourquoi tu pars ? Les *vraies* raisons.

Je n'ai plus rien à cacher. Je lâche tout. Je lui explique à quel point j'étais perdue. Que ce serait peut-être un soulagement de commencer dans une nouvelle école, d'arrêter de me démener pour résister à la pression de Liberty qui empire de jour en jour. Combien j'ai peur de tout gâcher. Combien la peinture me manque.

Ethan m'écoute d'une oreille attentive, sans m'interrompre ni intervenir. Parce qu'il *veut* me comprendre. Comme toutes les fois où on s'est épaulés, dans les pires moments.

J'atteins le cœur du problème.

— Je veux peindre, mais mon père refuse tout ce qui touche à l'art, que ce soit dans les études ou en dehors. Il veut que je fasse des stats. Si je pars avec ma mère, je pourrai choisir. Faire ce que je veux, vraiment.

Ses mains se serrent et se desserrent.

— Je comprends… Mais si tu choisis une filière qu'il aime pas, tu feras quoi ? Tu continueras de fuir ? Ça peut s'arranger si vous en discutez ensemble, après tu choisiras ce que tu veux.

— C'est ce que je fais.

— Tu en es sûre ? Je crois pas, Talia. T'as rien dit du déménagement. Tu m'as caché un truc aussi énorme. *Moi,* ton meilleur pote, souligne-t-il en se frappant la poitrine si fort que je le ressens dans la mienne. Pourquoi, Talia ?

— Je sais pas.

— Parce que tu savais que je te forcerais à réfléchir.

— Peut-être.

Ma voix est quasi inaudible.

— Tu te renfermes pour que personne ne voie la vraie Natalia. Tu te rends malheureuse. Tu crois vraiment que ça changera dans une nouvelle ville ?

— Peut-être ! Je pourrai peindre, me détendre et…

— Te cacher.

Ma voix s'éteint.

— C'est vraiment ce que *toi* tu veux ? Pas tes parents, moi ou quelqu'un d'autre ? Toi, Natalia ?

— Je savais que tu me poserais un million de questions auxquelles j'ai pas de réponse.

Ethan se radoucit.

— C'est juste une question. Une seule.

Mais c'est la plus difficile. Et mille autres se faufilent dans son sillage.

Qu'est-ce que je veux ?

Est-ce que j'ai le droit de vouloir quelque chose si c'est égoïste ? Si ce que je veux fait du mal autour de moi ? Et pire que tout : il se passe quoi si c'est le mauvais choix ?

Je ferme les yeux à la recherche de ma toile intérieure. Elle est là, mais vide. Blanche. Le néant. Je ne trouve pas la couleur. Je ne peux pas… *je ne peux pas…* ma respiration s'accélère.

Deux mains chaudes se posent alors sur mes joues.

— Natalia, reviens.

Les yeux profonds d'Ethan sont à quelques centimètres des miens.

— De quoi est-ce que t'as peur ?

L'air devient lourd sous la tente. Même si Ethan retire ses mains, la force invisible qui nous unit encore et encore s'enroule autour de mon cœur. La vraie réponse surgit.

— De *ça*.

— Pourquoi ?

Une bourrasque secoue les parois de la tente. Ni lui ni moi ne bougeons. Je suis captivée par son regard perçant. J'ai repoussé si loin mon fouillis de sentiments pour lui, je l'ai enfermé si profondément que je ne sais plus comment y accéder.

— Ce qui se passe entre nous… ce qui s'est passé le soir du bal, c'était… tellement déroutant.

Ethan prend une profonde inspiration.

— Pour moi aussi.

— C'est vrai ?

Il hoche la tête. Nous sommes proches. Si proches.

Je ravale la boule qui vient de se former au fond de ma gorge. C'est dur. Finalement, je reprends :

— Cette nuit-là… t'avais pas l'air d'avoir envie.

— Si, j'en avais envie. Mais ensuite, non. Pas après ce que t'as dit, « que ça ne changerait rien ».

— Je l'ai seulement dit parce que je savais pas ce que tu ressentais. Je voulais pas que tu croies que j'essayais de te forcer.

Il a l'air sonné. Ses joues s'empourprent.

— Tu veux dire que ça aurait changé des choses, pour toi ? demande-t-il d'une voix rauque.

Oui.

Mais j'ai besoin de le garder dans ma vie.

— Si ça comptait pas pour toi, ça pouvait ne pas compter pour moi, dis-je finalement.

Son regard est d'une intensité folle, on dirait que l'air de la tente vient de se charger d'électricité.

— Ça comptait, Talia. Beaucoup.

— Alors pourquoi tu as dit que c'était stupide ?

Enfin, il réalise, et l'horreur se lit sur son visage.

— Natalia, je parlais du *pacte*. J'aurais jamais fait ça avec toi juste pour honorer le pacte. Je ne parlais pas de toi ou de nous…

Je prononce alors la pire chose de toute ma vie :

— Il n'y a pas de nous.

Ethan se penche aussitôt sur moi. Ses mains s'enroulent autour de ma taille, ses doigts se glissent sous mon pull pour trouver mes hanches. Je ne veux pas le regarder d'aussi près. À la fois si proche et jamais assez. Mais je me laisse faire.

— Il y a toujours eu un nous.

Le temps s'étire, et enfin, nos lèvres se trouvent. Un baiser à la fois doux et urgent. Ethan a un goût de menthe et de sel marin, je me fonds en lui. Partout où je vais, il me suit. Fort, sûr, décidé.

Pour survivre, j'avais repoussé mes sentiments pour lui dans les recoins les plus sombres de mon cœur. Mais maintenant ? Maintenant, mes mains sont avides de lui, elles attrapent ses cheveux et mon cœur soupire.

C'est comme ça que ça doit se passer. Quand l'attente finit enfin.

C'est en train de se passer. C'est vraiment en train de se passer. La réalisation me frappe, et la tendresse se transforme en fournaise. Cette douleur familière au fond de moi est engloutie par les flammes de l'envie. Ethan frissonne contre ma chair, me serre plus fort. Affamé. Assoiffé. Ses bras m'enveloppent, le désir calme et puissant que je pressens en lui déclenche une onde de choc dans mon système. Ma langue s'insinue dans sa bouche avide de me recevoir. Un râle de plaisir émane de lui. Comme les étoiles dans le ciel, chaque cellule de mon corps brûle tant c'est bon.

— Attends, murmure Ethan contre ma bouche, haletant.

Il recule pour me regarder, son regard noisette a sa propre respiration. Il me dévisage profondément. Enfin, il plonge la main dans sa poche.

— Je sais qu'il y a encore autre chose.

Je manque de rire quand il sort une feuille jaune, froissée, couverte d'encre bleue. Évidemment. Évidemment que ma lettre a été trouvée par Ethan.

— Tu l'as lue ? je demande, en devinant déjà la réponse.

— Oui. Plus de secrets, Talia. S'il te plaît. Mon père t'a fait quoi ?

— Aucune impor…

— Si, me coupe-t-il en entrelaçant ses doigts aux miens.

Finalement, je lui dis tout.

— Il m'a demandé de rester loin de toi… après m'avoir… coincée, le soir du nouvel an. J'admirais son tableau, mais il a commencé à dire des choses sur moi, que j'étais une allumeuse, pas une fille pour toi, et m'a plus ou moins traitée de salope.

La fureur enflamme les traits d'Ethan. Ses mains tremblent dans les miennes.

— C'est lui le salaud. Toi tu es brillante, canon et…

— Boursière, Ethan.

— Qu'est-ce que ça…

— Tes parents sont les plus généreux donateurs du programme de bourses. Ton père n'a qu'à lever le petit doigt pour faire supprimer la mienne. Que je déménage ou non, je peux perdre Liberty du jour au lendemain. Je peux… te perdre, toi.

Le dire à voix haute me fait réaliser à quel point c'était ça, ma plus grande peur : M. Forrester a du pouvoir sur moi. Bien trop de pouvoir.

— S'il ose seulement y penser, je le pulvérise. Natalia, pourquoi tu m'as jamais rien dit ?

— Parce que c'est ton père.

D'un côté, je suis soulagée d'avoir enfin été honnête avec Ethan, de l'autre, peinée de lui infliger cette nouvelle souffrance. Je ne voulais pas interférer dans leur relation.

— Je m'en fous de mon père ! Je l'empêcherai de te faire ça. Ce salaud voudrait en plus décider qui je dois voir ou non…

Mon cœur se serre. Je repousse les boucles de son front, j'essaie de détendre l'atmosphère.

— Wow, à croire que tu ne veux vraiment pas que je m'en aille.

Ethan ne rit pas, mais il appuie son front contre le mien. Son souffle effleure mes lèvres lorsqu'il murmure d'une voix torturée :

— Bien sûr que je veux pas que tu partes, Talia.

Mes doigts s'enfouissent plus profondément dans ses boucles et je l'embrasse, encore et encore.

Quand nos lèvres se séparent, je lâche cette peur sur laquelle je mets enfin des mots.

— J'avais très peur de t'en parler parce que... je ne suis pas le genre de fille qui peut rester à cause d'un garçon.

Ethan me serre plus fort, comme s'il avait peur que je disparaisse d'une seconde à l'autre. Puis il prend doucement mon visage en coupe et murmure :

— Je sais, Talia.

Ses yeux oscillent entre terreur et espoir. Mon pouls s'emballe avec frénésie.

— Mais je suis pas le genre de mec qui peut te regarder partir sans te dire que je suis amoureux de toi.

ETHAN

Week-end d'intégration des terminales, 22 h 42

Putain, je n'ai jamais eu aussi peur de ma vie, mais je n'ai jamais été aussi sûr de moi. Je devais le lui dire. Plus de secrets.

Je caresse doucement le creux de son cou. Ce carré de peau douce auquel je n'ai cessé de penser depuis le bal. Je m'en fous de ce qui se passera ensuite, je l'attendrai aussi longtemps qu'il faudra.

Mais je commence à douter quand Natalia s'écarte de mes bras, se redresse et rampe vers son sac. Elle règle sa lampe pour qu'une faible lumière jaune nous éclaire. Espérons que les profs dorment profondément. Elle fouille dans son sac et en sort son carnet de croquis. En se mordillant la lèvre, elle le feuillette jusqu'à une page qu'elle caresse du bout des doigts, avant de me la montrer avec un soupir.

C'est un croquis. Une main, le petit doigt est enroulé autour d'un stylo. Ma main. Je m'en souviens parce qu'elle m'avait demandé de poser. Elle n'arrêtait pas de jurer, d'effacer, j'avais fini par avoir une crampe.

Elle tourne la page. Un autre croquis de moi en train de dribbler avec un ballon de basket. La vivacité du mouvement me donne presque envie d'aller jouer tout de suite.

Une autre page. Moi, de profil, en train de regarder le Golden Gate Bridge. Le vent ébouriffe mes cheveux. Elle a dû dessiner celui-ci lors de notre voyage de classe l'an dernier. C'était gênant. On avait tellement peu dormi qu'on était hystériques pendant le trajet de retour.

Une autre page. Moi, le menton posé sur la main, penché sur mon bureau, en train d'étudier. C'était à la maison, pendant les révisions de fin d'année. Natalia avait bossé comme une folle et s'était endormie pendant l'épreuve d'éco. Elle n'avait eu « que » B, ce qui l'avait super énervée.

Un autre dessin de moi, le visage enfoui dans les mains et les doigts crispés dans mes cheveux. Je suis stressé. En colère. Je pensais avoir toujours réussi à cacher cette facette. Mais Natalia l'a vue. La voit. Totalement.

Mes yeux brûlent un peu plus à chaque nouvelle page, et je comprends pourquoi elle me montre tout ça.

— Talia… tu dessines tellement bien.

Beaucoup sont des croquis rapides au crayon ou à l'encre, d'autres sont vibrants, à l'aquarelle ou aux crayons de couleur. Je n'ai rien vu depuis des années. Je lui demandais souvent de me montrer ses dessins, mais elle ne voulait pas. Elle est devenue incroyablement douée.

Je ne suis pas l'unique sujet de ses dessins. Il y en a aussi de ses mains, de son beau visage, de ses yeux écarquillés, de ses longues jambes. Les tresses compliquées de Sienna. Rainn surfant sur la crête des vagues. Des élèves de Liberty. Sa chambre, son jardin. Son monde. Mais il est évident que j'y occupe une place centrale. Autant de souvenirs de notre amitié.

Elle tourne encore une page.

Mes yeux dansent sur le dessin, mon cœur cogne plus fort contre mes côtes.

Deux personnes sur une plage – *cette* plage, vue depuis l'allée des eucalyptus. Les deux personnes se tiennent l'une contre l'autre, comme si elles respiraient enfin. Comme si elles étaient faites l'une pour l'autre.

Les dessins précédents représentaient des gens, des lieux, tous vus de l'extérieur. Celui-ci est différent : il vient de l'intérieur d'elle-même. Je ne sais pas ce qui me permet de l'affirmer, mais il me paraît évident qu'elle l'a dessiné… avec tendresse. Émotion.

Je ne peux ni la quitter des yeux ni dissimuler la crainte dans ma voix lorsque j'articule :

— C'est nous.

— C'est ma lettre du Lion. La vraie, dit-elle les yeux rivés aux miens. J'espère que tu comprends…

Je comprends. Mais je suis un con qui veut le lui faire prononcer. Plus je garde le silence, plus ses mains se tordent.

— Je t'aime, Ethan. Comme si… je ne savais rien faire d'autre que t'aimer.

Mon sourire s'étire jusqu'à mes oreilles.

Je pose le carnet, j'éteins la lampe et l'attire contre moi. Je cherche ses lèvres dans le noir. Natalia est la seule à voir en moi, à voir le pauvre type maladroit que je suis. Je suis moi, uniquement quand je suis avec elle.

C'est ce mec-là qu'elle aime.

Lorsque ses lèvres s'entrouvrent contre les miennes, mes pensées s'envolent. Nous sommes consumés de frénésie. De halètements. Bon Dieu, je l'aime. Je n'ai jamais ressenti quelque chose comme ça. C'est encore plus parfait que tout ce que j'aurais pu imaginer, et c'est vraiment en train de se produire. Enfin ! Je suis là. Elle est là. À cheval sur mes jambes. Ses doigts s'insinuent dans mes boucles, mes mains agrippent ses hanches.

Elle soulève mon sweat, je le retire en vitesse en même temps que mon tee-shirt. Le froid est vif, mais je le remarque à peine tellement ma peau brûle. Elle enlève aussi son pull, ses longs cheveux retombent sur ses épaules nues, ses yeux dansent.

La dernière fois qu'on s'est retrouvés dans cette proximité parfaite, c'était le soir du bal. Ce soir, rien n'est différent, mais tout a changé. Mes doigts laissent un sillon de chair de poule le long de sa colonne vertébrale. J'aime quand ses paupières se ferment de plaisir.

— Tu es si belle, je ne…

Sa bouche vient étouffer la fin de ma phrase. Je ris contre ses lèvres. Pour la première fois de ma vie, je me sens là où je dois être. À ma place. Nos lèvres se cherchent comme si notre temps était compté. Je suppose que oui.

Je la serre plus fort, l'embrasse plus profondément. Elle se cambre pour être encore plus proche, ses ongles glissent dans mon dos.

Oh putain.

J'ignore combien de temps s'écoule parce que j'ai rendu les armes. Je suis ailleurs. Noyé. Dans notre boule à neige remplie de son shampoing au jasmin, de l'air chargé d'embruns et de nos respirations haletantes.

Elle s'écarte doucement et ferme les yeux comme elle le fait quand elle réfléchit.

— Ethan, je… c'est gênant, mais… toi, tu ne l'es plus, mais je crois que, moi, je ne suis pas prête à perdre ma virginité pendant une sortie scolaire. Même si j'en meurs d'envie et que tu es grave sexy en ce moment.

Je suis obligé de secouer la tête pour remettre mon cerveau en service. Le flux de sang a définitivement voyagé… vers une autre partie de mon corps.

— Non, c'est pas gênant. Si c'est bizarre d'en parler, c'est qu'on doit pas le faire maintenant.

Elle hoche la tête en lissant ses cheveux ébouriffés par ma faute. Ce que je ne regrette pas une seconde. Mais après je réalise.

— Comment ça, je le suis plus ? Plus quoi ?

— Toi et Claire, vous avez… n'est-ce pas ?

Quoi ? J'espère que l'horreur se lit sur mon visage.

— Pas du tout. On a même pas essayé, je bafouille. Je suis techniquement toujours aussi vierge qu'avant.

Elle reste silencieuse un long moment.

— T'es sérieux ?

— Je crois que je le saurais quand même si…

— Le karma ferait mieux de foutre un coup de pied au cul de Claire, sinon c'est moi qui le ferai ! s'enflamme-t-elle.

Je souris, caresse ses cheveux et prends une minute pour savourer à quel point c'est bon d'avoir son corps plaqué contre le mien. Elle remarque mon sourire.

— Quoi ?

Je hausse les épaules.

— Tu penses que je suis sexy.

Elle lève les yeux au ciel.

— N'importe quoi.

— Tu m'as dessiné sous toutes les coutures !

Elle enfouit son visage dans mon cou.

— Non !

— Tu rougis !

— Tu peux même pas me voir.

— Pas besoin.

Natalia éclate de rire, de ce rire spontané et sonore, puis elle l'étouffe avec sa main parce qu'il n'y a pas un bruit dans le camping. Elle n'a jamais été aussi détendue. Heureuse. Le fait que j'y sois pour quelque chose me remplit d'une joie débordante.

— Je te déteste, Ethan.

— Tu m'aimes.

Nos yeux se rencontrent à nouveau, nos lèvres s'attirent quand, soudain, on entend une tente voisine s'ouvrir.

— Couvre-feu. Plus personne ne sort de sa tente, lance la voix de M. Beckett.

— Merde, murmure Natalia.

Son souffle chaud me réchauffe la poitrine.

On dirait que M. Beckett s'emmêle les pieds dans les piquets d'une tente, il jure dans sa barbe.

Si nous remuons pour nous rhabiller, on va se faire capter direct, alors nous restons figés comme des proies sur le qui-vive.

Où est Rainn ? Il était censé faire le guet. Je ne sais pas depuis combien de temps je suis avec Natalia… Un bon moment déjà. On aurait dû rééchanger avec Sienna et Rainn depuis longtemps.

Seuls nos yeux suivent le balancement de la lanterne de M. Beckett. Ses pas se rapprochent, on dirait qu'il vient droit sur nous. Comme s'il savait déjà.

Mon cœur bat la chamade, mes bras sont enroulés autour d'elle, mes mains protègent la peau nue de son dos. Il n'y a plus d'espace entre nous, mais je l'attire quand même plus près encore.

Si on se fait choper, Sacramento sera le moindre de nos problèmes. On sera dans une merde shakespearienne avec le père de Natalia.

Même cette éventualité ne gâche pas ce moment. J'ai enfin Natalia dans mes bras, ça vaut la peine d'être viré.

Les pas s'arrêtent devant notre tente. Natalia se tend, je retiens mon souffle.

Un bruit de fermeture Éclair malmenée retentit alors.

— *Psst,* monsieur Beckett !

— Rainn ? Qu'est-ce qui se passe ?

— Ben, euh… je me suis coupé le doigt.

— En faisant quoi ? Aïe, c'est grave ?

La voix de M. Beckett s'estompe, ses pas s'éloignent. Natalia laisse échapper un soupir, elle se détend contre moi. J'espère que ce grand couillon ne s'est pas coupé le doigt exprès pour nous sauver la mise. On lui doit une fière chandelle. Nos potes auront été super ce soir.

Je ne suis pas aussi seul que je le croyais.

On reste immobiles jusqu'au retour de M. Beckett dans sa tente. Je caresse le dos de Natalia, elle ronronne contre ma clavicule. Enlacé étroitement à elle, je ressens une paix profonde. Je dépose de petits baisers sur chaque centimètre carré de sa peau, étonné de pouvoir le faire. Étonné de son sourire béat.

Peu importe ce qui nous attend demain, nous aurons eu ce soir, et cette nuit.

NATALIA

Week-end d'intégration des terminales, 00 h 23

On a dû s'endormir. Quand je rouvre les yeux, il fait toujours nuit. J'entends des voix, mais ce n'est pas encore le lever de soleil. Rainn et Sienna ont accompli un miracle. Je suis toujours serrée contre Ethan, il dort profondément. Lui non plus n'a pas bougé, ses bras sont toujours enroulés autour de moi. Nos corps sont tellement enlacés, peau contre peau, que cela m'intimide. Pourtant, ce n'est pas la première fois que je me réveille avec lui, c'est arrivé plein de fois après nos séances de révision ou nos soirées pyjama.

Mais jamais dans ses bras. C'est si parfait que je pourrais m'y habituer.

Cette pensée s'assombrit à mesure que je réalise ce que j'ai fait. Ce que j'ai enclenché en envoyant un texto à ma mère. Je n'ai pas regardé sa réponse, j'ignore ce qu'elle en pense et ce qu'elle a déjà planifié.

Tout ce que je sais, c'est que je dois lui parler, et à mon père aussi. Je dois discuter avec eux de ce qui est le mieux pour moi. Pas pour eux, ou Ethan ou qui que ce soit d'autre. Juste pour moi.

J'essaie de m'extraire sans réveiller Ethan, mais il remue quand je m'assois. J'enfile ma chemise, mon sweat, et je regarde ses yeux s'ouvrir avec une crispation dans les tripes. Et s'il regrettait nos confidences ? Lui et moi avons toujours été prudents dans notre amitié, mais là, il n'y aura pas de retour en arrière.

Ethan cligne des yeux plusieurs fois. Quand son regard croise le mien, un large sourire illumine son visage. La chaleur des couleurs dorées de mon cœur se répand dans ma poitrine, gagne mes membres, j'ai l'impression d'avoir des ailes.

— Salut, toi, murmure-t-il.

C'est le ton d'Ethan que je préfère. Le nounours somnolent. J'ai envie de le couvrir de baisers, mais je résiste… tant bien que mal.

— Il est quelle heure ?

Je cherche à tâtons mon portable.

— Minuit et demi.

J'en profite pour consulter les messages que j'ai manqués. Mon cœur s'emballe en découvrant le plus récent.

— Ethan. Ta mère vient de m'envoyer un texto.

Je lui passe le téléphone et j'appuie mes lèvres sur son épaule nue pendant qu'il lit.

Coucou Natalia. Je sais que tu participes au week-end d'intégration. Au cas où tu lirais ce message, tu peux demander à Ethan de m'appeler s'il te plaît ? Peu importe l'heure, je décrocherai. J'ai besoin de savoir s'il va bien. Merci ma chérie.

Ethan passe une main sur sa mâchoire, sa barbe pique maintenant.

— Je devrais peut-être…

— Oui. Tu préfères que je sorte ?

J'entends des rires, on n'est pas les seuls à ne pas dormir.

— Pour que tu me fasses une crise d'hypothermie ? Sûrement pas !

Je me rapproche de lui pour lui procurer un soutien moral.

Sa mère décroche dès la première sonnerie.

— Ethan ?

Tout est si calme ; j'entends clairement sa voix, alors qu'Ethan tient le téléphone pressé contre son oreille. Sa mère a l'air fatiguée.

— Salut, maman.

— Tu es au courant ?

— Oui.

— Je suis vraiment désolée, mon Ethan. Comment tu te sens ?

Il me serre une main. Je caresse doucement son dos avec l'autre.

— T'inquiète pas pour moi, maman. C'est moi qui suis désolé, que tu l'aies appris de cette façon.

Elle reste silencieuse, puis :

— Chéri… Je le savais.

Ethan croise mon regard, les yeux écarquillés. Je suis sûre que les miens le sont encore plus.

— Quoi ?

Le soupir qu'elle pousse remplit la tente.

— Malgré tout ce qu'on peut dire de lui, ton père n'est pas si bon acteur.

Ethan se crispe.

— Wow… maman, je… je le savais aussi.

Il raconte tout à sa mère, les textos, les mois passés à garder le secret. Chaque mot dénoue les chaînes invisibles qui l'enserraient. Sa mère est apaisante, rassurante, ça me rappelle à quel point Ethan est resté si… Ethan, malgré les montagnes russes de la célébrité.

— Et Adam ? Tu crois qu'il pourrait rechuter ? s'inquiète Ethan.

— Non, non, mon chéri. Il le savait aussi. Ton père est loin d'être discret. On voulait te protéger, alors on t'a rien dit.

— Et moi qui pensais que je *te* protégeais, articule-t-il d'une petite voix qui tire de nouvelles larmes à sa mère, et quelques-unes à moi aussi.

— On aurait dû se protéger un peu moins et parler un peu plus, conclut-elle.

Ethan digère ces nouvelles en silence alors que sa mère lui relate les derniers détails de la journée. Ça me fait quelque chose d'être à ses côtés durant un échange aussi intime. Mais Ethan ne me donne jamais l'impression d'être de trop. À aucun moment de sa conversation, il ne lâche ma main. Il n'est pas seulement mon ancre, je suis aussi la sienne.

Quand ils raccrochent, Ethan paraît libéré.

— Tout ce qui me stressait… en fait, ma mère et mon frère le savaient déjà, dit-il avec un petit rire.

Je me pelotonne contre lui. Je suis heureuse qu'il se soit libéré de ce fardeau.

On discute de la prochaine visite de son frère et du communiqué prévu par sa mère pour protéger leur vie privée. De ce qu'Ethan ressent, un sentiment de trahison, de colère, et de l'humiliation infligée par son père, qui est un putain de connard.

— Je ne lui pardonnerai jamais. Le pire, c'est ce qu'il a osé te faire, enrage-t-il.

Nous sommes allongés face à face, ma jambe par-dessus la sienne.

— Jamais, c'est long, je murmure.

— Pas assez. Il a plus que merdé. (Ses yeux s'adoucissent aussitôt quand ils rencontrent les miens.) Je suis tellement désolé que tu aies traversé ça seule, Talia.

Mes larmes picotent à nouveau. Aussi douloureux que cela puisse être, c'est tellement mieux quand on se parle.

Ses bras puissants m'enveloppent, son nez s'enfouit dans mes cheveux.

— Faut peut-être qu'on trouve le moyen de changer de tente, murmure-t-il. Ou alors…

Ethan m'entraîne dans un baiser. On perd la notion du temps, il nous faut plusieurs tentatives avant de réussir à reprendre nos esprits et rompre notre baiser.

— J'ai besoin de ton aide pour un truc, je lâche entre deux longs câlins. J'ai une idée… mais ça veut dire encore quelques règles à enfreindre.

Ses sourcils se haussent.

— T'as déjà piqué les lettres, volé un téléphone, et il y a un mec dans ta tente alors que « sympathiser » durant un voyage scolaire peut entraîner des sanctions à la hauteur de ce délit, comme l'expulsion, voire pire. Wow… Qui êtes-vous et qu'avez-vous fait de Natalia ?

— Quelqu'un a appris par cœur la charte de bonne conduite du lycée, on dirait.

Il tente de garder un visage impassible, mais même dans l'obscurité, je vois qu'il rougit.

— J'ai peut-être consulté ce chapitre avant le voyage pour… certaines raisons.

Je lui donne une petite tape. Je l'adore.

— Vas-y, c'est quoi ton idée ? reprend-il.

Je lui explique. Ce ne sera pas facile de mettre le nez en dehors de la tente, ça pourrait même nous valoir une nouvelle tonne d'ennuis, mais Ethan sourit à nouveau. Je ne me souviens pas de lui souriant autant.

J'enfile mes chaussures et lentement, très lentement, je rouvre la porte de toile. Nous partons sur la pointe des pieds, passant devant des tentes qui bruissent de chuchotements. Personne ne dort, à part les adultes, car on entend le ronflement régulier de M. Beckett.

On arrive au parking. L'avantage de la grosse caisse ridicule d'Ethan, c'est qu'elle est silencieuse. Il roule sans un bruit jusqu'à la route.

C'est un peu déstabilisant de quitter notre petite bulle magique, la plage, ma tente.

L'idée m'est venue en montrant mes dessins à Ethan : j'ai réalisé ce que je pourrais faire pour la classe. Après tout ce que nous avons vécu cette dernière journée, le jeu en vaut la chandelle.

Chez moi, tout est tranquille. Maman est dans son nouvel appartement, papa ne revient pas de sa conférence avant demain après-midi. Ni lui ni moi ne voulions assister au déménagement de maman, au départ des affaires que nous partagions autrefois.

J'ouvre la porte. La maison est plongée dans l'obscurité. Je sais exactement ce dont j'ai besoin et où ça se trouve, mais on doit être rapides. On a vingt minutes, grand max.

Ethan me suit dans ma chambre. J'allume ma guirlande de loupiotes au lieu du plafonnier. J'extirpe de sous mon lit le grand carton contenant mes anciens carnets de croquis et je les feuillette rapidement pour choisir ceux qui m'intéressent. Une petite pile se forme à ma droite.

— Voilà, c'est bon.

Ethan, qui est affalé sur mon lit, ne bouge pas. Il a l'air captivé par mes réalisations accrochées au mur. De la peinture abstraite, un style auquel je reviens quand ça ne va pas. Je mets sur la toile les motifs qui naissent dans mon esprit, des flux de couleurs sans forme définie ; c'est l'aspect que prennent mes émotions ou mes impressions.

Ethan passe ensuite aux portraits. Je sais qu'il les connaît parce qu'il m'a demandé un jour pourquoi je ne le dessinais pas… Il connaît la réponse maintenant.

Puis il se tourne vers mes aquarelles. J'adore les peindre, pourtant il y en a peu : l'aquarelle, c'est quand je me sens dans un cocon doux, en sécurité, aimée, heureuse. Ce qui est rare. Surtout ces dernières années.

— T'es vraiment douée, Talia.

Il s'interrompt. Il y a une certaine tristesse que je ne comprends pas.

— Si tu ne te sens pas à l'aise à Liberty à cause de… tout ça, reprend-il, tu dois aller là où tu pourras continuer à peindre. Tu en as *besoin*.

J'essaie de porter un autre regard sur mes œuvres, d'adopter *son* point de vue. En étant moins critique envers moi-même et… je crois qu'il a raison. Mes dessins ne sont pas mauvais. Je ne devrais pas être aussi stupéfaite qu'Ethan m'encourage : il l'a toujours fait, mais là, c'est différent : c'est la première fois qu'il les admire en sachant qu'ils pourraient être la cause de mon départ.

J'enroule mes bras autour de sa taille et appuie ma joue contre ses omoplates.

— Merci, Ethan. Mais je crois que ça dépasse Liberty.

Je crois que j'ai voulu fuir le lycée, comme j'ai fui Ethan. J'ai eu peur de les vouloir parce qu'on cherchait à me les enlever. C'est plus facile de rejeter que d'être rejeté. Mais plus facile ne signifie pas forcément meilleur.

Malgré ce que peut insinuer un type aussi pathétique que M. Forrester, je mérite ma place à Liberty. Je mérite de suivre les cours d'arts plastiques de Mme Aucoin, qui est si douée. Je mérite toutes les opportunités pour lesquelles mes parents ont fait des sacrifices. J'ai gagné le droit de miser sur moi-même.

Ethan se libère de mon étreinte et m'oblige à me tourner vers lui.

— C'est-à-dire ?

— Eh bien… j'ai réfléchi. Tu m'as dit que je devais décider par moi-même. Alors, voilà… je veux aller dans une école d'art ! Ça fait des années que j'en ai envie. Faut écouter ses tripes, non ? Faire confiance à sa propre intuition. J'ai jamais réussi parce que mon anxiété m'abrutit de fausses informations, me persuade que je suis en danger. Avec ça, comment je peux me faire confiance ?

J'observe à nouveau mes tableaux qui tapissent les murs. Rien de tout ça n'est parfait. Moi non plus.

— Mon père va hurler quand je lui annoncerai ça. En suivant ma mère à Sacramento, je me disais qu'elle verrait comme j'aime ça, ce qui m'aurait peut-être aidée à convaincre mon père. Du coup, plus de problème… Mais je crois plutôt que j'essayais de me convaincre moi-même, que ça irait mieux ailleurs parce que je ne veux pas affronter les difficultés qu'il y a à rester ici : ma mère absente, vivre avec mon père, avec mes erreurs. Mais est-ce que ça vaut vraiment la peine de manquer ma dernière année dans ma ville natale, dans mon école, avec tous ceux qui comptent pour moi, juste parce que j'ai peur d'avoir une conversation avec mes parents ? On finira par l'avoir, de toute façon. Si je continue de fuir chaque fois que j'ai peur, je courrai toute ma vie. Donc je dois essayer. Je dois me faire confiance.

Ethan rayonne en me serrant dans ses bras.

— Tu savais que si une vague ne rencontre aucun obstacle sur son chemin, elle peut parcourir l'océan tout entier ? murmure-t-il.

Mon cœur se gonfle de joie, je sais ce qu'il cherche à me dire.

— Quelle que soit ta décision, Talia, j'ai confiance en toi. On s'en sortira tous les deux.

— Tu crois ?

— Trois heures de route, c'est rien. Tu sais combien de livres audio j'ai dans ma liste ?

Trois heures, ce n'est pas rien, mais je l'adore pour l'avoir dit quand même.

— Et si on s'en sort pas ? je murmure.

Son pouce caresse doucement mon menton.

— Et si on s'en sort ?

Mon cœur tambourine comme un fou. Ethan, l'ami qui voit à travers le pire en moi. Qui sait que mes pensées sont un tourbillon vertigineux m'empêchant de me faire confiance, de croire ce que je pense vraiment. Un ami qui ne me lâche pas. Me pousse. M'encourage à croire en moi.

Je suis moi-même, le meilleur de moi-même avec lui.

En une journée, nous nous sommes retrouvés à travers le chaos de nos sentiments blessés, nous nous sommes délestés de nos secrets. Nous sommes plus forts que jamais.

Je le tire vers moi et l'embrasse passionnément. S'écrouler ensemble sur mon lit paraît évident, c'est même un délice après avoir testé le sol glacial de la tente. Je sais qu'on devrait retourner au camping, mais pour la première fois, je me contrefiche d'avoir des ennuis ou de décevoir. Ce qui m'arrive en ce moment compte davantage. C'est ma *vie*.

Dans le carrousel des lumières au-dessus de mon lit, on parle, on rit, nos vêtements voltigent sur le plancher. Finalement, c'est bien qu'Ethan nous ait interrompus le soir du bal. Le pacte aurait brisé notre amitié, on n'était pas prêts. Ça l'a presque brisée, d'ailleurs.

Maintenant, je n'ai plus à contrôler ni à contenir mes sentiments pour lui. Il n'y a ni honte, ni questions, ni peur. Les doigts d'Ethan suivent la courbe de mes hanches, son souffle palpite sur ma mâchoire. Alors que mes cheveux se répandent sur l'oreiller, ses doigts s'entrelacent aux miens sur le matelas. Nos yeux ne se quittent plus, je lui dis oui, j'en suis sûre. Et je le suis.

Je suis sûre de ne jamais m'être sentie plus en sécurité. Sûre de ne jamais avoir été plus heureuse. Sûre que mon cœur est à lui. Il l'a toujours été.

Parce que, ensemble, Ethan et moi sommes une aquarelle.

ETHAN

Week-end d'intégration des terminales, 5 h 44

Je ne sais pas comment c'est possible, si on doit remercier notre bonne étoile, le dévouement de nos amis ou la lumière de Waluigi, mais on réussit à revenir au camping sans se faire choper.

Mon cerveau plane sur un petit nuage. Dans l'espace, les objets astronomiques suivent leur course vers la collision bien avant l'impact. Ça s'applique aussi à Natalia et moi. Nous sommes passés d'un état planant dans des angles opposés de ce putain d'univers pour venir se crasher l'un contre l'autre, exactement au moment écrit pour nous deux. Comme sur son dessin. Tout le monde disait que le week-end d'intégration était un moment incroyable, mais là…

Le jour n'est pas encore levé quand nous sortons de nos tentes respectives, comme si nous y avions passé la nuit. Sienna est là, mains sur les hanches.

— Alors ? Mes calculs étaient justes ? demande-t-elle à Natalia, qui me lance un regard complice et rougit.

— Je t'accompagne à Las Vegas quand on aura l'âge de parier !

Sienna sourit. La réponse parle d'elle-même. Rainn n'est pas loin, ses yeux s'attardent un peu trop longtemps sur Natalia. Je m'approche de lui. Il a été le genre d'ami que tout le monde rêverait d'avoir : altruiste, bienveillant, compréhensif. À aucun moment, il ne m'en a voulu, alors qu'hier encore, c'était ses bras qui enlaçaient Natalia.

— Ça va, vieux ?

— Super, répond-il sans aucune hésitation.

— Tu peux encore me botter le cul si tu veux !

— C'est bon ! Mais n'oublie pas que j'en suis capable.

Je pose une main sur mes côtes et grimace de façon spectaculaire.

— Comment je pourrais ! Sérieux, mec, t'as le droit de me détester. Je le mérite totalement.

Rainn semble réfléchir, puis il répond avec dédain :

— Je peux pas en vouloir à l'océan de faire des vagues. Je suis un surfeur.

Je le serre dans mes bras pour lui montrer que je comprends ce qu'il a fait pour moi. Hier, je détestais Rainn. Je ne pouvais plus l'encadrer et le voir avec Natalia, incapable d'être heureux pour eux. J'étais incapable de l'altruisme qu'il manifeste aujourd'hui.

Rainn est tellement meilleur que moi, et j'ai tellement de chance de l'avoir comme ami.

Une longue table a été dressée pour le petit déjeuner. Natalia jette forcément son coup d'œil d'inspectrice que je suis le seul à remarquer. Elle réorganise discrètement les tasses, c'est plus fort qu'elle.

Je suis au taquet, comme si on m'avait injecté du sérum-Natalia dans les veines. Du coup, je zappe le café, mais je m'empiffre de deux brioches à la cannelle quasiment sans respirer. À la troisième, un bâillement m'échappe.

— Mauvaise nuit ? me taquine Natalia.

J'ai à nouveau le sourire jusqu'aux oreilles. Je souris tellement ce matin que j'ai mal aux zygomatiques ! Je caresse sa pommette du bout des doigts et replace une mèche rebelle derrière son oreille.

— Excellente nuit.

Le souvenir de ce moment flotte entre nous. La lueur des guirlandes lumineuses, le rugissement de nos cœurs. Nos mains partout. Sa peau pour toujours. Mon Dieu, c'était parfait.

Quand les professeurs annoncent qu'il reste vingt minutes avant le lever de soleil, un air déterminé éclaire le visage de Natalia.

Sa surprise est prête.

Elle entrelace ses doigts aux miens, puis on rejoint le groupe qui se dirige vers la plage. Je sens le regard de Claire nous brûler le dos. Elle n'a pas l'air surprise : Rainn avait raison, notre relation était évidente pour tout le monde, sauf pour nous. Heureusement qu'on a fini par ouvrir les yeux.

Le brouillard matinal se dissipe déjà sur le rivage, le ciel sera dégagé. Il a cette teinte bleu profond qui précède l'aube.

La boîte de Natalia est près du foyer, là où nous l'avons posée quelques minutes avant de nous faufiler dans nos tentes. C'était notre couverture officielle, au cas où on nous aurait surpris dehors. Mme Mercer réalise qu'elle a oublié le bocal des lettres du Lion. Je tousse pour dissimuler mon rire en voyant l'expression sur le visage de Natalia.

On s'installe autour du feu allumé par Mme Mercer en attendant qu'elle revienne.

Natalia se lève et prend la parole.

— Salut, tout le monde, j'attendais ce moment pour vous parler.

L'accueil est… mitigé. La classe garde visiblement toujours une dent contre elle. Les regards restent fixés sur les flammes ou sur les vagues qui s'écrasent sur le sable. Le silence est tendu.

Redressant les épaules, Natalia endosse son meilleur rôle : cheffe d'orchestre.

— Je voulais juste dire que ça a été un honneur de vous servir comme présidente ces dernières années. J'ai toujours voulu que tout soit parfait. Mais la perfection est impossible et pour être une bonne présidente, il faut plus que des beignets et des panneaux d'affichage. Il faut être digne de confiance. J'ai échoué. À cause de moi, certaines de vos lettres ont été découvertes et lues à voix haute.

Natalia cherche mon regard tout en recoiffant des mèches échappées de sa tresse. Mon cœur s'emballe. Puis, elle pose les yeux sur chacun.

— Je suis désolée d'avoir été si négligente avec vos lettres, vos secrets. Je vous *promets* que je n'en ai lu aucune. J'assume toutes les conséquences, même si cela signifie ne plus être présidente des élèves. Cela ne change rien au mal que j'ai fait, mais je souhaite partager avec vous ma véritable lettre du Lion. Parce que si je dois être plus courageuse, je ne cacherai plus jamais mon art.

Quelques personnes échangent des regards intéressés. Natalia sort alors du carton les pages qu'elle a arrachées de ses carnets la nuit dernière. Elle commence à les distribuer. Nos mains se touchent lorsqu'elle me donne le croquis – notre croquis – et nous échangeons un sourire entendu.

Beaucoup ont l'air confus, restent bouche bée, puis Janelle s'exclame :

— Hé, c'est moi !

Elle montre sa feuille pour que tout le monde puisse voir le dessin saisi sur le vif au Golden Gate Bridge l'an dernier. On voit le pont en arrière-plan, Janelle qui rit, les yeux fermés. C'est une ébauche rapide, mais on la reconnaît parfaitement.

— C'est trop bien fait. C'est toi qui as dessiné ça ?

— Je vous ai tous dessinés à un moment ou à un autre… ça peut sembler flippant, mais c'est comme ça que j'ai appris. Mes dessins ne sont pas tous bons, je continue d'apprendre. Mais je voulais vous les donner pour que vous sachiez que… c'est normal d'être vu. Je vous vois.

Le vent s'engouffre dans les eucalyptus et le feu crépite. Les feuilles s'agitent, quelques-unes s'envolent. Chacun reste silencieux et regarde son dessin.

Soudain, Rainn se lève.

— Moi aussi, j'ai un truc à vous dire. Ou plutôt, à vous lire.

Il sort un petit morceau de papier qu'il défroisse en s'éclaircissant la gorge. Putain, il va lire sa lettre en public ?

— Si j'étais plus courageux, j'irais vers les grosses vagues. Celles qui me font flipper. Parfois, j'ai peur d'être englouti, de me noyer. Mais je ne progresserai jamais si je ne me challenge pas. C'est un peu comme la vie. Alors pendant cette dernière année à Liberty, je veux me lancer. Être meilleur pour surfer dans les vagues et dans ma vie. Et le plus important, je veux m'améliorer pour être capable de dire à mes amis que je les aime.

Rainn chiffonne son papier et le jette au feu. Tout le monde applaudit. Quand il croise enfin mon regard, je ne sais pas à quoi je ressemble. Je dois être sur le point de fondre en larmes, parce qu'il se frappe deux fois la poitrine, comme pour regonfler mes batteries.

— À mon tour ! s'exclame Sienna en me lançant un clin d'œil.

D'un seul coup, je comprends : ils ont tout préparé. Ce duo diabolique a tout orchestré. OK, je vais *vraiment* pleurer.

Sienna sort sa feuille.

— Préambule : je vous signale que nous avons réécrit ces lettres pour ne pas trafiquer dans le bocal comme certaines personnes, dit-elle.

Natalia, dont les yeux sont déjà embués de larmes, a un petit rire, comme deux trois autres personnes. Mon cœur se gonfle. Le vent va-t-il devenir plus favorable pour Natalia et moi après le geste de Sienna et Rainn ?

— Si j'étais plus courageuse, je clamerais haut et fort la vérité à Liberty. Je voudrais une école plus sûre, plus inclusive pour toute personne queer ou en questionnement. Alors, je vais enfin aller demander au dirlo d'accepter la création d'un club LGBTQAI+, qui sera financé par l'école au même titre que tous les autres clubs, au lieu de dépendre des collectes gérées par les élèves. Je ne lâcherai rien tant que le budget n'aura pas atteint celui du club Waluigi, aujourd'hui fermé.

Elle m'adresse un grand sourire, je cache le mien dans mes mains.

— Je jure aussi que je conduirai les Variables à une victoire éclatante contre Havenport Prep !

Une explosion de joie retentit, je crie encore plus fort que les autres. Alors que Sienna lance sa feuille dans les flammes, Natalia se jette dans ses bras, puis en fait autant avec Rainn.

— Merci… merci.

À l'évidence, elle n'était pas au courant non plus de ce qu'ils avaient concocté.

Sienna reprend la parole.

— On vous le disait hier soir, tous ceux qui ont envie de parler sont les bienvenus.

Elle se laisse tomber à côté de moi, je passe un bras reconnaissant autour de ses épaules. Ensuite, nous attendons.

Attendons.

Attendons.

À part les vagues qui roulent au loin et les craquements du feu, c'est le silence total.

— Bah, c'est plus dur que *Dwarf Fortress*, murmure Sienna.

J'éclate de rire. J'ai été tellement pris dans le drame des lettres, de Natalia et de ma famille, que j'en avais oublié qui serait à mes côtés cette année, même si tout le reste part en vrille. *Mes amis.*

— OK. À mon tour.

C'est Prashant, qui se mordille les lèvres. Son cahier tremble dans ses mains. Il remonte ses lunettes sur son nez, la monture brille à la lumière des flammes.

Il reste encore silencieux un moment, les yeux fixés sur sa feuille, puis il l'abaisse à nouveau.

— En fait, ça aurait plus de sens si je… je…

Il lance un regard nerveux à Claire avant de fermer les yeux.

— *À l'extérieur, regarder toujours vers…*

Il chante. Prashant Shukla, qui est né avec un balai dans le cul, ce matheux binoclard, chante devant toute la classe et sa voix est… incroyable.

— Ooooh, s'exclame Sienna. C'est quoi cette chanson ?

— *Dear Evan Hansen*, la comédie musicale, répond Sara Lui, captivée.

Puis elle et quelques autres joignent leurs voix à la sienne, pendant que certains tapent dans leurs mains en rythme. Ça donne un souffle nouveau à Prashant. Il rayonne littéralement et commence à se déhancher en rythme. Natalia est aussi stupéfaite que moi.

À la fin de sa chanson, Prashant reçoit un tonnerre d'applaudissements. Je l'ai jamais vu sourire comme ça. Il lance un regard plein d'espoir à Claire, qui semble la plus abasourdie d'entre tous.

— Si j'étais plus courageux, j'auditionnerais pour la comédie musicale du printemps.

Le groupe théâtre lui crie : « T'as intérêt ! » Prashant sourit encore plus fort et jette sa lettre au feu sous les vivats.

Sa performance agit comme un déclic. Les terminales se lèvent les uns après les autres, pour lire ou parler, présenter des excuses sincères, exprimer leurs espoirs, regrets légers ou profonds qui font pleurer. Chacun, quel que soit son caractère, le sport qu'il pratique, l'humeur qui l'habite, vit quelque chose de spécial. Mme Mercer, revenue entretemps, se tient à côté de M. Beckett. Elle a un large sourire, mais je vois bien que tous les deux s'essuient discrètement les yeux.

Le ciel s'anime au-dessus de nos têtes, le soleil se lève sur notre dernière année ensemble. Mason lui fait presque de l'ombre quand il se lève. La lueur du feu projette l'ombre longiligne de sa silhouette imposante. Il tient un papier, le froisse et le défroisse, redresse les épaules. Il commence à parler, les yeux hypnotisés par les flammes.

— Si j'étais plus courageux, je rejoindrais le club de Sienna cette année.

Mason laisse passer une... deux... trois secondes interminables. Ses yeux se portent ensuite sur Rainn avant de se détourner rapidement. Tout le monde est bouche bée.

Oh.

Quand il paraît clair que Mason n'ajoutera rien de plus, Sienna et Leti se placent à ses côtés et le serrent dans leurs bras. Mason passe par toutes les nuances de rouge. Rainn aussi. Il se joint au concert d'encouragements à Mason. Il y a bien quelques regards gênés entre certains joueurs de foot mais on s'en fout.

Avant ce week-end, je pensais que Mason était un crétin fini. Genre irrécupérable. Aujourd'hui, je trouve que c'est le mec le plus sincère et le plus courageux de toute la classe.

Je me sens regonflé à bloc.

Claire se lève. Elle attend que tous les yeux soient sur elle, un truc qu'elle a forcément appris à force de se produire sur scène.

— Salut, tout le monde. Je veux juste dire que Natalia vous manipule, mais moi je tomberai pas dans le panneau. Je préfère aller regarder le lever de soleil. Tu viens, Janelle ?

Janelle se lève, mais au lieu de la suivre, elle se place face au groupe en se mordillant la lèvre.

— Qu'est-ce que tu fous ? s'agace Claire.

— J'ai piégé Tanner Brown sur internet avec une fausse identité. C'est ça que j'ai écrit dans ma lettre, lance-t-elle brusquement.

J'écarquille les yeux. En fait, c'était sa lettre que Tanner a trouvée, celle qui a été trempée pendant la bagarre.

— Chaque fois qu'il réclame des nus, je lui envoie des photos de chats sans poils. Ça le rend fou, ajoute Janelle.

Elle regarde à nouveau le dessin de Natalia. J'ai le sentiment que ce sont ses excuses. Je ne peux pas m'empêcher d'exploser de rire. Natalia aussi. Puis le reste de la classe.

Claire s'éloigne, visiblement en colère.

— C'est l'heure, annonce Mme Mercer.

Elle déverse le contenu du bocal dans le feu. Ça y est, le rituel des lettres du Lion s'achève. Ça fait du bien de les regarder brûler, surtout après les confessions des uns et des autres.

Alors que le soleil pointe à l'horizon, tout le monde se disperse sur la plage pour regarder l'océan. Natalia est dans mes bras, le dos appuyé contre ma poitrine. Soudés, nous admirons le ciel se parer d'un rose poudreux.

— Tu savais que les poèmes qui parlent d'aube s'appellent des aubades ? Les sérénades étaient écrites pour celles qu'on aimait le soir, les aubades pour celles qu'on aimait le matin.

Janelle m'entend et secoue la tête.

— Merci, Ethan-pédia !

Le ton est plus convivial que moqueur. On ne sera jamais amis, mais on dirait que, pour une fois, elle ne cherche pas à être méchante. Il y a du progrès.

Claire se dirige vers nous avec ma veste sur le bras. Je lâche Natalia quelques secondes.

— Ta veste.

— Euh… ça va ?

D'un côté, je n'ai pas encore digéré la tonne de mensonges et de crasses qu'elle a semée ce week-end ; de l'autre, je dois reconnaître qu'elle n'est pas la seule à avoir fait des erreurs. Du coup, je me sens un peu mal pour elle.

— J'ai eu une année de merde et… je sais que tu me croiras pas forcément, mais je suis désolée.

— Merci.

Ses yeux se voilent de larmes.

— Je voudrais être avec quelqu'un qui me regarde comme tu la regardes.

Je glisse un coup d'œil à Natalia, qui s'efforce de ne pas nous écouter.

— Je suis sûr que tu trouveras.

Claire me salue et repart vers un coin tranquille. Je dépose ma veste sur les épaules de Natalia qui glisse aussitôt ses bras dans les manches.

— T'es mille fois plus sympa que moi, dit-elle en regardant Claire.

— Je sais.

Elle éclate de rire.

Le ciel est une palette de rose et de lavande, on dirait une composition de Natalia. Chaque toile est son ciel.

Je la serre plus fort. Combien de temps me reste-t-il auprès d'elle ?

Natalia doit parler à ses parents, je sens qu'elle prendra la bonne décision. Et que nous tiendrons la distance. Mais je veux m'imprégner de son parfum au jasmin, de son rire à gorge déployée et voler tous les instants possibles. Elle me serre les mains comme si ses pensées rejoignaient les miennes.

— Je vais te peindre une aubade.

— Ah ouais !

Ses cheveux me chatouillent quand elle hoche la tête.

— Je dois vraiment essayer de capturer ça.

— Quelle partie ?

— Tout. Toi. Moi. Ce ciel... Notre commencement, ajoute-t-elle en se tournant vers moi.

NATALIA

À la maison, 21 h 35

Sur le chemin du retour, je m'attends à un déferlement de textos. De ma mère, pour me dire tout ce qu'elle a prévu à Sacramento. Les affaires qu'elle compte emballer pour moi. De mon père, des messages enragés.

Au lieu de ça, papa écrit sur notre groupe commun :

> On discute quand tu seras rentrée à la maison.
> Maman est déjà là.

Ethan coupe le moteur. Il n'y a que nous deux dans sa voiture, main dans la main.

En regardant ma maison battue par les vents que j'aime tant, mon pouls s'affole. Ma mère s'en va. Je reste.

— Tu veux que je t'accompagne ?

Bien sûr qu'Ethan sent mon stress monter.

Ses yeux sont cernés. Il est forcément aussi épuisé que moi de notre nuit blanche. Je devrais le laisser rentrer chez lui, mais j'ai vraiment envie de l'avoir à mes côtés.

— Tu veux bien ?

— Évidemment ! dit-il en déposant un baiser sur l'intérieur de mon poignet.

Papa et maman m'attendent dans la cuisine. Ils nous saluent et, en même temps, leurs regards descendent sur nos mains enlacées. Mes joues picotent.

Maman se lève pour embrasser Ethan.

— Ravie de te voir, Ethan. Asseyez-vous tous les deux.

Cela pourrait sembler bizarre qu'Ethan soit là pour cette conversation ultra importante, mais c'est pas le cas. Sa présence est essentielle, mes parents le comprennent en un instant. Ils ont l'air inquiets, à l'écoute. Je suppose que ça les a fait réagir. Enfin.

— Qu'est-ce qui se passe, ma chérie ? On t'écoute, dit maman.

Je ne me suis pas ouverte à mes parents depuis des semaines, des mois peut-être. On est comme un archipel de trois îles sans voie de communication. L'absence de dialogue, voilà ce qui nous a conduits ici.

— Quand j'ai envoyé mon message, le week-end d'intégration était devenu… intense.

Leurs sourcils se lèvent de façon symétrique.

— C'est un moment très fort, approuve papa en hochant la tête.

Ethan et moi échangeons un coup d'œil. Oui, c'est tout à fait ça.

— Je voulais fuir, ailleurs… Loin d'ici. Loin de moi-même.

— Je veux que tu viennes vivre avec moi, tu le sais, ma chérie. Me séparer de toi serait vraiment trop… (Elle s'interrompt pour cligner des yeux et bloquer ses larmes.) Déménager n'est pas toujours une fuite. Où que tu sois, tu resteras la même. J'aimerais que tu viennes, mais ça ne doit pas être une excuse pour fuir la magnifique jeune femme que tu es devenue.

— Je sais, mais…

Ethan m'encourage par une pression de la main sous la table et un signe de tête. Mes barrières intérieures s'effondrent alors : tout sort. Ce que j'ai gardé cet été ; le stress et la pression. Mes crises de panique. Mon refus de choisir entre eux, la sensation que je vais devoir abandonner l'un d'entre eux pour toujours. Ou quelle facette de moi importe le plus.

— Je veux peindre. Je ne veux plus me cacher.

— Je ne comprends pas pourquoi tu t'es sentie obligée de le cacher, intervient papa.

Il a l'air triste, blessé. Je ressens une pointe de culpabilité.

— Parce que… tu m'as fait quitter les cours de l'atelier. Tu répétais toujours que mes peintures étaient mon « petit passe-temps ».

— C'en est un, Natalia. Tu n'as jamais été au-delà de ces cours. Je ne lis pas dans tes pensées. Tu n'as jamais dit que peindre t'intéressait pour de vrai.

— Parce que je ne savais pas que j'avais le droit d'y penser.

Je songe à ce qu'Ethan m'a dit sur la façon dont je me rends *moi-même* malheureuse à toujours vouloir respecter les règles et les normes qui ne correspondent pas à qui je suis ou à ce que je veux être. Comment mes parents pouvaient-ils savoir ce que je voulais si ce n'était même pas clair pour moi ?

Ethan intervient pour la première fois.

— Vous avez vu ses derniers dessins ? Natalia a un talent incroyable.

Je le regarde, la toile de mon esprit se pare en rose et or. Ce que je ressens est presque douloureux.

— Elle est douée, oui, renchérit maman.

— Talia, c'est ta vie, dit papa. Tu es presque une adulte. (Il lance un coup d'œil méfiant à Ethan.) Je ne t'empêcherai pas d'étudier l'art. Est-ce que je le comprends, est-ce que j'estime qu'il s'agit d'une sage décision ? Non. Tu sais à quel point mon enfance a été difficile, parce qu'on attendait toujours que ton grand-père « perce » avec son art. C'est en arrivant à Liberty que j'ai enfin trouvé la stabilité. Mais tu es ma fille, je t'aime quoi qu'il arrive. Je veux que tu sois heureuse.

Une boule se forme dans ma gorge.

— C'est vrai ?

— Ma chérie, bien sûr. Ça ne changera jamais.

C'est la première fois que je ressens autant son amour pour moi que celui de maman. Sans doute aussi la première fois que j'ai le sentiment d'être moi-même.

Je prends une profonde inspiration. Je sais que ce sera douloureux d'être loin de maman. Que ce sera difficile de faire face aux conséquences de cette journée. Mais je sais aussi que ça en vaut la peine.

— Je veux rester ici.

Ethan me serre plus fort la main sous la table. Maman hoche la tête, comme si elle s'y attendait. Elle tend la main par-dessus la table et prend la mienne. Nous pleurons toutes les deux.

J'ai une fêlure dans le cœur. Le choc final dans la scission de notre famille. Pourtant, nos trois îles semblent plus proches. Hier, ce choix me paraissait impossible parce que j'essayais de plaire à tout le monde. Aujourd'hui, je sais que rester est le bon choix, tout comme partir est aussi le bon pour maman.

Tout en finissant de charger sa voiture, maman me demande en souriant comment c'est arrivé avec Ethan.

Je lui dis presque tout. Elle rit en déclarant que mon père aura du fil à retordre avec moi cette année. C'est à ce moment-là qu'on fond à nouveau en larmes. Lui raconter comment je suis tombée amoureuse n'est pas comme je l'avais imaginé. Nous ne sommes pas assises sur mon lit. Ni pelotonnées dans une maison que nous partageons. Mais ce n'est quand même pas loin de la perfection. Parce que l'amour a sa propre maison. Une maison que je construis enfin pour moi-même.

Après les larmes et le départ de maman, Ethan et moi restons assis à l'ombre des cèdres.

— Tu restes.

Le ton de sa voix est calme, merveilleux.

— Je reste.

Pour ma peinture. Pour moi-même. Pour chaque première fois avec Ethan et pour chaque dernière fois à Liberty.

Il m'attire dans une étreinte apaisante, son pouce caresse un carré de peau dans mon dos. Mes doigts s'agrippent à sa chemise, je le tire pour qu'il soit encore plus proche. Quand je dépose un baiser tout doux dans son cou, il pousse un profond soupir.

Le temps s'écoule. Nous finirons par aller dormir et régler le reste plus tard.

Pour l'instant, tout ce qui compte, c'est de rester là et de respirer, enlacés dans les bras l'un de l'autre. Parce qu'on a attendu ce moment si longtemps.

On a attendu si longtemps d'être *nous*.

ETHAN

Jour de la remise des diplômes

Je vais le tuer.

— Chut ! je dis en posant une main sur la bouche de Rainn.

Natalia nous lance un regard noir. J'entraîne mon pote vers la sortie, en l'empêchant toujours de parler. Il me frappe dès que je le relâche.

— Hé mec, qu'est-ce qui…

— C'est un secret, ducon !

— Oups, j'avais oublié. Mais elle déteste les secrets, dit-il en rajustant sa toque de cérémonie.

Le pompon vert et or pend devant son visage, il le rejette sur le côté.

— Tu crois que je suis pas au courant ?

Oui, Natalia déteste les secrets, mais c'était tellement une idée géniale. Sauf que maintenant qu'elle vérifie l'alignement des chaises et les bouquets de fleurs sur la scène, qu'elle s'agite et lance des ordres à Prashant qui devrait pourtant se concentrer sur son discours de major et non sur l'angle du podium, je me rappelle une fois de plus que ma Talia déteste tout ce qui échappe à son contrôle. Surtout quand elle est stressée. Or, aujourd'hui, avec tous les yeux rivés sur Liberty, elle *est* stressée. Je me demande si elle stressera à propos de Liberty jusqu'à la fin de sa vie.

Je reviens vers elle et la prends par les épaules.

— Du calme, Talia, ça va être génial.

Elle plisse ses grands yeux bleus, je dois m'empêcher de l'embrasser pour ne pas ruiner son rouge à lèvres. Tant pis, j'y vais quand même, mais elle se penche en arrière en haussant un sourcil.

— Tu sais que je déteste les secrets, Ethan.

Je soupire et j'abandonne ma tentative de baiser.

— C'est pas un secret, c'est une surprise. Je te promets que tu vas aimer.

— Et si c'est gênant ? Et si je panique ? Y aura un projecteur ? Je te tue s'il y en a un. Dis-le-moi !

On dirait que sa tête va se détacher de son corps. Je la serre contre moi.

— Stop, stop ! Tu veux vraiment savoir ?

Elle croise les bras sur sa poitrine (ma Talia, l'une des rares personnes à avoir repassé sa robe verte de cérémonie) et hoche la tête.

— Tu me jures que tu feras semblant d'être surprise ?

— Je le jure ! Dépêche-toi ou je fais un anévrisme ! À mon âge, t'imagines !

— Le conseil a décidé que la nouvelle bourse Liberty Lion porterait ton nom. Et elle sera spécifiquement pour les étudiants en art.

Ses lèvres rouges forment un large O.

— Mince, c'est exactement la tête que je voulais projeter sur cet écran géant juste là, dis-je, en désignant le mur derrière elle.

Je souris parce que c'est unique d'avoir la version en gros plan.

— Ethan…

— C'était mon idée, dis-je fièrement. Mais c'est Prashant et l'ensemble du conseil étudiant qui l'ont soutenue. Il y a eu une réunion avec l'administration, tout le tralala. Tu le mérites, Talia. C'est ton héritage.

Ça l'est. Natalia a passé l'année entière à collecter des fonds pour qu'une bourse, au moins, ne dépende pas de donateurs privés. Ce sera la sienne. Si le conseil étudiant suit la structure financière calculée par Sienna, il y aura assez d'argent pour un financement participatif durable sur des années.

Natalia sourit si largement que c'est notre lever de soleil dans mon cœur. Je glisse mes mains dans les larges manches de sa robe… et c'est comme ça que je me retrouve avec du rouge à lèvres plein la figure le jour de ma remise de diplôme.

Plus tard, ma mère n'était pas ravie en voyant les photos, mais Adam a bien rigolé.

Papa n'est pas venu.

On s'est violemment disputés quand je lui ai reproché ce qu'il avait fait à Natalia. Il a nié, l'a traitée de parano, de folle. Le truc classique. Quand il a eu le culot de dire que c'était elle qui l'avait allumé, c'est parti en vrille. Adam a dû s'interposer pour que j'arrête de frapper.

Il était à terre, effondré, la lèvre ensanglantée à cause de mon coup de poing.

— Je suis fini, disait-il en sanglotant.

— Change. Deviens meilleur.

Le plaidoyer désespéré d'un fils pour son père.

Pas longtemps après, il est allé suivre une thérapie intensive dans un centre médical.

« Je voudrais être là à ta remise de diplôme, mais je ne veux pas te compliquer les choses », a-t-il dit lors de notre appel téléphonique mensuel que ma mère m'oblige à avoir avec lui.

Mais je pense qu'il est juste lâche. Il ne veut pas voir maman, ni affronter les regards et les murmures qui le suivent partout, maintenant que sa carrière s'est effondrée. Sofia Sanchez a révélé publiquement qu'elle s'était sentie contrainte de céder à ses avances pendant le tournage. Avec ce que m'a raconté Natalia, je la crois totalement.

Je suis content que mon père ne soit pas venu. Je ne tenais pas à imposer sa présence à Natalia, et moi, je suis loin d'être prêt à lui pardonner. D'ailleurs, je ne suis pas sûr de l'être un jour. Je voudrais croire qu'il pourra nous revenir. Être le père de mes souvenirs.

Mais si ça n'arrive jamais, tant pis. C'est à lui de réparer ce qu'il a cassé.

J'ai maman, Adam et Natalia, qui a de nouveau craqué quand la bourse a été officiellement annoncée. Je ne sais pas si j'avais déjà entendu un public hurler si fort. Euh… si, quand mon équipe de basket a remporté le Showdown pour la deuxième année consécutive, mais quand même.

— Trop fier de toi, frangin. J'espère que tu viens toujours à U Dub l'an prochain, dit Adam.

Mon frère est sobre depuis une année complète, il suit à nouveau des cours. J'ai pensé le rejoindre à l'université de Washington pour garder un œil sur lui, mais j'ai réalisé que ce n'était pas mon rôle. Je l'aime, on parle tous les jours, mais je ne peux pas le protéger de lui-même. Je dois vivre pour moi.

En plus, quand j'ai vu le programme informatique proposé à l'UC Berkeley, je suis tombé raide dingue. C'est très bien parce que Natalia sera au California College of Arts de San Francisco. Elle va tout déchirer là-bas. Une lumière s'est allumée en elle maintenant qu'elle peut peindre. Elle ne bute jamais sur les mots lorsqu'elle parle de sa peinture.

Après des centaines de photos et les adieux aux familles, Natalia, moi, et tous les diplômés, montons dans le bus pour notre soirée de désintégration. Après notre mémorable journée d'intégration, on se devait de finir l'année en beauté. C'est le dernier événement qu'elle a organisé en tant qu'ex-présidente. Natalia avait officiellement démissionné avant le vote du conseil étudiant. Elle pensait que c'était la meilleure décision, tant pour la confiance de la classe que pour elle-même.

Le point positif, c'est qu'elle a pu se concentrer sur ses cours d'art, la collecte de fonds, ses inscriptions universitaires et les bourses. Elle a passé des week-ends avec sa mère et a vu une psy. Depuis le week-end d'intégration, elle n'a eu que quelques crises de panique. Je suis super fier d'elle.

Et puis, vu que Prashant était très, très occupé à dominer les tournois de maths et à répéter la comédie musicale avec Claire, Natalia assurait quand même la présidence, en sous-marin.

Elle range les affiches géantes qu'elle a créées sous le siège devant nous. La première est une compilation de photos de notre première année à Liberty, qu'elle avait amenée au week-end d'intégration. Son titre est « Comment ça a commencé ». La seconde rassemble les polaroids des événements de cette année, avec pour légende « Comment ça s'est passé ».

— Tu serais prête à parier que ce soir sera encore mieux que le week-end d'intégration ? je demande à Sienna, qui s'installe devant nous avec Leti.

— Pas possible, déclare Mason, assis juste derrière, à côté de Rainn.

Comme Leti, Mason est devenu un membre immuable de notre équipe. Rainn n'a toujours pas percuté que Mason a un crush pour lui.

— Rien ne peut arriver à la cheville du week-end d'intégration. Tu le sais mieux que personne, dit Mason en me défonçant l'épaule du poing.

Il y a certains trucs qui ne changeront jamais.

— Pas faux !

Natalia vire au rose, ma nuance préférée chez elle.

— Qu'est-ce que t'entends par « encore mieux » ? demande Prashant.

Il porte la même veste Mathlète que Sienna, avec son badge de champion.

— Oui, répond Sienna. On a besoin de précision, voire même d'une définition.

— Moins de drama ? suggère Rainn.

— Alors, je dirais soixante-huit pour cent de chances que ce sera encore mieux, dit Sienna, en prenant sa tronche de matheuse.

— J'aurais dit soixante-dix, objecte Prashant.

Rainn roule des yeux en donnant un coup de coude à Mason. Les deux éclatent de rire en rougissant. Hum, finalement, il a peut-être réalisé.

— Plus de danse ? suggère Leti.

— Cent pour cent ! répond Sienna.

C'est à leur tour d'échanger un *regard* tellement… doux, que même moi, je détourne la tête.

— Moins de plaintes ? propose Natalia.

— Ha ! Ha ! Vaut mieux pas prendre de pari là-dessus ! plaisante Sienna.

— Une Natalia moins stressée ? je dis.

Ce qui me vaut un coup dans les côtes.

— Zéro pour cent ! s'exclament Sienna et Prashant à l'unisson.

Natalia les fusille du regard, je ne sais pas comment il est possible que je l'aime encore plus que ce jour-là, pourtant c'est le cas. Il n'y en a pas deux comme elle sur cette planète. Ça, j'en suis archi sûr.

Beaucoup de gens disent que les couples formés au lycée se séparent forcément à l'université. On dirait que ça leur plaît de nous rappeler qu'on est jeunes, naïfs, qu'on ne trouve pas le grand amour qui dure à notre âge. C'est vrai pour des tas de couples, peut-être vrai pour nous. Mais j'en doute.

Parce que je sais ce que nous avons traversé, surmonté pour arriver ici. Chaque fois qu'on entend une remarque de ce genre, on se prend la main, on se la serre très fort et on partage un de ces sourires qui n'appartiennent qu'à nous. Peu importe ce que l'avenir nous réserve, on fera face ensemble, en transformant chaque risque en chance. Chaque baiser en promesse.

Chaque fin en commencement.

Remerciements

Vous tenez le rêve de ma vie entière entre vos mains. Il n'y a pas assez de mots pour transmettre les océans de gratitude que j'éprouve à l'égard de tous ceux qui m'ont soutenue.

Tout d'abord, un remerciement éternel à ma toute-puissante agente, l'incomparable championne des championnes, Chelsea Eberly. Les mots me manquent. Merci de toutes les manières imaginables de m'avoir encouragée à écrire *Rent*.

Merci à mes brillants éditeurs, Brian Geffen et Carina Licon. Dès notre premier appel, ce fut comme me parler à moi-même. Vous compreniez l'essence même de cette histoire d'amour. Merci pour votre enthousiasme inébranlable et pour avoir fait de moi une meilleure autrice.

Mon immense gratitude à tous ceux de Henry Holt, y compris Jean Feiwel, Ann Marie Wong, Mallory

Grigg, Lelia Mander, Erica Ferguson et Claire Maby. Un merci spécial pour la couverture géniale de mes rêves, créée par Abby Granata et l'artiste Fevik.

Je n'aurais pas pu demander une meilleure équipe d'édition que Macmillan et Henry Holt, je suis honorée de travailler avec vous tous.

Merci à Ruth Bennett, à toute l'équipe Hot Key et Bonnier Books pour avoir porté cette histoire auprès des lecteurs britanniques avec dévotion et enthousiasme. Je suis ravie de travailler avec vous tous.

Un merci multilingue à l'équipe des droits pour avoir placé ce livre entre les mains de lecteurs du monde entier !

Merci beaucoup à mes agents cinéma/télévision Mary Pender et Orly Greenberg à UTA pour avoir cru dans ce livre depuis son commencement.

Je suis plus que bénie par ma trinité incisive et enthousiaste : Tierney Anderson, Katryn Bury et Kara Trella. Je chéris votre sagesse, vos idées, votre amitié.

Tierney, ma lectrice alpha, la meilleure des meilleures. Tu as été présente à chaque appel, brouillon, larme, mot, et dès le premier. Je ne serais absolument pas là sans toi. De cela, « j'en suis aussi sûre que la lune roule autour de la mer ». Merci. Je t'aime.

Kate, mon âme sœur d'écriture et ma pote de guerre : merci (et à ton fantôme victorien) de m'avoir amenée jusqu'ici. De toujours résoudre mes problèmes d'intrigue. Kara, merci de m'avoir comprise ainsi que mes mots, comme si on se connaissait depuis des décennies.

Je vous aime, je ne pourrais littéralement pas faire tout cela sans vous.

Tamar, merci d'être un ami si merveilleux et le lien dont Kate et moi avions besoin !

À Mme Rousseau, ma professeure d'anglais au lycée. Merci d'être la première enseignante à avoir discerné quelque chose dans mes mots.

Quand les écrivains sont nourris, leur écriture l'est aussi. Rien n'aura été plus stimulant que d'appartenir à la communauté Writing With the Soul. Un merci particulier à mon équipe Scotland 2022 et Green Group. Vous vous reconnaîtrez, JE VOUS AIME.

À mon héroïne personnelle, Adrienne Young, ta passion pour la narration est une étincelle constante qui enflamme la mienne. Ce que tu accomplis pour les écrivains et ce que tu as fait pour moi – il n'y a pas d'autres mots que ceux-ci : tu as tout simplement changé ma vie. Merci pour toujours. (Maintenant tu sais pourquoi je pleure à chaque fois que je te vois.)

Helen Chance, ma BE FRI, c'est toi qui la première as murmuré ce qui semblait des mots interdits à l'époque : *Je pense que tu veux être écrivain.* Tu me voyais, tu me vois, comme personne d'autre. Maggie Hofmann, merci pour avoir lu tant de premiers jets, encouragée et soutenue depuis Oakenshield. Chelsea Cook, merci de m'avoir permis de rester sous ton parapluie. Je vous aime tous pour toujours et à jamais.

Je suis éternellement reconnaissante à l'écriture de m'avoir conduite vers le système de soutien le plus amoureusement agressif : Alexa Lach : âme sœur.

Grand-mère bien-aimée ARMY qui ne me laisse jamais oublier ma valeur, je brûlerais des villages pour toi aussi. I HAVE DEAD. Joseline Diaz : Natalia, qui partage ton nom de famille, est le signe que nous étions destinées à être des swifties ARMY ensemble. Ton amitié est un cadeau extraordinaire et ton blurb m'a fait pleurer. Megan Puhl : ma hype numéro un. Leigh Ashford : tu me rends fière d'être Gémeaux. Vous êtes tous tombés dans ma vie au moment précis où j'avais besoin de vous, je ne vous lâcherai plus jamais.

Un merci très spécial en-pleurant-alors-que-je-l'écris, à Kristin Dwyer. Tes conseils de mentor, ton enthousiasme contagieux, ton génie pour l'histoire et ta générosité (principalement sur Jin) sont sans égal. Le jour où tu m'as dit que tu avais adoré ce livre est aussi le jour où j'ai su que ce serait celui-là. J'ai tellement de chance d'être ton amie.

À Rachel Lynn Solomon pour faire de ma vie entière un blurb que je chérirai pour toujours. Je te suis éternellement reconnaissante.

Aux auditeurs de Write Where It Hurts : vous savez ce qu'il en est. Merci de m'avoir accompagnée tout au long de ce voyage.

Sans ma famille, tissée de conteurs dynamiques et aimants, rien de tout cela n'aurait été possible. Maman, mon modèle de Chicana aimante, pionnière et brillante, je suis ambitieuse et passionnée parce que tu l'as été en premier. Merci d'avoir aimé les livres, de m'avoir guidée et soutenue à chaque étape de ce voyage. *On* l'a fait !

Papa, merci pour ton incessante éducation cinématographique et musicale et pour toujours être un refuge accueillant où se poser. Parler d'art (et de Paul Simon), ou de n'importe quel sujet, avec toi est l'une de mes activités préférées.

Merci à toi Jim, de toujours prendre de mes nouvelles, de me soutenir ainsi que mes écrits. Merci à toi Mary, pour ton soutien et tes encouragements constants.

À tous mes amis et ma famille (les Fernández, Des Lauriers et Doane) qui ont fait ce voyage avec moi, MERCI !!!

Mame, trésor familial, c'est grâce à toi que j'ai appris en premier le pouvoir des histoires à conter. À mes grands-parents qui sont partis maintenant, Pete, grand-mère Dolores, et plus récemment, grand-père Al, merci de croire à l'art et en moi. Je me tiens humblement sur vos épaules avec gratitude.

À mes sœurs, mes déesses agents secrets, Dolores, Carmen et Nora, vous qui avez été présentes *chaque jour*. Je pourrais (je peux) (et le ferai probablement encore) écrire des romans sur ce que chacune d'entre vous représente pour moi. Vous êtes mes rocs. Merci de me faire rire, de m'avoir toujours laissée pleurer et d'être mes havres de paix. Dieu merci (maman et papa aussi, je suppose) de nous avoir donné les unes aux autres. Je vous aime. *Paciencia y fe.*

À mes enfants, mes étoiles du Nord, qui partagent leur maman avec tant de mondes, vous me faites rêver, vous m'inspirez, vous m'ancrez. Je vous aime de tout mon cœur.

À Justin, l'amour de ma vie, ma personne préférée. Bien sûr, ce livre – notre livre – existe. Il est pour toi, celui qui me fait me sentir courageuse, belle et capable depuis notre adolescence. Ton amour pour moi m'a appris à m'aimer. Toi qui jamais, jamais, ne me laisses abandonner. Je ne déteste plus le fait de vouloir t'embrasser.

Enfin, à toi, cher lecteur. Merci. J'espère que ce livre t'aura rendu un peu plus heureux, un peu plus courageux. Pour moi, c'était le cas.

DÉCOUVREZ ÉGALEMENT CHEZ AUZOU

Pour les autres, c'est une star.
Pour moi, c'est juste Langston,
mon ancien meilleur ami.

Les dix règles du sexe et du surf :
un roman qui parle d'amour,
des premières fois, et de l'océan.